魂手形

옮긴이 이규원

한국외국어대학교에서 일본어를 전공했다. 문학, 인문, 역사, 과학 등 여러 분야의 책을 기획하고 번역했으며 현재 전문 번역가로 활동중이다. 옮긴 책으로 미야베 미유키의 『이유』, 『얼간이』, 『하루살이』, 『미인』, 『진상』, 『피리술사』, 『괴수전』, 『신이 없는 달』, 덴도 아라타의 『가족 사냥』, 마쓰모토 세이초의 『마쓰모토 세이초 걸작 단편 컬렉션』, 『10만 분의 1의 우연』, 『범죄자의 탄생』, 『현란한 유리』, 우부카타 도우의 『천지명찰』, 구마가이 다쓰야의 『어느 포수 이야기』, 모리 히로시의 『작가의 수지』, 하세 사토시의 『당신을 위한 소설』, 가지야마 도시유키의 『고서 수집가의 기이한 책 이야기』, 도바시 아키히로의 『굴하지 말고 달려라』, 사이조 나카의 『오늘은 뭘 만들까 과자점』, 『마음을 조종하는 고양이』, 하타케나카 메구미의 『요괴를 빌려드립니다』, 아사이 마카테의 『야채에 미쳐서』, 『연가』, 미나미 교코의 『사일런트 브레스』 등이 있다.

TAMATEGATA - MISHIMAYA HENCHO HYAKUMONOGATARI NANA NO TSUZUKI
by MIYABE Miyuki
Copyright © 2021 MIYABE Miyuki
All rights reserved.
Originally published in Japan by KADOKAWA CORPORATION, Tokyo.
Korean translation rights arranged with RACCOON AGENCY INC., Japan
through THE SAKAI AGENCY and JM CONTENTS AGENCY.

미야베 월드 제2막

魂手形

宮部みゆき

영혼 흥정

미야베 미유키 지음 ｜ 김소연 옮김

일러두기
*작게 표시된 본문의 주는 옮긴이 주입니다.
*괄호로 표시된 주는 원저자의 주입니다.

序

一

에도 간다 미시마초에 있는 주머니 가게 미시마야는 조금 특이한 괴담 자리를 마련해 왔다. 사람들이 하룻밤 동안 한 방에 모여 순서대로 괴담을 이야기하는 것이 아니라, 이야기꾼 한 명에 듣는 사람도 한 명, 한 번에 하나의 이야기를 청하여 듣고 그 이야기를 결코 바깥에는 흘리지 않으며,

"이야기하고 버리고, 듣고 버린다."

이것이 미시마야의 특이한 괴담 자리의 정취이다.

3년쯤 전, 만주사화가 피는 계절에 주인 이헤에가 초대한 손님의 신상 이야기로 시작된 이 특이한 괴담 자리는, 처음 듣는 역할을 맡았던 조카 오치카가 근처 세책상에 시집을 간 후 차남인 도미지로가 물려받았다. 약간의 장난기와 그림에 대한 소질이 있는

도미지로는 이야기꾼의 이야기를 다 듣고 나면 그것을 바탕으로 그림을 그리고 '기이한 이야기책'이라 이름 붙인 오동나무 상자에 넣어 봉한 다음, 들고 버리는 것으로 친다.

젊을 때 고생은 사서라도 해야 한다며 고용살이를 나갔다가 크게 다치는 바람에 생가로 돌아와 청자 역할을 맡게 된 도미지로는 신참이라, 아직 괴담 이야기가 불러들이는 귀신으로부터 미시마야를 지키기에는 역부족이다. 때문에 그의 곁에는 늘 부정을 쫓는 힘을 가진 오카쓰, 도미지로를 어릴 때부터 보살펴 온 고참 하녀 오시마, 이 두 하녀가 든든한 아군으로 함께한다.

사람은 이야기하고 싶어 한다. 거짓도 진실도, 좋은 일도 나쁜 일도.

솔직하고 마음씨가 착하고 맛있는 것을 몹시 좋아하고 지금의 편안한 신세에 스스로를 '도련님'이라고 칭하며 익살을 떠는 도미지로. 그러나 특이한 괴담 자리에 앉을 때만큼은 진지하다. 그런 청자가 기다리는 미시마야에 오늘도 또 한 사람, 새로운 이야기꾼이 찾아온다.

염
화
북
큰

음력 6월 초하룻날, 어머니를 모시고 뎃포즈_{鉄砲洲} 총포를 다루는 관직에 있던 이노우에가 이곳에서 총을 쏘는 연습을 했다고 하여 붙은 별칭 이나리 신사에 후지산 참배를 갔던 도미지로는, 진짜 영봉 후지산의 용암으로 만들었다는 높이 11간(약 20미터)짜리 참배용 후지산 옆에서 그리운 스승과 딱 마주쳤다. 하나야마 도로_{花山螳螂}라는 화공이다.

　키가 크고 팔다리가 길며 비쩍 말라서 턱이 뾰족한데 눈알만은 약간 튀어나와 부리부리한 외모가 아호의 유래라는 이 사마귀 화공도로는 사마귀라는 뜻은, 사람 됨됨이가 다정하고 가르치는 솜씨도 좋았다.

　도미지로는 열다섯 살 때 '남의 집 솥의 밥을 먹고 오라'는 아버지 이헤에의 분부에 따라 신바시 오와리초의 목면 도매상 '에비스야'에 고용살이를 나갔다. 그쪽에서는 도미지로를 미시마야가 맡긴 사람으로 정중하게 대하며 목면 도매 장사를 처음부터 차근차근 가르쳐 주었다.

에비스야의 주인은 밖에서 여자를 만들어 낳은 아이를 가게에 들이고 고용살이 일꾼으로 마구 부린다는 추한 일면이 있는 사람이었지만, 다방면에 관심이 많아서 노래와 샤미센 같은 예능은 물론 나팔꽃을 재배하거나 동박새를 키워 보는 등 다양한 취미를 가지고 있었는데 그중 하나가 그림을 그리는 것이었다.

주인의 스승이었던 하나야마 도로는, 종종 에비스야에 드나들며 안방에서 그림의 기초를 가르쳤다. 당시 도미지로는 고용살이를 시작한 지 반년 남짓 만에 대행수 격이 되어 이래저래 주인 옆에 붙어 있을 때가 많았기 때문에 자연스럽게 도로 선생과도 안면을 익히게 되었다. 그러던 어느 날, 실은 자신도 어릴 때부터 그림을 좋아했지만 제대로 배운 적이 없다고 이야기하자 도로 선생은 흔쾌히 교섭에 나서 주었다. 덕분에 도미지로는 주인과 함께 수업을 들을 수 있었으니 실로 고마운 일이다.

화공이 그런 배려를 해 준 까닭은 (물론 도미지로가 평범한 고용살이 일꾼이 아님을 알고서 한 일이기는 하지만) 에비스야의 주인이 변덕스러운 데다, 초보인 주제에 그림의 감식안이 있다고 떠들고 다녀서 가르치는 보람도 없고 재미도 없었기 때문이라고, 나중에 본인이 몰래 가르쳐 주었다.

도미지로는 마치 타고난 듯 처음부터 소질을 보였다. 행상꾼으로 시작하여 미시마야를 일으킨 이혜에와 오타미에게도 아름다움을 살필 줄 아는 능력이 있었을 테니 어쩌면 핏줄의 힘일지도 모른다.

에비스야의 주인이 또 다른 취미로 마음을 옮길 때까지 대략 2년 동안 도로 선생은 열심히 가르쳐 주었고 도미지로는 열과 성을 다해 배웠다. 어느덧 친해지고 나서 알게 되었지만, 도로도 작은 상가商家 출신이었다. 어떻게든 그림을 그리고 싶어서 열두 살 때 집을 뛰쳐나와 고이시카와의 고케닌御家人 쇼군 직속의 하급 무사로, 하타모토 밑에 있으며 쇼군을 직접 대면할 자격이 없는 자이자 화공이기도 했던 하나야마 쇼지로(아호는 비쇼美松)의 제자로 들어갔고, 허드렛일을 하며 그림을 배웠다고 하니 도미지로와는 동병상련이라고 할까.

당시에는 삼십 대 중반, 지금은 마흔이 넘은 하나야마 도로는 후지산 참배 자리에서 재회하고 보니 살쩍에 흰머리가 드문드문 섞였고, 세련된 자수 꽃무늬가 있는 검은 하오리일본 전통복식에서 옷 위에 입는 짧은 겉옷를 말끔하게 차려입고 있었다.

두 사람은 재회를 기뻐했다. 그림 선생은 도미지로가 에비스야에서 미시마야로 돌아간 사실을 알고 있었다.

지금도 그림을 그리느냐는 물음에,

"그저 손장난이기는 합니다만."

특이한 괴담 자리의 듣고 버리기를 위해서라고는 말할 수 없어서 그리 대답한 도미지로에게, 하나야마 도로는 같이 온 남자를 소개해 주었다. 니혼바시도리초 4번가에 있는 문방구 도매상 '쇼분도'의 행수 우두머리로 이름은 가쓰이치. 나이는 도로와 도미지로의 중간쯤이려나. 누에콩에 눈 코 입을 붙인 듯한 인상으로 싱글거리며 웃는 얼굴에 붙임성이 좋다.

"저는 붓이나 먹뿐만 아니라 그림 도구 전부를 가쓰이치 씨에게 부탁하고 있습니다. 이 사람만의 연줄이 있어서 좋은 물건을 싸게 매입해 주니 꼭 이용해 보십시오."

"모쪼록 잘 부탁드리겠습니다." 옆에 있던 가쓰이치도 고개를 숙이는 바람에 도미지로는 "저야말로" 하며 예의상 인사를 해 두었다.

집에 가는 길에 액을 쫓는 지푸라기 뱀을 흔들흔들 흔들면서 어머니에게 그림 선생과의 인연을 들려주자 오타미가 소박하게 놀란 얼굴로 물었다.

"너 그렇게 그림을 좋아했었니?"

"잘하지도 못하면서 그냥 좋아만 하는 거예요. 도로 씨 다음에는 이렇다 할 스승님께 배우지도 못했고요."

"그러고 보니 요즘도 가끔 끙끙거리면서 뭔가 그리곤 하던데."

"예에."

"도구나 그림 재료는 어떻게 하고 있니? 입에 발린 말이 아니라 아까 그 쇼분도에 이것저것 주문하면 좋지 않을까?"

"진짜 화공이 사용하는 그림 재료는 저한테 아까워요, 어머니."

하나야마 도로는 예전에도 이름난 화공은 아니었고 지금도 그럴 것이다. 하지만 좋아하는 그림을 그리며 그럭저럭 잘 살고 있는 듯

보였다. 도미지로와는 형편이 다르다.

한데 그로부터 며칠 후,

"근처까지 물건을 배달하러 온 김에 인사만이라도 드릴까 하고
요."

하며 가쓰이치가 미시마야를 찾아왔다.

도미지로는 당황하고 말았다.

장사하는 상인과는 툇마루에서 이야기를 나눠도 충분하지만, 객
실로 안내해 정중하게 대한 까닭은 역시 전 스승의 얼굴이 떠올랐
기 때문이다.

도미지로는 솔직하게, 지금 자신의 '손장난'은 흔한 반지半紙에 그
저 먹을 칠하는 수준으로, 아이가 판자담에 낙서를 하는 것과 큰
차이가 없다고 털어놓았다. 미운 구석이라고는 찾아보기 힘든 장
사꾼답게 가쓰이치는 도미지로의 당황한 얼굴을 부드럽게 흘려 넘
겼다.

"공연히 마음 쓰시게 해서 죄송합니다. 다만 후지산 참배에서 뵌
후, 도로 선생님이 매우 기쁜 얼굴로 도미지로 씨 얘기를 하셔서
요."

──내가 가르쳤을 때는 아직 애송이의 그림자가 남아 있을 나
이였지만 그 사람에게는 독특한 재능이 있었네. 다른 제자들에게
서는 찾아볼 수 없던 빛나는 무언가가 있었지.

──지금도 그림을 그리고 있으면 좋겠다고 생각했는데, 미시마
야쯤 되는 가게의 아들이 가게 일을 내팽개치고 그림의 길로 나아

갈 리도 없겠지. 참으로 안타까운 일이야. 제대로 된 스승 밑에서 실력을 닦으면 꽃을 피울 수 있는 재능이라고 생각하는데.

도미지로는 귀가 뜨거워졌다. 하나야마 도로가 정말로 그렇게까지 말해 주었는지 어떤지는 알 수 없다. 쇼분도의 장사로 이어지기를 기대하며 가쓰이치가 이야기를 부풀렸다고 여기는 편이 옳을지도 모른다.

그래도 기뻤다. 자신에게 빛나는 무언가가 있었다니. 2년 남짓에 불과한 스승과 제자였지만 지금까지 기억하고 있어 줄 정도로.

가쓰이치가 돌아간 뒤에도 도미지로는 한동안 객실에 멍하니 앉아 있었다.

지금의 도미지로가 그리는 그림은 특이한 괴담 자리의 청자로서 그리는 그림이다. 원래부터 오래 놓아둘 생각도 없었다. '기이한 이야기책'의 오동나무 상자 속에서 자연히 낡고 흐려져 사라져 버리기를 바라며 그리고 있다.

──만약 진짜로 그림을 그려 보면 어떻게 될까.

아니, 그릴 수 있을까, 자신이.

──제대로 된 스승 밑에서 실력을 닦으면.

생각해 본 적도 없었다.

장남인 형 이이치로가 있으니, 앞으로 도미지로가 부모님의 장사를 물려받는다 해도 그것은 분점의 형태가 된다. 이이치로가 물려받을 미시마야를 도우면서 서로 경쟁할 수 있을 만한 분점을 세우는 게 가능하다면 그 이상의 효도는 없으리라.

예전의 도미지로와 마찬가지로 '남의 집 솥 밥을 먹으며 수업 중' 인 이이치로도 머잖아 집으로 돌아올 테니, 앞으로의 일은 그때 상 의하면 된다고 여겼다. 지금의 빈둥거리는 생활은 막간의 즐거운 휴식 시간이다. 다른 인생을 고르다니, 그런 생각은 머리 한구석을 스친 적도 없다.

도미지로는 스물두 살, 다음 정월이 오면 스물세 살이 된다. 아 버지 이헤에가 어머니 오타미를 아내로 맞은 나이다. 밤새 주머니 를 만들고 낮에는 행상에 힘쓰며 언젠가 둘이서 가게를 갖자고 맹 세했던 나이다.

이제부터 완전히 다른 길로 나아가다니. 상인이 아니라 화공이 되다니.

──너무 늦었지.

도미지로는 중얼거리며 혼자서 가볍게 웃음을 흘렸다.

"자귀나무 꽃은, 낮에는 꾸벅꾸벅 졸고 있지요."

흑백의 방의 도코노마에 오카쓰가 자귀나무 꽃을 꽂고 있다. 해 질 녘에 꽃을 피우는 자귀나무는 오전인 지금은 확실히 반만 피어 있다.

"소서小暑 무렵이 가장 보기 좋을 때이니, 아직은 봉오리도 어리 답니다. 오늘 오실 손님이 젊은 분이라면 딱 어울릴 텐데요."

괴담 자리에 다음 이야기꾼을 맞아들이게 되어 준비를 하는 참 이다. 인선은 직업소개꾼 도안 노인에게 맡기고 있기 때문에 (오치카가 듣는 역할을 하고 있을 무렵에는 갑자기 끼어드는 경우도 있었다고 하지만), 막상 이야기꾼과 얼굴을 마주할 때까지는 도미지로도 어떤 인물일지 전혀 모른다. 그러나 감이 좋은 오카쓰가 그런 말을 하니 오늘의 손님은 젊은 사람이 아닐까.

족자에 새하얀 반지를 매달 때, 쇼분도의 가쓰이치와 나누었던 대화가 머리를 스쳤다. 마지麻紙나 안피지雁皮紙나 비단종이에 안료나 이와에노구岩絵具 동양화에 사용하는 안료의 일종으로 광물로 만든 것. 물에 쉽게 녹는다를 이용해 아름다운 색깔의 그림을 그린다—취미로는 즐겁겠지만 이야기꾼의 이야기를 듣고 버리기 위해서라면 지나치게 사치스럽지 않은가.

지금까지 먹으로 그린 그림이 아니라 색깔도 칠해 보면 어떨까 고민할 때가 없었던 것은 아니다. 도로 선생 밑에서 배웠을 무렵 사용했던 스이히에노구水干絵具 산에서 채굴한 흙을 물(水)로 정제해 불순물을 제거한 후, 판자에 말린(干) 안료라면 값이 싸니 시험해 보고 싶었던 적도 있다.

그러나 이내 마음을 바꿨다. '기이한 이야기책'의 그림은 역시 하얀 바탕에 검은 선만으로 그리는 쪽이 어울린다. 이야기꾼의 이야기는 전부 과거의 일이니까. 지금 이 세상에서 일어나고 있는 일과 달리 선명하지 않은 색이 낫다.

언젠가 오카쓰에게 자신의 고민을 넌지시 말했더니 "그렇게 생각하신다는 것부터가 도련님은 화공의 마음을 가지고 있기 때문이 아닐까요"라는 대답이 돌아왔다.

나쁜 기분은 들지 않았던 도미지로다.

오늘 곁들일 다과로는 고상한 네리키리고운 팥소에 참마, 찹쌀 미숫가루 등을 넣어 반죽한 소를 속에 넣고 여러 가지 모양으로 만든 생과자를 준비해 두었다. 계절을 가리지 않는 과자지만, 도미지로가 단골로 다니는 과자가게에서는 여름이 되면 물새 모양의 네리키리를 만들어 보기에도 시원하다. 향긋한 보리차와 잘 어울릴 것이다.

이윽고 약속한 오후 두 시가 되었다. 오시마의 안내로 흑백의 방에 들어온 이야기꾼은 장신에 근골이 탄탄한 무사였다.

나이는 몇 살 정도일까. 서른은 되지 않았겠지만 도미지로보다는 연상이 틀림없다. '젊은이가 아닐까'라는 예상은 빗나갔다. 그러나 생기발랄하고 시원시원해 보인다. 몸에 맑은 기가 넘치고 있다. 날카롭게 올라간 눈꼬리, 오똑한 코, 다부진 입매, 약간 길쭉한 이마. 이마가 벗겨져 있어서 잘 어울린다. 말하자면 헌헌장부외모가 준수하고 풍채가 당당한 남자라고 할까.

틀어 올린 상투는 얇고, 끄트머리가 자그마한 은행잎처럼 약간 갈라져 있다. 무사가 트는 이초마게銀杏髷 에도 시대를 통틀어 가장 일반적이었던 남자의 머리 모양. 신분이나 직업에 따라 상투를 올리는 방법에 특징이 있었다의 특징이다. 희미하게 머릿기름 냄새가 풍긴다. 사쓰마현재의 가고시마 현 서부를 가리키는 옛 지명의 감색 비백 무늬 삼베옷을 입고 있는데, 이것은 약식이지만 여름의 외출복이다. 평직平織 가쿠오비角帶 빳빳하고 폭이 좁은 남자용 허리띠에 역시 하오리는 없는 평상복 차림으로 하얀 버선이 깔끔해 보인다.

미시마야에는 아마 걸어서 왔을 테니 이 옷차림에 대나무 삿갓을 쓰고 있었겠지. 그 모습도 한 번 보고 싶다.

　이야기꾼이 무사여도 당황하지 않도록, 흑백의 방에는 검게 옻칠을 한 도ᄁ 받침대가 갖추어져 있다. 하지만 손님은 두 자루의 도를 끄르더니 옆에 놓았다. 무심해 보이지만 군더더기 없는 동작이다. 소매 밑으로 탄탄한 팔 근육이 살짝 드러났다.

　──검술 실력도 좋을 것 같은데.

　오시마가 조용조용 쟁반을 받쳐 들고 들어와 보리차와 네리키리를 늘어놓았다. 그러고는 옆방으로 되돌아갔다가, 이번에는 보리차를 가득 채운 커다란 질주전자를 담은 쟁반을 도미지로 옆에 두고 간다. 손놀림을 보아하니 오시마는 약간 긴장한 모양이다.

　도미지로도 같은 마음이었다. 이 이야기꾼에게 실수를 해서는 안 된다. 무사의 분노가 무서워서가 아니라, 부끄러워지기 때문이다.

　오시마가 물러가고, 옆방과 이쪽 방을 가르는 당지문이 닫힌다. 호흡을 가다듬으며 도미지로는 정중하게 방바닥에 손가락을 짚고 인사를 했다.

　"미시마야의 특이한 괴담 자리에 와 주셔서 고맙습니다. 저는 듣는 역할을 맡은 이 집의 아들, 도미지로라고 합니다."

　고개를 들고 바라보니 상좌上座의 헌헌장부도 어깨가 굳은 듯하다. 뺨이 상기된 까닭은 긴장하고 있기 때문이리라. 그것을 깨닫자 오히려 도미지로는 다소 긴장이 풀려 매끄럽게 말을 이을 수 있었다.

"우선 제가 먼저 지껄이는 무례를 용서해 주십시오. 특이한 괴담 자리에는 손님의 이름이나 신분을 밝히지 않은 채 이야기를 해 주셔도 된다는 규칙이 있습니다."

상대가 장사꾼이라면 이렇게 처음부터 규칙을 말하지 않아도 상관없다. 그러나 무사를 상대하는 만큼 중요한 규칙을 맨 먼저 밝혀 두지 않으면 이쪽이 차분해질 수 없다.

"지금부터는 가명을 사용하셔도 좋습니다. 또 내용에 대해서도 곤란한 대목은 숨기거나 바꾸셔도 무방합니다. 전부 손님의 재량에 맡기겠습니다. 이야기하고 버리고, 듣고 버리고. 그것이 이 자리의 규칙입니다. 부디 마음 편하게 말씀해 주시기를 미리 부탁드립니다."

도미지로가 다시 한 번 엎드리자 헌헌장부는 모양 좋은 (약간 딱딱한 느낌이 오히려 호감이 가는) 턱을 당기며 가볍게 고개를 끄덕였다.

"자세한 규칙은 직업소개꾼에게 들어 두어 알고 있습니다."

정중한 말투다. 신분을 제쳐 두고, 이야기꾼으로서 여기에 왔음을 분명히 하고 있다. 게다가 목소리도 좋았다. 외양과 음색이 잘 어울린다.

다시 태어난다면 이런 모습으로─이라기보다 그리고 싶다는 생각이 드는 이유는 역시 도로 선생과의 재회가 있었기 때문이리라. 마음이 들썩거린다.

"이 사람은 에도 시중 사람들이 촌뜨기 무사라고 비웃는다는 교대 근무에도 시대에 영주의 가신이 번갈아 에도의 영주 저택에서 근무하던 일 무사라오."

하얀 이를 보이며 헌헌장부가 웃었다.

"영주님이 에도로 올 때마다 곁을 따르니 이번이 세 번째 상경이지만 옷자락을 털면 흙냄새가 나는 시골 사람. 다만 영지에서는 말하기 어려운 내부의 일을 이곳의 드문 취미 자리에서 털어 버리고 싶다는 마음에 오늘의 기회를 얻었으니 모쪼록 잘 부탁드리지요."

도미지로는 이제 홀딱 반하고 말아서, 아아! 그리고 싶다, 이분의 초상을 그리고 싶다, 서 있는 모습도, 말 위의 모습도 좋겠지 하는 생각을 하느라 뒤늦게 놀랐다.

뭐? 교대 근무 무사? 사투리가 전혀 없는데. 촌스러운 촌뜨기 무사라니 당치도 않다.

"화, 화, 화."

황송합니다 하고 더듬거리다 보니 이마에 땀이 밴다. 등줄기에도 땀이 주르륵 흘렀다.

다시금 긴장한 도미지로가 솔직한 모습을 드러내자 이번에는 헌헌장부가 굳어 있던 어깨를 풀며 상쾌한 웃음을 띤다.

"이곳 가게에는 5년쯤 전에 첫 교대 근무를 마치고 영지로 돌아갈 때 선물을 찾으러 온 적이 있소. 평판 이상으로 어느 물건이나 반짝거리고 세련되어서 정신없이 구경하느라 결국 아무것도 사지 않은 채 가까스로 도망쳐 돌아가고 말았지만."

겸손한 말투도, 말을 고르며 상대를 대하는 표정도 도미지로에게는 감동적이라 할 만큼 인상 깊었다. 이분의 고향, 주군의 영지가 어디에 있든, 그곳이 아무리 궁벽한 장소라 해도 결코 업신여길 수 있는 곳은 아니다.

"손님의 마음을 흐트러뜨리기만 할 뿐 마음에 드는 물품을 갖추어 두지 못했으니 저희 잘못입니다."

미시마야뿐만 아니라 주머니 가게 전체를 짊어진 기분으로 도미지로는 머리를 숙였다.

"혹시 그때 이후로 주머니 가게에는 완전히 질리시고 만 것은 아닌지요?"

헌헌장부는, 아니오—하며 가볍게 손을 들더니 그대로 벗겨진 이마를 긁적였다.

"빈손으로 돌아가서는, 에도 선물을 기대하고 있는 어머니도 누이도 울고 말 테니 말이오. 다시 날을 잡아 번저藩邸에서 일하는 동료에게 부탁해 동행해 달라고 했습니다. 그렇게 해서 고른 물건 중에 이 댁에서 산 회지함이 있는데 누이가 지금도 소중하게 사용하고 있지요."

오오! 다행이다.

"참으로 고맙습니다."

이분에게는 누이동생과 어머님이 계시는구나. 안주인은 아직 맞이하지 않은 걸까. 아니, 첫 번째 에도 행을 마치고 귀향할 무렵에는 홀몸이었지만 이젠 아내가 있을지도 모르지. 이번 근무를 마치고 고향으로 돌아갈 때는 꼭 우리 가게 최고의 물건을 안주인에게 선물했으면 좋겠는데.

청자 노릇을 하는 건지 장사를 하는 건지 알 수 없게 된 도미지로는 역시 흥분하고 말았다.

다행히 헌헌장부가 먼저 보리차에 입을 대 주었기 때문에 도미지로도 목을 축였다. 오늘은 갑자기 마음이 내켜서 보리차 그릇으로 아껴 두었던 백자를 꺼냈는데 그러기를 잘했다. 지금 헌헌장부의 두툼한 손 안에 쏙 들어가 있는 가냘픈 백자 찻잔은 시원한 여름 꽃 같다.

도미지로의 생각이 전해진 것인지 헌헌장부는 손에 든 백자에 시선을 떨어뜨리고 찬찬히 들여다보며 말했다.

"이렇게 아름답고 가녀린 풍취의 물건과는 비교가 되지 않는 투박한 것이지만 이 사람의 고향에서도 도기가 많이 만들어지고 있습니다."

이름 높은 가마가 있는 곳은 정해져 있으니, 섣불리 되물으면 헌헌장부의 고향을 알아맞히게 되고 만다. 도미지로는 입을 다물고 고개를 끄덕였다.

"단, 명산지는 아니라오."

헌헌장부도 곧 변명하듯이 말했다.

"멀리 에도까지 유통될 정도의 도기는 아닙니다. 이 사람의 고향과, 고작해야 주위에 있는 지방의 일상생활 속에서 사용되고 쉽게 부서져서는 또 새것이 사용되고는 부서지고. 역시 질그릇은 불편하니 유약 정도는 발라 두자는 정도의, 공예품이라고도 부를 수 없는 물건이지요."

꽤 자기를 낮추고 있다.

"그 도기에."

도미지로는 신중하게, 천천히 물었다.

"이름이 있을까요."

세토 도기, 비젠 도기, 아리타 도기, 도베 도기—그런 것과는 다르다고 해도 명칭은 있을 텐데.

과연 헌헌장부는 말문이 막힌 듯 머뭇거렸다.

"있—습니다만."

그걸 말해 버리면 헌헌장부의 이름이나 고향을 짐작할 수 있게 된다.

"그럼 가명을 붙이지요. 아까 제가 말씀드린 규칙은 이런 경우에 적용하시면 됩니다."

"그렇군요. 어떻게 할까."

생각에 잠긴 헌헌장부의 눈빛이 진지하다.

"이런 사정은, 막상 꾸미려고 하니 어렵구려."

"꾸민다고 할 정도로 대단한 일은 아닙니다."

그래도 헌헌장부가 한동안 생각에 잠겨 있기에 이쪽에서 "미시마 도기는 어떨까요"라고 말하려 했을 때, 그 입매가 부드러워지고 눈가가 웃음으로 누그러졌다.

"그럼 '가지 도기'로 할까요. '가지'는 가지加持라는 한자를 쓰겠습니다. 이 도기를 시작한 곳이 가지무라라는 마을이니까요."

물론 도미지로에게는 아무런 지장도 불만도 없다. 하지만 이상했다. 왜 이 가명을 떠올리고 미소를 지은 걸까. 비밀이나 비아냥거림의 쓸쓸함이 섞이지 않은, 무언가를 떠올리고 저도 모르게 웃는 것 같은 솔직한 웃음이었다.

"이 사람은—아아, 이것도 숨 막히는군."

헌헌장부는 스스로 부정하듯이 말하더니 고개를 저었다.

"이제부터는 '나'라고 하지요. 이 이야기는 벌써 20년이나 전, 내가 열 살 코흘리개 꼬마였을 때의 일이라오. 고향에서 말하기가 어려운 까닭은, 내 가문의 지극히 한정된 사람들 사이에서만 알려져 있는 비사秘事이기 때문인데."

헌헌장부는 '비사'라는 강한 말의 울림을 확인하듯 잠시 사이를 두었지만 납득이 간 것인지 번민이 가신 것인지 이내 덧붙였다.

"지금의 나 자신은 가문에 있어서도 가신으로서의 역무에 있어서도 이 비사를 지켜야 할 입장에 있지는 않다오. 그런 일이 있었다는 사실조차 잊어버린 얼굴로 지내고 있지요."

전부 지나간 추억이오, 라고 한다.

"내가 옛날에 보고 들은 것, 만난 것이 지금도 그대로인지 어떤지는 알 수 없소. 이제 와서 누군가에게 물어 확인할 수도 없소. 그런 종류의 이야기라오."

알겠습니다, 하고 도미지로는 대답했다.

"얼핏 듣기에는 저희 괴담 자리에 마침맞은 이야기가 아닌가 싶습니다. 모쪼록 어디에서부터든 마음껏 말씀해 주십시오."

"고맙구려."

또 턱을 당기며 헌헌장부는 눈을 감았다. 마음을 가라앉히고 다시 도미지로의 얼굴을 본다.

"나는 나카무라 신노스케라고 합니다. 다만 비사가 있었던 당시에는, 관례를 치르기 전의 아명으로 고신자라 불리고 있었지요."

비사의 무대인 고신자의 고향은 오카지大加持 번, 성은 오카지 성, 나카무라 가가 모시는 주군은 오카지 가제노카미風之守 가지에몬加持衛門—으로 정하고, 이야기가 시작되었다.

오카지 성이 있는 산 높은 곳에서 한여름의 바람이 불어 내려온다. 오솔길을 내려가는 고신자의 등을 떠밀고, 몸에 밴 땀 냄새를 깨끗하게 날려 주는 듯한 바람이다.

험준한 산이 이어져 있는 이 부근의 지방에는 옛날부터 산성山城이 많았다. 그중에서도 오카지 산의 산등성이 끝자락에 터를 잡아, 당당하게 사람의 손으로 길을 내고 바위를 깎고 다테보리竪堀 산성 주위의 경사면에. 성에 대해 수직으로 판 해자를 파고 구획을 나누어 만든 오카지 성은 특별하다. 그 복잡하고 견고한 성벽과 본성 천수대의 독특한 지붕의 생김새가 어느 시대에나 그걸 올려다보는 사람의 눈을 빼앗아 왔던 것이다. 산성의 주인을 모시는 가신의 마음도 그 장관에 고조되기는 마찬가지였다.

고신자는 올해부터, 오전에는 산기슭에 펼쳐져 있는 통칭 센조지키 마을에 있는 번교藩校에서 '문文'을 배우고, 오후부터는 꼬불꼬불한 길을 올라간 곳에 있는 산노쿠루와三の曲輪 본성을 에워싼 세 번째 외성

를 연습 장소로 삼아 '무武' 단련에 힘쓴다는 충실한 나날을 보내고 있다. 지금은 '무'에서 돌아오는 길, 오카지 번 전통의 단창短槍을 이용한 미후네파派 창술의 기본을 글자 그대로 온몸에 새겨 넣고, 녹초가 되어 집으로 가는 길을 따라 걷고 있는 참이다.

여름 해는 길고 햇빛도 아직 강하다. 소년은 걸으면서 짧은 겉옷의 소매로 얼굴을 닦았다. 누빈 천으로 된 겉옷은 땀을 흡수하기 전부터 상당히 나달나달해져 있고, 어깨에 멘 연습용 (날 부분이 없는) 단창도 오래된 것이라 쥐는 부분의 색이 변해 있다. 양쪽 다 돌아가신 아버지가 남겨 주신 것이라 고신자에게는 보물이다.

고신자의 생가인 나카무라 가는 고신자의 조부와 아버지에 이어 지금의 형이 3대째. 가신들 중에서는 신참이다. 오카지 번의 가신단은 그만큼 옛날부터 이 땅에 존재했고 강한 유대로 이어져 있다. 단단한 결속으로 전국 시대의 거친 파도를 헤쳐 오다가 도쿠가와 쇼군 가의 세상이 도래하자, 다행스럽게도 오카지 가는 이곳에 영지를 인정받아 도자마外樣 세키가하라 전투 전후부터 도쿠가와 가를 따랐던 영주의 작은 다이묘가 되었다. 다이묘가 되면 되는 대로 또 어려운 입장이지만, 지금까지는 큰 잘못을 하지 않고 지내 왔다. 오카지의 가신단에게 있어서 지연이란 혈연과 비슷할 정도로 진하고 소중한 것이다.

고신자의 조부는 인근 번의 개역改易 에도 시대에 영주의 영지와 봉록, 집을 몰수하던 형벌으로 봉록을 잃었지만 농사에 밝다는 점이 높이 평가되어 오카지 번의 영주를 모실 기회를 얻은 사람이었다. 조부와는 달리 어릴 때부터 무술에 재능을 보였던 아버지는 꾸준히 수련한 끝에 미후네 파 창술을 전수받아서 영주의 근신近臣 주군의 측근에서 시중을 드는 신하으로 일하게 되었다. 하지만 조부의 외아들이었던 아버지가 일찍 세상을 떠났기 때문에 고신자의 형 류노스케는 열다섯 살에 관례를 치르자마자 가문과 관직을 물려받았다. 적자嫡子인 류노스케 또한 아버지를 쏙 빼닮은 무예자다.

올해 류노스케는 스물한 살, 고신자는 열 살이다. 어머니도 작년에 돌아가셔서 지금의 나카무라 가는 형과 형수, 고신자와 요닌用人 에도 시대에 주군 밑에서 출납이나 서무를 맡아 보던 직함인 야마베 하치로베(고신자는 할아범이라고 부르고 있다)가 통솔하는 종자들과 고용살이 일꾼들이 생활하고 있다. 나카무라 가는 아버지 대부터 근신으로 발탁된 몫이 봉록에 더해졌으나, 가문의 격이 낮아서 일가가 사는 관사는 센조지키초의 변두리에 있다.

지금 고신자는 성대하게 배를 꼬르륵거리며 그곳으로 돌아가는 중이다.

——요시 형수님이 오늘은 무엇을 먹게 해 주시려나.

그렇게 생각하는 것만으로 입안에 침이 고인다.

형수 요시는 형보다 다섯 살 위다. 류노스케가 어린 나이에 집안을 물려받았으니 야무진 누님 같은 아내가 좋겠다는 이야기가 나온 것이리라. 고신자는 어렸기 때문에 당시의 일을 전혀 기억하지 못했고, 최근에야 주위에서 띄엄띄엄 들려오는 말을 이어 붙여 알게 되었다.

요시는 오카지 번의 오래된 가문인 치노 가의 여식이다. 류노스케에게는 스무 살에 시집을 왔다. 그때까지 전혀 혼담이 없었다고 하니, 가신의 딸로서는 어엿한 만혼이다. 다만 요시를 만나는 사람은 이내 그 이유를 납득한다.

못생긴 것이다. 사람들은 뒤에서 요시의 용모를 이렇게 비유한다. 강가의 돌에 눈과 코를 붙인 것 같다고. 몸집이 작고 절구통 같은 몸은 무엄하게도 종종 돌로 만든 지장보살상에 비유되었다.

조금 꾸민 정도로는 어떻게 할 수도 없는, 토대의 만듦새부터가 못생겼다. 본인도 잘 알고 있어서 아마 시집을 가지 못한 채 조만간 비구니가 될 거라고 생각했던 모양이다.

그런 요시를 설득한 사람은 류노스케의 어머니였다.

——우리 집에는 요시 님 같은 며느리가 필요해요.

주위 사람들은 크게 놀라 야단법석을 떨었다. 센조지키초의 관사나 무사들이 사는 공동주택에서는 그곳 자녀들의 웃음소리, 울음소리, 고함, 의심하고 당황하는 목소리가 들려와 난리였다고 한다.

당시의 나카무라 류노스케는 열다섯 살의 미소년이었고 용맹과감한 단창의 명수였다. 그와 함께 번교藩校나 도장에 다니는 동료들의 동경과 선망을 받았으나 당사자는 거만하게 굴기는커녕 게으름도 피우지 않고 근면했다. 좋은 경쟁 상대도 많았다. 그런 모습을 멀리서 바라보던 가신단의 여식들 사이에서, 류노스케는 하늘의 별이나 다름없었다. 누가 그 별을 쏘아 떨어뜨릴 수 있을지, 은밀하게 뜨거운 싸움이 벌어지고 있었던 것이다.

한데.

강가의 돌멩이에 눈과 코를 붙인 것 같은 요시가 류노스케의 아내가 되다니. 그것도 류노스케 어머니의 간절한 희망으로.

당사자인 류노스케가 이 혼담을 어떻게 받아들였는지는 아직 수수께끼다. 본인이 이야기하지 않기 때문이다. 요시도 마찬가지여서, 아무 말도 하지 않고 얼굴에도 나타내지 않는다.

열 살 꼬마인 고신자가 보기에 형과 형수 사이는 평범하게 평온하다. 아기도 태어났다. 사랑스러운 여자아이다. 고신자도 가끔 조심조심 아기를 돌보는데 아이는 형 류노스케를 많이 닮았다.

하지만 형과 형수를 둘러싸고 무슨 말이 돌든 말든 고신자에게는 아무래도 상관없다. 고신자에게 중요한 것은,

——먹을 것!

형수 요시는 요리를 잘한다.

오카지 번에서 가신과 그 가족들은 가문의 격에 상관없이 모두 잡곡밥을 먹는다. 팔분도의 현미가 3이고, 나머지 7은 보리나 피나 조를 섞은 것. 오카지의 영지는 햇볕도 물도 풍부한 땅이지만 산이 많고 평야가 적기 때문에 쌀은 사치품이다.

잡곡과 쌀의 배합, 물의 양, 밥을 짓는 방법은 집집마다 미묘하게 다르다. 그에 따라 밥이 맛있는 집과 맛없는 집으로 나뉘는데, 요시는 우선 이 실력이 뛰어나다. 포만감이 느껴지도록 여러 가지 재료를 사용해 밥의 양을 늘리는데도 늘 맛있다.

한여름인 지금은 풋콩을 넣은 밥. 소금을 듬뿍 뿌려 구운 민물고기의 살을 으깨어 섞고 다진 파를 고명으로 얹는 생선밥. 마를 갈아 육수에 탄 참마즙을 얹은 참마밥. 파나 산나물을 가득 넣은 된장국을 차게 식혀 밥 위에 뿌리는 된장국밥.

가을이 되면 버섯이나 밤, 토란을 넉넉하게 쓸 수 있고, 겨울에는 찰떡이나 찹쌀을 섞어 밥을 짓거나, 잡곡밥과 가락국수를 함께 끓인다. 한창 많이 먹을 나이인 고신자에게는, 아무리 향이 좋아도 푸성귀가 많이 섞이는 봄이 제일 시시하다.

요시는 반찬도 잘 만든다. 산적, 무침, 구이, 조림, 무엇이든 맛있다.

다만 고신자는 철이 들 무렵부터 요시의 요리를 먹으며 자랐고 달리 비교할 상대가 없기 때문에,

──너는 요시의 진짜 고마움을 모른다.

──요시 님의 요리를 먹으며 자랄 수 있다니, 고신자 님은 행복하십니다. 이 할아범도 요시 님이 만드시는 맛있는 것을 먹고 있으니 하루라도 오래 살겠지요.

같은 말을 형이나 할아범에게 들어도 가슴 깊이 실감하긴 힘들다.

등성한 형이 집에 돌아올 때까지는 저녁은 먹지 않으니, 연습이 끝나 배가 고픈 고신자를 위해 요시는 무언가 간식을 준비해 두곤 한다. 흔한 차조떡이나 수수경단도 요시가 만들면 맛있으니 이상한 일이다.

센조지키초에 들어서면, 길은 마치 부채의 살처럼 산자락에서 남쪽의 평야를 향해 뻗어 있다. 번교와 문서 창고, 중신들의 저택이 늘어서 있는 동쪽 길이 아니라, 고신자는 직인들의 거리인 서쪽 길을 걸어 동네의 변두리로 향한다. 동네 한가운데에는 상가商家나 여관이 빼곡하게 모여 있어, 고픈 배에는 혹독한 냄새가 나기 때문에 피하는 것이 상책이다.

저마다 일에 힘쓰며 깡깡 소리를 내는 땜질집과 대장간 앞을 지나는 동안 고신자의 배가 또 크게 꼬르륵거리는 소리를 냈다. 이 길을 빠져나가면 관사 입구다. 집까지 얼마 남지 않았다.

뒤뜰의 생울타리에는 자귀나무 꽃이 가득 봉오리를 달고 있고, 곧 해가 기울기 시작하면 하품을 하듯이 느긋하게 피기 시작하겠지.

──하지만 지금은 먹을 것이 먼저다.

마음속으로 기운차게 외쳤을 때 어딘가 멀리서 배에 울리는 듯한 불가사의한 소리가 들려왔다.

부오오오~, 부오오오~.

여름 바람을 타고 계속 이어진다. 대체 어디에서 나는 소리일까. 고신자는 발길을 멈추고 주위를 둘러보았다. 길가에 있는 집에서도 앞치마 차림으로 땀을 흘리던 직인들이나 그 아내들이 차례차례 놀란 얼굴을 내민다.

──성이다.

가파른 산자락을 덮은 무성한 나무들 속을 구불구불 가로지르는 성벽과 그 성벽이 이어진 곳 위에 가냘픈 작은 배를 띄운 듯한 천수대는 여기서도 올려다 볼 수 있다. 고신자만이 아니라 이곳의 가신이나 영지민 들에게는 눈에 익은 풍경이다.

하지만 거기에서 이런 기묘한 소리가 들려온 것은 처음이다. 적어도 고신자에게는 그렇다. 길거리로 나온 사람들의 의아한 듯한 기색으로 보아도 좀처럼 없었던 일인 모양이다.

고신자는 서둘러 집으로 향했다. 관사에서 마을로 통하는 큰길에도 사람들이 나와 있었다. 모두 불안한 듯이 이상한 소리가 들려오는 성 쪽을 올려다보고 있다. 그 사이에 할아범과 요시의 얼굴도 보인다.

"할아범! 형수님!"

고신자의 부름에 야마베 하치로베는 퍼뜩 이쪽을 보았다. "오오, 고신자 님."

오카지 성 쪽을 올려다보고 있는 요시의 표정은 어째서인지 몹시 험악하다.

마당의 작은 밭을 돌보던 중이었나. 양손이 흙으로 더러워져 있다.

"할아범, 이게 무슨 소리야?"

"고신자 님은 모르십니까. 소라 소리입니다."

하치로베는 주위에 있는 관사의 아녀자들이나 젊은 종자들, 고용살이 일꾼들의 귀에도 들어가도록 일부러 큰 목소리를 내고 있다.

"소라고둥이라는, 할아범의 머리보다도 커다란 조개가 있거든요. 옛날에는 전쟁터에서 무사들을 격려하기 위해 우렁차게 불곤 했지요."

"그쯤은 나도 알아. 그런데 이런 소리가 나는 거였나?"

무겁고 웅장하면서 희미한 불길함도 머금고 있다.

"이런 소리니까 멀리까지 들리는 것이지요."

태평성대가 오고 나자 소라고둥은 쓸모가 없어졌다. 소라고둥을 잘 불 줄 아는 무사도, 소라 관리를 두는 영주 가문도 줄었다. 하지만 오카지 성에는 아직 그 관리가 있고, 지금 무언가 사정이 생겨서 불고 있는 것이다.

이야기하고 있는 사이에 소라고둥 소리는 그쳤다. 아무 일도 없었던 것처럼 주위에는 여름 하늘과 바람만이 돌아왔다.

"성에서 연습을 하고 있었는지도 모르겠군요." 할아범이 또 주위 사람들에게 들려주듯이 말했다. "어쨌든 변사를 알리는 것은 아닙니다. 거참, 생각지도 못한 일이었지만 귀가 번쩍 트이는 울림이었어요."

불안한 표정을 짓던 사람들도 관사 쪽으로 돌아가기 시작했다. 그러나 요시만은 여전히 딱딱한 얼굴로 같은 자리에 서 있다.

"형수님, 왜 그러십니까."

늠름하게 물으려고 했던 고신자지만 목소리와 동시에 들으란 듯이 크게 배에서 소리가 나고 말았다. 할아범이 온 얼굴의 주름을 펴며 웃고, 요시의 얼굴에 팽팽하게 당겨져 있던 실도 끊어졌다.

"다녀오셨어요, 도련님. 간식을 만들어 두었답니다."

평소처럼 다정하게 웃는 얼굴로 요시가 활기차게 말했다. 그러다가 다른 이들이 돌아가고 나카무라 가의 세 사람만이 남았다는 걸 확인하자 갑자기 목소리를 낮추어 말을 이었다.

"아까의 소라 소리는 큰북 님께 변사가 있었음을 알리는 것입니다."

고신자는 어리둥절했다. 할아범은 주름진 얼굴 안쪽에 틀어박혀 있는 작은 눈을 깜박거렸다.

"야마베 님은 이미 아시겠지만 제 친정이 큰북 님을 모시고 있기 때문에 일단 유사시에는 이 소라가 연주된다는 사실을 저도 알고 있습니다."

"아하, 역시 그렇군요."

하치로베는 반쯤은 놀라고 반쯤은 납득했다는 기색이다.

"이미 나카무라 가에 시집온 몸인 저는 그렇다 치고…… 큰북 님께 어떤 변사가 일어났느냐에 따라서도 다르겠지만 류노스케 님께는 중요한 하명이 있을지도 모르겠어요. 정신 차리고 있어야겠습니다."

"알겠습니다. 이 늙은이도 마음의 준비를 해 두지요."

두 사람의 뒤에 남겨진 고신자는 여전히 어리둥절해하고 있었다.

큰북 님?

"다음 이야기를 하기 전에, 저희 번──오카지 번의 소방 구조에 대해서 이야기해 두어야겠군요."

헌헌장부가 보리차로 목을 축이고 나서 말을 이었다.

"우리 영지에도 에도의 주민 소방대와 비슷한 조직이 있었습니다. 하기야 조직으로 상주하고 있었던 것은 산 위에 있는 오카지 성뿐이지만."

도미지로는 생각했다. 에도 시중에서는 '다이묘 소방'이라고 해서 시중의 화재에 대처하기 위해 여러 다이묘가 거느리고 있는 소방대가 있지만, 다이묘가 영지에서 자신이 다스리는 고장을 위해 설치하는 소방대의 경우에는 그 지역의 주민 소방대가 되는 것이로구나.

"가신들 중 젊고 용맹한 평무사가 아시가루足輕 에도 시대의 최하급 무사. 평상시에는 잡역을 하다가, 전쟁 때에는 보병이 되었다나 주겐中間 무가의 하인을 모으고 마을에서도 목수나 인부 등을 넣어 구성한 소방대였지요. 무사의 신분이 아니어도 일정한 수당이 나왔던 데다, 주민 소방대로 뽑히는 것은 대단한 명예였기 때문에 목숨을 거는 일인 줄 알면서도 지원하는 사람이 많았습니다."

마음가짐은 에도의 주민 소방대와 같다. 불을 끄는 일이 사나이다움의 극치인 만큼 최고로 명예로운 존중을 받는 것이다. 달리 말하자면 그만큼 화재가 무섭다는 뜻이겠다.

"매년 비가 적게 내리는 겨울과 벼락이 많이 치는 초봄 무렵의 오카지 성에는 항상 산불의 위험이 있었소."

"아아, 그래서 소방대를 상주시킬 필요가 있었군요."

그쪽에 무게를 둔다면 '오카지 성의 정식 소방대'라고 부르는 편이 옳을까.

도미지로가 자신의 생각을 말하자 헌헌장부는 싱긋 웃었다.

"아니, 오카지 번의 소방대에는 독특한 이름이 있었소."

'큰북 소방대'라고 불렀다고 한다.

"산노쿠루와에 둔소屯所를 두고 있다가 산불이 나면 이곳에서 위로 올라가고, 성 아래의 센조지키초에서 화재가 일어나면 성의 정문을 빠져나가 구불구불한 길을 내려와 달려가지요."

산노쿠루와 옆에 서 있는 소방 망루에는 항상 큰북이 하나 매달려 있었다.

"크기는 작은 대야 정도."

헌헌장부가 양손을 어깨 넓이로 벌려 그 크기를 보여 준다.

"만듦새가 지극히 소박했는데, 꽤 낡고 더러웠습니다."

오카지 번의 소방대는 화재가 일어나 출진할 때 반드시 이 큰북을 매달고 갔다.

"불이 난 곳에 달려가는 동안에도, 도착해서 불을 끄기 시작하고 나서도 쉼 없이 북을 치는 것이오."

북을 치는 사람은 이때를 위해 평소부터 단련하고 있는 '북지기'로 반드시 가신들 중 젊은 무사가 맡도록 정해져 있었다.

"그러면 아무리 큰 불이 일어나도 순식간에 진화되지요."

실제로 헌헌장부가 여섯 살인가 일곱 살 때 목격한 적이 있다고 한다. 성 아래에서 상당히 큰 화재가 일어났는데 산성에서 달려온 소방대가 도착하자마자 보이지 않는 손이 어루만진 것처럼 진화되어 가는 모습을.

"아하." 도미지로는 크게 고개를 끄덕였다. "그것이 '큰북 소방대'의 유래로군요."

"그렇소. 하지만 큰북은 이렇다 할 특징도 없는 흔한 물건이고, 두드리면 물이 나오는 것도, 바람이 불어 나오는 것도 아니라오."

큰북은 소방대를 고무시키는 역할을 하며 가지고 나가면 순조롭게 불을 끌 수 있다는 길조의 의미가 있긴 하지만 북 자체에 진화를 위한 어떤 효능이 있는 건 아니라는 얘기다. 헌헌장부는 그리 여기며 열 살까지 자랐고 주위 사람들도 대체로 비슷한 생각을 가지고 있었다.

"한데 소라고둥 소리를 들은 그때부터 저는 생각을 바꾸지 않을 수 없었습니다."

마치 옛날이야기 같지만 오카지 번의 큰북 소방대가 모시는 큰북은 일종의 신기神器이며 불가사의한 힘으로 화재를 제압하는 물건이었던 것이다.

그날.

저녁때는 고사하고 밤이 깊어도 형 류노스케는 집에 돌아오지 않았다. 어디에서 무엇을 하고 있는지 알 단서는 없었고 성에서 소식이 오는 일도 없었다.

번주의 근신을 맡고 있는 형이 평소와 다르게 행동한다면 일단은 오카지 성의 중추에서 변사가 일어났는지 의심해 봐야 하지 않을까. 더구나 소라고둥 소리가 울려 퍼졌을 때 형수인 요시가 했던 수수께끼 같은 말.

──류노스케 님께는 중요한 하명이 있을지도 모르겠어요.

두 가지가 합해져서 고신자는 불안한 하룻밤을 보냈다. 야마베 하치로베는 "이럴 때야말로 침착해야 합니다" 하며 쿨쿨 자고 있었지만, 요시는 밤새 등불을 켜 놓고 형을 기다렸던 모양이다.

그런 어수선한 상태로 나카무라 가의 사람들은 만 이틀을 기다렸다. 사흘째 아침에, 류노스케가 큰 부상을 입고 오카지 성 산노쿠루와의 큰북 소방대 둔소에 있다는 소식이 도착했다. 전령은 요시의 친정 치노 가의 가레이嫁令 집안일이나 회계를 관리하던 사람로, 요시에게 남편을 간호하러 오라는 말을 전함과 동시에 고신자에게도 함께 가라고 명령했다.

뜻밖의 전언에 요시는 한순간 뺨을 굳히더니 야무지게 되물었다.

"왜, 어느 분께서 고신자 님을 부르시는 것이오?"

형수의 무인武人 같은 말투에 고신자는 놀랐다. 약간 오싹했을 정도로.

치노 가의 가레이는 앞뜰의 땅바닥에 한쪽 무릎과 한쪽 손을 짚고 더욱 깊이 머리를 숙인 채 빠른 말투로 대답했다.

"영주님의 하명이십니다."

가레이의 말을 듣고 고신자는 또 오싹했다.

"가겠습니다!"

천장을 뚫을 듯한 큰 소리의 대답은 이웃집에까지 울렸을지도 모른다.

결국 류노스케와 고신자가 걱정된다는 야마베 할아범과 함께, 셋이서 오카지 성 산노쿠루와의 둔소로 가게 되었다. 다친 사람을 간호하는 데 필요한 물건을 나누어 짊어지고 산길을 오르는 동안 세 사람은 쓸데없는 말을 하지 않았다. 야마베 할아범이 끊임없이,

"걱정하지 마십시오. 류노스케 님은 이 할아범이 바위보다도 튼튼해지도록 키웠으니까요. 어떤 부상이든 반드시 회복하실 겁니다."

라고 요시를 위로했던 것을 '쓸데없는 말'에 넣지 않는다면.

다친 사람이 왜 소방대의 둔소에? 라는 의아함은 도착하자마자 풀렸다. 한두 명이 아니었다. 일어나서 겨우 앉아 있을 정도의 경상인 사람부터, 옴짝달싹 못한 채 온몸을 무명천으로 감고 드러누워서 숨을 쉬는지도 의심스러울 만큼 중상을 입은 사람까지 대략 열두세 명은 된다. 간호할 사람도 성내에서 나온 이들로, 어떤 사람은 부상자를 돌보고 어떤 사람은 둔소 밖에 마련된 화덕에서 물을 끓이고, 어떤 사람은 빨래를 하고 어떤 사람은 약탕을 만들고 있다.

상처는 깊지만 다행히 정신을 차리고 일어나 있던 류노스케는 나카무라 가의 세 사람을 보자 안도의 한숨을 내쉬었다.

"임무를 수행하시느라 고생 많으셨습니다."

요시는 재빨리 바닥에 손가락을 짚고 인사를 하고, 야마베 할아범은 류노스케를 격려하는 건지 추켜올리는 건지 자랑하는 건지 모를 말을 주절주절 늘어놓기 시작했다.

"할아범, 알았어, 알았어. 나는 죽지 않아. 그러니 안심하고 이곳 사람들을 도와줘."

류노스케는 아픔에 얼굴을 찡그리면서도 웃음을 띠었다. 하지만 고신자와 눈이 마주친 순간, 뺨 한구석에 숨길 수 없는 비통한 무언가가 스쳐 웃음을 지우고 말았다.

"고신자, 내가 이 꼴이 되어 너를 끌어들였구나."

미안하다──하고 신음하듯이 중얼거린다.

끌어들였다고? 무엇에? 에라! 모르겠다, 나는 무엇도 두렵지 않으니까. 기린아인 형에게는 못 미치지만 이 고신자도 멧돼지만큼의 용맹함은 갖고 있다고 생각한다.

그러나 이 모습은 무엇일까. 형도, 다친 사람들도, 싸움에 의한 부상이리라 예상했다. 영주님과 오카지 번을 지키기 위해 몸을 바쳐 싸우는 건 근신의 임무. 아니, 그것은 가신 전체의 임무다. 어떤 상처나 부상을 보더라도 흐트러지지 않겠다. 고신자는 각오가 되어 있었다.

하지만 이것은 다르다. 류노스케를 필두로 이곳에서 신음하는 사람들, 죽어 가는 사람들을 괴롭히고 있는 것은,

──화상이다.

모두가 화재 때문에 다쳤을까.

류노스케의 허리에서부터 아래로도 무명천이 두껍게 감겨 있었
다. 그래도 약 냄새가 풀풀 풍긴다. 겹쳐진 무명과 무명 사이로 화
상용 기름약이 배어 나오고 있다. 칼에 입은 상처 같은 것은 양쪽
팔에 약간 흩어져 있을 뿐이다.

게다가 또 하나, 이 자리에는 그냥 보아 넘길 수 없는 의혹이 있
었다.

오카지 번은 작은 번이다. 가신들은 대부분이 서로 얼굴을 아는
사이다. 특히 지금 이곳에 있는 부상자는 근신인 형의 동료나, 성
의 경호를 맡고 있는 기마 무사, 큰북 소방대 사람들일 테고, 실제
로 고신자는 그들의 얼굴을 하나하나 알아볼 수 있었다.

하지만 머리카락이 완전히 타서 스님 같은 모습으로 한쪽 구석
에 힘없이 잠들어 있는 저 사람과, 물집투성이 얼굴에 목부터 허리
까지 무명천에 둘둘 감긴 채 충혈된 눈으로 천장을 노려보는 저 사
람. 둘의 얼굴은 본 기억이 없다. 몇 번을 다시 보아도, 낯선 타인
이다.

"이런 사정에는 이유가 있다."

고신자의 눈빛을 읽었는지 류노스케는 그렇게 말했다. 목소리가
쉬어 있다. 화재로 열기를 들이마셨기 때문일까.

"한심하지만 보다시피 나는 움직일 수가 없구나. 지금은 네가 나
카무라 가를 짊어져야 한다. 아우야, 마음을 단단히 먹어다오."

형은 고통스러운 듯이 숨을 헐떡였다. 고신자가 그의 손을 세게

움켜쥐었을 때, 오카지 번의 번주, 오카지 가제노카미 가지에몬이 성큼성큼 바닥을 밟으며 둔소 안으로 들어왔다.

"오랜만이구나, 요시."

가지에몬이 쾌활하게 웃으며 말했다. 굵은 눈썹, 큰 코, 긴 턱. 키도 크고 덩치도 좋으며 체구가 두툼하다.

"고개를 들고 얼굴을 자세히 보여 다오. 센조지키초에서 제일 멋진 사내에게 시집을 가서, 그대도 멋진 여자가 되었다고 소문이 자자하던데."

둔소 안쪽, 마루방이다. 상석의 걸상이 번주가 앉는 곳이다.

고신자와 요시는 그 앞에 나란히 엎드려 있다. 가지에몬의 재촉에 몸을 일으킨 요시가 눈을 가늘게 뜨며 말했다.

"그런 농지거리를 하시는 버릇은, 변함이 없으시군요."

꽤 허물없는 대꾸다.

오늘 고신자는 온종일 몇 번이고 놀라는 통에 이미 놀람의 샘이 말라 버린 줄 알았다. 아니었다. 샘의 밑바닥에서부터 또 한 번 놀라움이 솟아올랐다.

그 모습이 가엾다 싶었는지,

"나와 요시는 사촌 사이란다."

친근한 말투로 가지에몬이 말했다.

"내 어머니가 장녀, 요시의 어머니가 차녀로 치노 가의 자매거든. 내 어머니가 아버지에게 시집을 온 후에 요시의 어머니가 데릴사위를 들여 치노 가를 이었는데, 운 나쁘게 산욕으로 돌아가신 내 어머니 대신, 한때는 내 유모도 맡아 주었지. 만카카는 잘 지내시나?"

오카지 번 가신의 일원으로서, 고신자도 지금의 영주가 정실의 자식이 아니라 선대 번주가 영지에 두었던 측실의 자식임은 알고 있다. 에도 번저에 사는 정실에게는 사내아이가 하나 있었으나, 행실이 좋지 못하여 스무 살이 되기 전에 결국 폐적^{廢嫡}되었다. 그 뒤를 이은 이가 가지에몬이다. 오카지 영지에서 태어나고 자란 영주로서 영지민들이 널리 친근하게 여기고 있다.

후계자로 결정되어 에도로 가게 되었을 때, 마차가 싫다며 그 안에 대역을 세운 뒤에 자신은 내내 말을 타고 달렸다는 대담한 영주이기도 하지만 이후의 치세는 실로 공정했다. 상인들로부터 안이하게 돈을 빌려 빚을 늘리는 것도 싫어하며, 새로 논을 개간하는 데 열심인 사람은 극진히 대하기도 한다. 영명하다고 해야 할까.

그런 번주와, 관례를 치르기 전이며 장남도 아닌 고신자가 이토록 가까이에서 얼굴을 마주하는 것은 있을 수 없는 일이다. 고신자로서는 그저 눈이 부시고 황송해서 도망치고 싶을 뿐이다. 하지만 번주와 형수가 자아내는 밝은 분위기에 저도 모르게 멍하니 휩쓸리고 말았다.

"덕분에 어머니는 건강하세요."

무릎 위에 손을 가지런히 모으고 요시가 말했다.

"올해는 영주님이 영지에 계시는 해이니 뵐 수 있을지도 모른다고 바로 얼마 전에도 말씀하셨지요."

"그래? 나도 만카카를 만나고 싶다만."

말을 마친 가지에몬이 갑자기 험악하게 미간을 찌푸렸다. 만카카란 유모나 새어머니를 친근하게 부르는 말이다.

"맛있는 곤들매기밥을 준비시키고 한 솥을 다 먹어 치우기 전에 해야 할 일이 있다."

눈빛이 강해진 가지에몬이 요시 쪽으로 몸을 기울였다.

"급하게 오보라케 연못의 터주를 뵈어야 하게 되었다. 나는 지금의 터주를 몰라. 터주께서도 내가 지금의 당주라는 것을 모르시겠지."

중개인이 필요하다, 고 한다.

"나카무라 가로 시집간 온노를 이제 와서 끌어내는 것도 미안하다만 안내를 좀 맡아 줄 수 없겠느냐."

온노란 사이좋은 어린아이들끼리 서로를 부를 때 사용하는 말이다.

"사정이 있어서 치노 가의 사람을 직접 동원하고 싶지는 않다. 온노라면 오카지 산의 길을 잘 아는 데다가 나카무라 류노스케의 아내로서 남편의 대리를 맡는다는 명분도 내세울 수 있지."

"알겠습니다."

요시는 망설이지도 않고 절을 했지만 표정은 딱딱해졌다. 아까보다도 불안해 보이는 눈을 하고 있다.

"영주님, 왜 고신자까지 부르신 건가요?"

"터주를 만나러 산을 오를 거라면 꼭 동생을 함께 데려가 달라고 류노스케가 부탁하더군."

가지에몬이 고신자를 바라본다. 험악한 표정은 사라지고 눈빛이 다정하다.

"요시, 온노의 남편은 화상으로 완전히 기가 꺾이고 말았어. 자신은 이제 지금까지 하던 것처럼 내 근신을 맡을 자신이 없다더군. 그러니 나카무라 가에 대대로 이어져 온 명예를 지키기 위해서는 동생 고신자가 당장이라도 내 옆에 붙어 있어야 한다고 완고하게 주장하고 있다."

고신자는 영주님과 형수의 얼굴을 둘러보았다. 형수 쪽은 떨떠름한 얼굴을 하고 있다.

"회복에 힘쓰는 것이 먼저일 텐데요."

"그렇게 말하지 마라. 화상은 아프고 괴롭지만 그 치료는 더 아프고 괴로워. 물론 류노스케라면 이겨 낼 수는 있을 테지."

영주의 목소리가 낮아졌다.

"본인이 각오한 대로 원래처럼 혼자서 서고 걷거나 달리는 것은 어렵겠지. 그렇다면 언젠가 동생이 집안을 물려받게 될 테고, 온노의 시동생으로서 고신자가 일찌감치 터주를 알아 두는 것은 결코 잘못된 절차가 아니야."

요시는 눈을 내리깔고 입을 한일자로 다문 채 한 번, 그리고 또 한 번 고개를 끄덕였다. 가지에몬의 말에 이의가 있다는 뜻이 아니라 각오를 다지고 있다──는 몸짓으로 보였다.

"고신자, 그대는 몇 살인가?"

번주가 직접 묻고, 커다란 눈으로 직접 대답을 요구해 온다. 고신자는 긴장하고 말아, "하, 저, 저는" 하고 말을 더듬었다. "여, 여, 열 살입니다."

"열 살인가." 가지에몬은 옷소매를 걷어 올려 오른쪽 팔꿈치를 보여 주었다. 손바닥만 한 크기의 오래된 화상 자국이 있다.

"내가 이 화상을 입었을 때와 같은 나이구나. 나는 어리석음 때문에 부상을 입었다. 나를 감싼 시동과 소방대장은 목숨을 잃고 말았지."

고신자 그대는 아무 일도 없을 테니 안심해라, 라고 덧붙인다.

"오보라케 연못까지 오르려면 길채비를 확실하게 해두어야 한다. 나카무라 가로 돌아갈 시간은 없으니 둔소에서 필요한 물품을 갖추어 달라고 해."

그 김에 배도 든든히 채워 두도록, 이라는 말을 남기고 가지에몬은 마루방을 나갔다. 그때 오카지 성의 천수대에서 아침 여덟 시를 알리는 시종時鐘이 들려왔다.

"둔소에서 급히 준비하는 동안 제가 무엇을 물어도 형수는 대답해 주지 않았습니다."

——도련님이 알아야 할 일이라면 영주님께서 말씀해 주실 거예요.

헌헌장부가 말을 이었다.

"소방대 둔소에는 저 같은 어린아이의 키에 맞는 바지나 노바카마野袴 옷자락에 넓은 단을 댄 무사들의 여행용 하카마가 없어서 망극하게도 영주님이 어릴 때 입던 바지를 빌리게 되었는데."

줄무늬 면직물 천의 다리 부분과 각반을 죄는 부분 주위에 점점이 그을린 자국이 흩어져 있었다.

"그럼 영주님이 말씀하신, 오른쪽 팔꿈치에 화상을 입었다고 하신 때에 그 바지를——."

"맞습니다. 그래서 제게 빌려 주셨는지도 모르지만요."

오늘은 바람이 좀 불어서 흑백의 방 안은 시원하네. 북향인 방도 여름에는 꽤 편리하다.

그러나 바람 때문에 아름다운 물새 모양의 네리키리가 말라 버린다. 헌헌장부의 찻잔에 새 보리차를 따르면서 도미지로는 권해 보았다.

"이제 이야기 속에서는 계속 산을 오르게 될 테지요. 단것을 좀 드십시오."

헌헌장부는 다과 따위는 잊고 있었는지 놀란 듯 눈을 깜박거렸다. 그리고 나서 문득 눈을 가늘게 뜨며 말했다.

"우리가 가려는 오보라케 연못이라는 것은 오카지 산의 8부 능선 부근에 있는데."

주변에는 거의 생물이 없다고 한다.

"사슴도 너구리도 여우도 들개도, 새조차도 없습니다. 어릴 때의 저는, 번의 정책으로 인해 산의 6부 능선 부근에서부터 위를 개척

하고, 숲의 나무를 베어 도기용 가마의 불쏘시개로 쓰고 있기 때문이라고 믿었습니다."

"처음 하신 이야기에 나왔던 도기를 만들기 위해서로군요."

"예. 하지만 사실, 그 순서는 반대였지요."

헌헌장부는 이쑤시개를 집어 물새 모양 네리키리를 둘로 갈랐다.

"애초에 오보라케 연못 자체는 생물이 살 수 있을 리도 없는 곳임을, 도착해 보니 첫눈에 알 수 있었습니다."

생물이 살 수 있을 리 없는 연못?

"어쨌거나 물이 펄펄 끓고 있더군요."

말을 마친 헌헌장부는 도미지로가 놀라는 것을 즐기듯이 눈으로만 미소를 지었다.

오보라케 연못으로 향한 일행은 소수였다. 근신이나 기마 무사 중에 그렇게나 다친 사람이 많았으니 일손이 부족하기는 했을 터이다. 그러니 안내를 맡은 요시, 고신자, 가지에몬의 근신 중에도 최고참인 가시무라 신베에, 기마무사 견습인 오쓰키 유즈노스케라는 젊은 무사, 이 넷이서만 가지에몬과 함께 간다는 것이다. 과연 여차할 때에 번주를 지켜낼 수 있을까.

"이 산행에서는 내가 그대들을 지켜야 한다."

가지에몬은 태연하게 말하며 누구보다도 사나운 표정을 하고 있었다.

일행은 오카지 성 서쪽에 있는 마장馬場 앞에서부터 산중으로 들어갔으나 말은 타지 않고 걸었다. 그도 그럴 것이 오카지 산의 정상으로 가는 경로들 중에서 가장 짧지만 가장 험난하기도 했기 때문이다. 30분가량 걸어가자 주위의 경사면은 온통 바위투성이로 바뀌었다. '바위지옥'이라는 무서운 이름이 붙어 있는 곳이다.

"한 줄로 서서 앞사람의 발자국을 밟으며 걸어야 한다. 쓸데없는 곳에 발을 디디면 낙석을 일으키고 마니까."

주위는 온통 바위와 돌멩이의 바다. 다행히 경사는 보기보다 가파르지 않았다. 저절로 패인 길이나 바위의 갈라진 틈을 올라갈 때는 밧줄과 돌말뚝이 필요하지만, 요시와 가지에몬, 오쓰키 유즈노스케 세 사람은 그럴 때 보면 매우 능숙하여 일행의 발걸음은 느리면서도 머뭇거릴 줄을 몰랐다.

"이 일대는 개간할 수 없고 가마를 만들 수도 없다. 바위투성이인 채로 방치해 왔지만 이번 일에는 더없이 적합하군."

고신자를 배려하며 항상 바로 뒤에 붙어 있던 가지에몬이 발치를 확인하면서,

"바위지옥이라도 절벽을 올라가는 것보다는 편하니까."

유쾌하게 말하고는 뒤를 돌아본다.

"신베에, 살아 있나?"

"덕분에요."

오십 대의 가시무라 신베에는 숨을 헐떡이긴 해도 희한하게 땀을 흘리지 않았다. 가벼운 옷차림에 등의 짐도 가볍지만 품에는 무

언가를 넣고 있는지 고소데의 가슴 부분이 부풀어 있다.

"오오, 바람이 기분 좋은걸."

맨 뒤에 있던 유즈노스케가 얼굴을 들고 눈부신 듯이 눈을 가늘게 뜨며 이마의 땀을 닦는다. 홀쭉하게 팔다리가 가늘고 긴 젊은이로 예쁘장한 얼굴에 표정도 늘 부드럽다. 나이는 열일고여덟일까.

고신자가 번교에서도 도장에서도 본 적이 없지만 영주와의 친밀함이나 성실한 기색으로 미루어 보아, 에도 정부定府 에도 시대의 지방 영주들은 가신들과 함께 격년 교대로 에도에 올라가 막부에서 근무해야 했는데, 이를 참근교대라 한다. 정부란, 영주와 가신의 일부가 참근교대를 하지 않고 에도에 상주하는 것을 일컫는 말의 기마 무사 견습이 올해는 영주를 따라 영지로 돌아와 있었던 것인지도 모른다.

"바위지옥의 절반까지 왔나. 한숨 돌리지. 다들 바위 그늘로 들어가게."

어떤 과정으로 산의 경사면을 구르던 거대한 바위가 둘로 쪼개졌는지 짐작조차 할 수 없지만 바위 사이로 만들어진 그늘이 일행에게는 고맙다. 죽통의 물도 시원하게 목을 축여 준다.

"우리 번의 보물, 큰북 님은……."

유즈노스케가 놓은 접이식 걸상(약간 비스듬히 기울어 있다)에 걸터앉아 가지에몬이 말을 꺼냈다.

"평소에는 소방 망루에 있는 그 큰북이다. 불이 나면 소방수들이 가지고 나가고, 큰북지기가 단련된 팔로 북을 쳐서 소방수들을 고무하지."

요시와 가시무라 신베에의 재촉을 받아, 고신자와 유즈노스케는 번주 앞에 어깨를 나란히 하고 앉게 되었다. 신베에가 띠에서 부채를 뽑아 들고 세 사람을 향해 천천히 바람을 보내기 시작했다.

"하지만 사실은 평범한 큰북이 아니야. 신기神器다."

신의 힘이 깃든 그릇. '님'을 붙여 부르며 받드는 것도 그 힘을 공경하기 때문이다.

"큰북 님 안에는, 모든 화기火氣를 빨아들여 먹어 치우고 순식간에 진화시켜 버리는 힘을 가진 어떤 위대한 존재가 들어 있다."

언제 누가 치든, 신비한 힘에는 변함이 없다.

"오랫동안 오카지 성과 센조지키초에서 가신과 영민들을 괴롭히는 화재가 한 번도 일어나지 않은 것은——불이 났다 해도 작은 불에 그쳤던 까닭은 큰북 님이 화기를 먹어 치워 막아 주시기 때문이지."

그러나 불기운이 없을 때 큰북 님을 치면 무서운 일이 일어난다.

"북에서 넘쳐나는 화기로 가까이 있는 것이 모두 불타 버리거든."

북에서 화기가 뿜어져 나온다고? 고신자는 당장은 믿을 수 없어, 눈을 크게 뜬 채 형수의 얼굴을 보았다. 요시는 작게 고개를 끄덕여 답하며,

"소방수 분들은 큰북 님의 힘과 무서움을 잘 알고 계십니다" 하고 말했다.

"음, 그것이 신기이고, 오카지 번의 보물임은 소방수들에게 널리

알려져 있지. 다만 거기에 얽힌 유래까지 알고 있는 것은 나 같은 오카지 가 직계의 남자와, 요시의 친정인 치노 가 사람들로 한정되어 있다."

오쓰키 유즈노스케가 슬쩍 물었다.

"영주님의 오카지 가에, 왜 치노 가가 나란히 있는 것입니까?"

"순서대로 이야기해 줄 테니 기다려라. ……고신자."

가지에몬의 부름에 고신자는 펄쩍 뛰어오를 뻔했다. "네, 네!"

"그대는 오카지 영지 밖으로 나간 적이 있나?"

고신자의 얼굴에서 빗방울처럼 땀이 떨어졌다.

"아, 아직 없습니다."

"그래? 그렇다면 모를 테지만 이 오카지 산은 도마뱀의 등뼈 같은 연산連山의 서쪽 말단에 해당한다."

연산 중에는 활발한 화산이 있다. 오카지 산은 이미 활동을 멈춘 지 오래 되었지만,

"땅속에서는 화산과 이어져 있기 때문에 오카지 영내에도 온천이 나오는 곳이 있는 거야."

연산의 땅속에서 이어져 있는 것은 수맥만이 아니다. 녹아서 뜨거워진 암석도 물처럼 고여 있고, 거기에서 흘러 움직이기도 하면서 이어져 있다.

"옛날, 천하를 두고 다툰 싸움이 끝나 태평성대가 오고 이 오카지 영지의 소유권이 우리 오카지 가에 주어졌을 무렵의 일인데……."

화산 밑바닥의 녹은 암석, 즉 용암 속에 사는 기묘한 생물이 어디에서 어떻게 잘못된 것인지 연산의 땅속 깊은 곳에서 용암맥으로 들어가, 한참 헤맨 끝에 이 오카지 산 깊숙한 곳에 있는 지저호로 흘러들게 되었다.

  "용암 속에서 사는 생물이니 몸은 용암처럼 뜨겁게 불탔겠지. 지저호의 물은 순식간에 끓어올라서 지표로 상승해 넘쳐났다."

  지저호의 입구는 산골짜기의 작은 동굴이었는데 거기에서 뿜어져 나오는 뜨거운 증기와 이상한 냄새에 주변의 나무들은 시들고, 짐승들은 도망쳐 흩어지고 말았다.

  열기와 냄새는 오카지 산의 산자락을 타고 아래로 아래로 퍼져 갔다. 이변을 느낀 아랫마을 촌장은 남자들을 모아 탐색을 나선 끝에 지저호의 입구에 다다랐다.

  "이 마을의 촌장이 나중에 치노라는 성을 받게 된다. 즉 치노 가의 선조이니 치노 다로라고 부르기로 하지."

  지저호의 입구에서는 무시무시한 양의 증기가 뿜어져 나오고 있었다. 불온하게도 발치의 땅 역시 희미하게 흔들렸다.

  "섣불리 다가가면 위험하다며 치노 다로가 남자들을 물렸을 때, 지저호 입구가 무너지기 시작했다."

  붕괴는 순식간에 발치의 땅으로도 퍼졌다. 바로 치노 다로 일행이 서 있는 땅 아래에 지저호가 있었기 때문이다. 일동은 가까스로 뛰어 도망쳤다.

  "간신히 붕괴가 잦아들었을 때쯤 연못이 생겨나 있었지."

땅속에서 해방된 증기는 빨려들듯 푸른 하늘을 향해 피어올랐고, 연못의 물은 솟아나듯 부글부글 끓어올랐다.

"거기에 그 생물이 있었다. 붕괴에 휘말리지 않고 무사히 살아남은 것이지."

펄펄 끓는 연못 속을 슬슬 헤엄치고 있었다.

"내가 아버님께 들은 이야기로는 키가 딱 지금의 고신자 정도이고, 유즈노스케처럼 팔다리가 길었다더군."

가지에몬이 두 사람을 번갈아 바라보며 웃어서, 고신자는 저도 모르게 곁눈질로 유즈노스케를 보았다. 그러자 기마 무사 견습도 미소를 지으며,

"사람의 모습을 한 생물이었던가요."

하고 가지에몬에게 물었다.

번주는 고개를 끄덕였다.

"팔다리가 있고 머리가 있고 꼬리는 없고 손가락이 다섯 개씩. 사람의 모습과 비슷했다. 하지만 온몸이, 얼굴까지도 회색의 뻣뻣하고 긴 털로 덮여 있었지. 강아지 같은 눈만이 그 사이로 엿보였다고 한다."

펄펄 끓는 연못에 들어갈 때는 그 눈도 감아 버린다. 눈꺼풀은 사람처럼 위에서 아래로 닫히는 것이 아니라 위아래에서 조개를 맞물리는 것처럼 닫혔다.

"이상한 생물을 목격하고 치노 다로 일행은 크게 놀라고 당황했지만."

정작 생물은 연못물에 파도를 일으키는 일도 없이 능숙하게 헤엄치며, 머리에서부터 잠수했다가 다시 떠오르고, 멀어졌다 가까워졌다 했다. 머뭇거리며 바라보고 있는 남자들을 무서워하는 기색도 해치려는 눈치도 없었다. 이쪽을 향해 꼼박꼼박 눈을 깜박이는 모습에는 뭐라 말할 수 없는 애교가 있었다.

"행동거지로 미루어 보아도 아직 아이가 아닐까. 그런 것치고는 지혜도 있는 듯하다. 우리 말을 알아들을까? 손짓발짓은 어떨까——하고."

소란을 피우고 있는 사이에 치노 다로 일행은 섬뜩한 사실을 깨달았다. 생물이 연못에서 얼굴이나 팔다리를 내밀면, 그 몸이 머금고 있는 열기가 공중으로 방출되어 주위가 급격하게 더워진다. 땀이 나는 정도의 더위라면 그나마 다행이지만 뜨거워지면 위험하지 않을까.

일행 중 한 사람이 허리에 차고 있던 곰 쫓는 방울을 흔들자 생물이 흥미를 느꼈는지 첨벙첨벙 다가왔다. 재빠른 움직임으로 상반신을 연못에서 내밀고 이어서 붕괴한 곳 부근의 바위 위로 올라오려고 했을 때,

"치노 다로는 코털이 파직파직 타는 것을 느꼈다고 하더군."

이거 안 되겠다, 하고 치노 다로는 곰 쫓는 방울을 빼앗아 연못 한가운데를 향해 던졌다. 생물은 방울을 쫓아 펄펄 끓는 물속으로 잠수해 들어갔다. 덕분에 연못 가장자리에 있던 남자들은 무사할 수 있었다.

"그래도 눈썹이나 목덜미의 털도 타 버렸고 피부는 벌겋게 달아올라 목덜미나 팔 안쪽의 부드러운 곳까지 새빨개졌다고 한다."

돌아보니 붕괴한 곳 가장자리에 남아 있는 풀이나 낙엽에서 엷은 연기가 피어오르고 있었다. 치노 다로의 판단이 조금만 더 늦었다면 불이 났으리라.

이 생물은 열 덩어리다. 본래는 사람의 눈에 띄지 않는 곳에 살았겠지. 가만히 내버려 두면 자연히 자신이 살던 곳으로 돌아갈지도 모른다. 하지만 돌아가지 않는다면 어떻게 할 텐가.

만일 이 생물이 지상으로 나와 버리면 순식간에 엄청난 산불이 일어날 것이다. 연못 속에, 물 밑바닥에 머물러 있어 주어야 한다.

"차라리 사냥을 해 버리자는 의견도 있었다더군. 열을 담은 몸이라 해도 그냥 털북숭이일 뿐, 갑옷에 덮여 있는 건 아니니 화살이나 총포로 쏘면 되지 않겠냐면서."

그것을 일갈하여 물리친 이도 치노 다로였다. 무슨 무례한 말을 하는 거냐. 이 생물은 오카지 산의 화신火神이다. 소중히 모시지 않으면 벌을 받을 게다.

치노 다로는 오카지 성에 급히 사람을 보내고, 남자들을 몇 조로 나누어 교대로 연못을 감시하기로 했다. 자신도 자는 시간을 아껴 가며 연못가에 붙어서 열을 내뿜는 산의 터주를 지켜보았다.

"이때의 번주는 나한테는 증조부의 조부에 해당하는데."

가지에몬은 그렇게 말하며 코끝에 살짝 주름을 지었다.

"일화를 들어도 초상화를 보아도 풍채가 신통치 않은 자그마한 남자였던 모양이야. 당시에는 이미 나이도 많았지. 하지만 치노 다로가 급히 보낸 사자의 말을 듣고 곧 오카지 산에 오르셨다는 부분을, 나는 깊이 존경하고 있다."

번주 또한, 이상한 생물은 우러러 받들어야 할 불의 신이라는 생각을 가졌다. 옛날에는 화산이었던 오카지 산의 터주라고. 게다가 치노 다로 일행이 생각도 하지 못했던 말로 친근함을 표했다.

──참으로 귀여운 오보라케 님이로군.

"오보라케는 결코 칭찬하는 말이 아니다. 느긋한 사람이라든가 게으름뱅이라든가, 아둔하다는 뜻이니까."

그러나 펄펄 끓는 연못 안을 술술 헤엄치고 하늘을 향해 떠 있거나, 꼬리를 슬쩍 보이고 나서 깊이 가라앉거나, 연못 주위를 우왕좌왕하는 남자들을 동글동글한 눈으로 바라보는 등, 터주님은 확실히 느긋하고 한가롭고 즐거워 보여서 보는 사람의 웃음을 자아내는 데가 있었다.

"그래서 '오보라케 연못'의 '터주님'이 된 것이로군요."

유즈노스케가 고개를 끄덕이며 말했다. 고신자는 아까부터 한마디도 하지 않는 형수가 조금 신경 쓰여 슬쩍 돌아보았다. 요시는 더위 때문에 얼굴이 빨개져 있었지만 그 표정은 가라앉아 있었다.

"음. 그리고 이때 번주의 명령으로 오보라케 연못과 터주님을 지키고 모시는 역할, 그에 따르는 명예와 녹봉은 치노 다로 집안의 것이 되었지."

치노라는 말에 요시가 제정신으로 돌아온 듯 문득 시선을 들었다. 그러자 가지에몬이 말했다.

"미안하다, 요시. 류노스케의 몸이 걱정될 테지. 터주님을 뵙고 나면 가능한 한 빨리 둔소로 돌아가자."

머리 위의 해님을 올려다본 가지에몬이 햇빛에 눈을 가늘게 뜨며 걸상에서 일어섰다.

"나머지 이야기는 오보라케 연못에 도착하고 나서 하지. 백문이 불여일견이니까 말이야."

실로 그 속담대로였다.

맑은 여름날 오후인데도 오보라케 연못은 짙은 안개에 덮여 있었다. 안개는 축축하고 무겁고, 무덥다.

"여기서부터 발밑을 조심하십시오. 넘어져서 연못물에 닿는 것은 물론이고 미끄러져 손을 짚기만 해도 큰 화상을 입게 됩니다."

요시가 긴장한 얼굴로 말했다. 처음에는 뜨거운 안개 때문에 덥다고 느낀 고신자도 천천히 발길을 옮겨 오보라케 연못 가장자리에 다다랐을 무렵에는 줄줄 흐르는 식은땀에 범벅이 되어 있었다.

정말이다. 정말로 연못의 물이 펄펄 끓고 있다.

"오오."

가지에몬이 한차례 신음하고, 유즈노스케는 왠지 얼굴 가득 웃는다. 땀을 흘리지 않는 가시무라 신베에도 이곳에서는 물을 뒤집어쓴 것 같은 모습이지만, 역시 웃는 얼굴이다.

"이 세상의 것이라고는 생각할 수 없는 광경이로군요!"

"하지만 오쓰키, 여기는 지옥이 아닐세. 터주님이 계시는 신성한 곳이지."

첨벙. 안개 안쪽 어디에선가 연못물이 파도치는 소리가 났다. 소리가 나는 쪽으로 얼굴을 향하며, 요시가 부른다.

"터주님, 오카지 산의 백성이 왔습니다. 저는 치노 다로의 집안 사람입니다. 모습을 보여 주세요."

형수가 이런 다정한──말하자면 여자다운 목소리를 내는 것을 고신자는 지금까지 들은 적이 없다. 저도 모르게 증기와 땀으로 번들번들 빛나는 요시의 얼굴을 바라보고 말았다.

"터주님, 성의 소라 소리가 들리셨겠지요. 큰북 님이 망가지고 말았습니다. 새로운 큰북 님을 만들기 위해, 터주님의 힘을 내려 주세요."

참방, 참방. 파도치는 소리가 다가온다.

오카지 가지에몬이 반보 앞으로 나서더니, 요시 쪽으로 손을 내밀고 감싸다시피 하여 뒤로 물러나게 했다. 가지에몬의 왼쪽에는 유즈노스케가 바싹 붙어 있고, 고신자는 어느 샌가 가시무라 신베에게 팔을 잡혀, 만에 하나 넘어져도 연못물에는 닿지 않을 정도의 거리까지 물러나 있었다.

쏴아아.

연못물이 갈라지고 한층 더 짙은 증기가 피어오른다. 하얀 연막 맞은편에 사람의 머리만 한 무언가가 둥실 떠올랐다. 확실히 긴 털에 덮여 있는 것 같다.

——물속에 선 채 헤엄치고 있다.

고신자로서는 겨우 그 정도만 알아보았을 뿐, 더 이상은 무리였다. 갑자기 더욱 뜨거워진 안개가 스며들어 눈을 감지 않을 수 없었던 것이다. 감은 눈꺼풀 위도, 이마도 뺨도 콧등도 뜨겁다.

"터주님, 여기 있는 멍청이가 오카지 가지에몬입니다!"

연못을 마주한 가지에몬이 연막 안쪽을 향해 큰 소리를 지른다.

"이 부덕한 사람을 용서해 주십시오. 제가 큰북 님을 망가뜨리는 것은 이번이 두 번째입니다."

저렇게 큰 소리를 내면 혀나 목구멍까지 증기로 화상을 입고 말 텐데. 고신자는 손으로 눈을 감싸고 어떻게든 눈꺼풀을 들어 올려 보았다. 새하얀 증기 속에 어른거리는 가지에몬의 등. 놀랍게도 연못 가장자리의 미끄러운 곳에 무릎을 꿇고, 이제는 양쪽 주먹도 땅에 짚으려 하고 있다.

"고맙습니다. 터주님."

요시가 연못을 향해 말하면서 가지에몬의 등에 매달린다.

"영주님, 이제 물러나세요."

"놔라, 요시. 나는 사죄를——."

"터주님은 우리들에게 얼굴을 보이시지 않아요. 오랜 세월 힘을 이어 왔기 때문에 이 연못의 열기는 높아지고 있습니다. 옛날 이야기 속에 나오는 것처럼 터주님을 뵐 수는 없어요."

"영주님, 일어서십시오."

고신자 옆에서 짧고 날카로운 목소리가 났다. 가시무라 신베에다. 그와 동시에 유즈노스케가 움직였다. 가느다란 팔다리가 얼마나 강인하고 빠르던지. 가지에몬의 등을 붙잡아 뒤로 물리고, 대신 연못 가장자리로 나아가는 신베에게 길을 터 준다.

"목숨을 소중히 하십시오."

"알겠다."

첨벙!

한층 높은 소리가 나고 뜨거운 물보라가 높이 튀었다.

가시무라 신베에는 멈추지 않았다. 뜨거운 물보라를 헤치고, 몸을 낮추어 미끄러지듯 연못 가장자리 아슬아슬한 데까지 나아간다. 그러더니 부푼 품에서 무언가 천조각 같은 것을 재빨리 꺼내어 펼쳤다. 양손으로 받쳐 들어 뜨거운 물과 열기로부터 얼굴을 감싸는 것일까.

아니, 무언가 작은 것이 연못 쪽에서 날아와, 신베에가 펼쳐 들고 있는 천조각 위로 떨어졌다.

"고맙습니다. 터주님, 이로써 오카지 번은 평안할 것입니다!"

신베에는 감격한 듯이 외치고는 진흙 위를 맹렬하게 뒷걸음질 쳐서 돌아왔다. 유즈노스케와 고신자 옆까지 돌아온 그는 펼쳐 들었던 천조각을 몇 겹으로 접어 작게 싸고, 달려온 가지에몬에게 내밀어 보여 주었다.

"분명 받았습니다."

"고맙네."

터주님, 터주님, 하고 가지에몬은 오보라케 연못을 향해 말했다.

"오카지 가지에몬, 오카지 영지의 안녕과 번영을 위해 이 목숨 다할 때까지 노력할 작정입니다. 터주님, 지켜봐 주십시오."

요시의 얼굴이 젖어 있다. 증기 때문만은 아니다. 울고 있는 걸까.

"모두 연못에서 멀어지게. 고신자, 요시, 걸을 수 있겠나? 나를 붙잡아라."

가시무라 신베에는 천조각 꾸러미를 끌어안고, 유즈노스케가 그 몸에 팔을 둘러 부축해 일으켜서 뜨거운 김 속을 빠져나갔다.

일동은 한 덩어리가 되어 오보라케 연못에서 멀어져 간다. 도망쳐 나간다. 터주가 계시는 신성한 장소지만 사람의 몸은 머물러 있을 수 없다.

여름의 햇빛과 산의 시원한 바람에 닿았을 때 고신자는 심하게 기침을 하고 말았다. 그만큼 숨을 참았고 목도 따끔거리고 있었음을 비로소 깨달았다.

"다들, 잘했다."

숨을 헐떡이고 턱 끝에서 땀을 뚝뚝 떨어뜨리며 가지에몬은 말했다.

"신베에, 수고했다. 꾸러미는 내게 다오."

가시무라 신베에는 열기를 쬐고 온몸이 땀투성이가 된 데다 백발이 섞인 머리카락이 젖어서 늘어져 버린 와중에도 번주의 명령을 거역하고 뒷걸음질 쳤다. "이것은 제 역할입니다."

"다리가 후들거리고 있네. 목숨이 위험해."

"그렇다면 제가 맡지요."

관자놀이에서 한 줄기의 땀을 흘리며 갸름한 얼굴을 붉게 물들인 유즈노스케가 두 사람 사이에 끼어들었다.

"가시무라 님, 이런 일이 벌어졌을 때 영주님을 지키는 것이 저의 임무입니다. 그러니 양보해 주십시오. 영주님, 신기神器는 제가 오카지 성까지 옮기겠습니다."

유즈노스케가 가장 멀쩡해 보이고 흔들림이 없다. 지금 여기에서 누가 그와 겨룰 수 있으랴. 유즈노스케는 꾸러미를 품에 넣더니 바위 위를 미끄러지는 듯한 발걸음으로 고신자 일행으로부터 멀리 떨어졌다.

"유즈, 내 눈이 닿는 곳에 있어라!"

"알겠습니다."

가까스로 얼굴을 알아볼 수 있을 만한 곳에서 유즈노스케는 멈추었다.

"물은 있나."

요시가 내민 죽통을 가지에몬은 먼저 신베에의 손에 밀어붙였다. 그러고는 불어온 산바람에 얼굴을 드러내며 눈을 감고 깊이 호흡한다.

"옛날에, 내 조상과 치노 다로는──."

백문을 능가하는 일견 후, 가지에몬은 옛날 이야기를 이어갔다.

"터주님을 감시하고 지켜보다가 어렴풋이 깨달았다. 물이 없는 곳에서 팔다리나 몸을 드러내는 것은 터주님에게도 고통스러운 일인 듯하다고."

그렇다면 터주님이 지상에 올라와 산불을 일으킬 걱정은 없다. 이것은 쌍방에게 다행스러운 일이었다.

"하지만 오보라케 연못을 내버려 둘 수는 없었지. 오카지 산은, 기슭에서부터 올라가려면 번의 사쿠지카타作事方 건축이나 토목 관련 업무를 맡은 하급 관리의 허가가 필요하지만 아무도 오른 적이 없는 것은 아니고, 실제로 가까이에는 치노 다로 일행이 사는 마을도 있었으니까."

서둘러 치노 다로네 마을 사람들에게만은 터주에 대한 사실을 알리고, 교대로 감시를 하며 지켜보는 일을 맡게 했다.

"이 마을은 목재를 채벌하거나 숯을 굽거나 사냥을 하며 살아가던 한촌이다. 대신 남자들은 용맹하고 여자들도 산에 익숙해 심지가 약하지 않았지."

쓸데없이 터주를 두려워하지 않고 공경하면서도 감시의 눈길은 늦추지 않고 살아 주었으나,

"터주가 나타나고 반년쯤 지나자 사냥꾼은 전혀 생계를 꾸릴 수 없었다."

마을 주위에서 새와 짐승이 모습을 감추어 버렸기 때문이다. 또한 오보라케 연못 쪽에서 때때로 불어 내려오는 미지근하고 축축한 바람 때문에 양질의 숯을 구울 수가 없게 되었다.

"내 조상은 곰곰이 생각하였는데, 이때도 치노 다로가 현명한 면을 보였다더군."

──우리는 이제부터 산의 나무를 베고, 산의 바위를 쌓고, 산의 흙을 이겨 도기를 굽는 일을 생업으로 삼겠습니다.

"마을 사람들이 그렇게 산에 남아 준다면 오보라케 연못의 터주를 지켜보는 일도 그대로 맡길 수 있지."

변고가 있으면 당장이라도 오카지 성에 알릴 수 있도록.

"하지만 긴 세월 동안 마을 사람들은 한 사람씩 수가 줄어 가고, 겨우 한 줌의 집안사람들이 선택되어 터주를 지켜보는 일을 맡게 되었는데──."

치노 가가 그들을 통솔하는 역할인 것은 변함이 없었다. 터주를 지켜보고 터주를 모시는 일을 맡은 집안.

"그래서 치노 본가는 지금도 이 산의 6부 능선에 있어요" 하고 요시가 말했다. "성하 마을의 저택은 은퇴 후에 가는 곳이나 숙사에 지나지 않지요. 저도 산의 저택에서 근처를 뛰어다니며 자랐어요."

요시는 흙을 이겨 그릇을 만들 수도 있고, 가마도 땔 수 있다. 그대로 산에서 살다가 산의 흙으로 돌아갈 생각이었는데 스무 살이 되었을 무렵, 폐병에 걸린 동생을 의원에게 보이고 간호를 하기 위해 센조지키초의 저택으로 옮겨 가 살기 시작하자 갑작스러운 혼담이 굴러 들어왔다. 그 상대가 나카무라 류노스케였던 것이다.

몸의 땀이 마르면서 고신자의 기분도 차분해지기 시작했다. 떨어진 곳에 있는 유즈노스케는 고소데의 한쪽 어깨를 벗고 유유히 바람을 쐬고 있다.

그 모습을 바라보며 가시무라 신베에가 입을 열었다.

"아까 우리가 받은 것은 터주님의 손톱이다."

터주의 손톱은 사람의 손톱보다 길고 자라면 고양이의 발톱처럼 끝이 구부러진다. 다만 자라는 속도는 느리고 반년 정도면 자연히 빠져 새것으로 교체된다고 한다.

"손톱을 감싼 것은 사슴의 생가죽이다. 종이나 천이면 불이 났을 때 쉽게 타 버리니까" 하고 가지에몬이 말을 이었다.

옛날에 치노 다로 일행이 터주를 지켜보다가 발견한 놀라운 일, 그리고 중요한 일이 이것이었다.

"터주의 몸의 일부——우리가 가장 손에 넣기 쉬운 것이 손톱인데, 거기에도 터주의 힘이 깃들어 있거든."

빠진 손톱 또한 화기火氣를 좋아한다. 주위에 화기가 있으면 순식간에 빨아들인다. 화기를 탐하며 먹는 것이다.

"대신 불기운이 없는 곳에서 섣불리 손톱을 두드리거나 떨어뜨리면 이번에는 반대로 손톱에서 화기가 뿜어져 나온다."

예전에 치노 다로 일행도 그것을 다루느라 고생하였고 시행착오를 되풀이한 후에 짐승의 생가죽으로 감싸는 것이 최선임을 깨달았다. 그 지식이 토대가 되어, 터주의 손톱이 감추고 있는 이상한 힘을 안전하게 이용하려면 큰북 속에 봉하여 넣는 것이 좋겠다는 결론에 다다르게 되었다.

이렇게 해서 신성한 비밀을 봉해 넣은 큰북 님이 탄생한 것이다.

한번 치면 어떤 맹렬한 불도 순식간에 먹어 치워 끈다. 오카지 성과 센조지키초를 화재로부터 지켜 온, 이 영지의 보물이다.

"소라고둥이 울렸던 날의 일을 기억하시는지요." 요시가 고신자에게 물었다.

"네. 형수님은 소라고둥 소리는 큰북 님에게 변고가 생겼음을 알리는 것이라고 말씀하셨지요."

소라고둥은 번내의 사정을 아는 일부 사람들만이 아니라, 오카지 산 위의 치노 가에도 들리도록 세게 부는 것이 규칙이라고 한다.

"산에 있는 치노 본가에서 터주의 변고를 알아차렸을 때도 마찬가지로 소라고둥을 불도록 되어 있어요."

그렇구나, 하고 그제야 고신자는 납득했다. 예로부터 싸움터에서 울려 퍼졌다는 그 음색은 아직도 귓속에 남아 있다.

그리고 이번 변고는, 솔직하게 말하자면 그저 실수였다. 도난을 당한 것이다.

"큰북 님을, 도적이 훔쳐 가고 말았다."

오카지 번 번주는 싸움에 진 장난꾸러기 아이처럼 분한 듯 이를 갈았다.

"큰북 님은 겉으로 보기에는 그저 큰북에 지나지 않는다. 낡고 그을음으로 더러워진 큰북이지. 섣불리 보물창고 같은 데 넣거나 신사를 지어 모시는 것보다도, 소방망루에 걸어 두는 편이 오히려 눈에 띄지 않아."

화재가 났을 때는 당장 꺼낼 수 있으니 일석이조다.

"그렇게 오랜 세월 동안 무사했다는 이유로 방심하고 있던 차에, 보기 좋게 허를 찔리고 말았다."

"아니요, 이것은 치노 가의 실책입니다. 큰북 님에 대한 사실이 영지 밖으로 새어나간 것을 알지 못하고, 허드렛일을 하는 하녀라고는 하지만 센조지키초의 저택에 외지 사람을 들인 것이 잘못이었어요."

큰북 님을 훔친 도적은 아무래도 이웃 번의 간자間者 한 나라의 비밀을 몰래 빼내는 사람. 간첩였던 모양이다. 아무리 건조한 겨울에도 연일 천둥이 치는 봄이나 여름에도 산불의 기색조차 없고, 산성에도 센조지키초에도 밥 지을 때 이외에는 연기가 오른 적이 없는 오카지 번의 비밀은, 긴 세월이 지나는 동안 조금씩 주위에 알려지고 있었다. 그리하여 흥미와 선망의 대상이 되고 말았다.

"아둔한, 시골뜨기 하녀였는데."

"간자란 그런 법이다. 겉모습으로 자신을 속이는 솜씨가 교묘한 것이지."

치노 가의 저택에 들어온 허드렛일 하녀는 산노쿠루와의 둔소나 소방 망루에 접근할 방법을 조사하는 안내역이었다. 결행 후에는 치노 가의 저택에서 도망치려다가 붙잡혀 스스로 목을 찔러 죽었다고 한다.

"류노스케 일행은 큰북 님을 가지고 도망친 일당의 뒤를 쫓아가 영지의 경계에서 따라잡고 붙잡으려 했지만."

도적을 보낸 쪽도 용의주도하여 그 지점에 병사를 숨겨 두고 있었다. 류노스케 일행은 적진으로 유인되어 매복을 만나고 만 것이다.

"격렬한 싸움이 벌어졌지만 이쪽은 처음부터 수적으로 열세였다니 승산은 낮았을 테지."

호락호락 큰북 님을 빼앗길 수 없다며 결단을 내린 사람은 나카무라 류노스케였다.

"류노스케가 큰북 님을 일도양단하여, 터주의 손톱이 산중에서 땅바닥으로 굴러 떨어졌다."

뿜어져 나온 화기가 적의 병사에게도 쫓던 이들에게도 옮겨 붙어 그런 참사가 일어났다는 것이다.

고신자는 가슴이 철렁했다. 둔소에 눕혀져 있던, 그 낯선 얼굴의 두 부상자는 큰북 님을 훔친 일당이었을까.

"정말이지…… 한 대에 두 번이나 큰북 님을 망가뜨려 터주께 손톱을 다시 받아야 하다니, 이런 멍청이는 나 외에는 없을 것이다. 오카지 가의 가계도에 내 부분은 '멍텅구리'라고 적어 달라고 해야겠어."

쓴웃음을 지으며 일어선 가지에몬이 자신의 노바카마 자락을 툭툭 털더니 고신자에게 말했다.

"나는 말이다, 고신자. 그대와 같은 나이일 무렵, 아버님과 함께 큰북 소방대의 연습을 관람하던 중에 소방 망루에 올라가게 되었다.

그때 입고 있었던 것이 그 바지다──."

"흥분하고 신이 난 나는, 깊은 생각도 없이 큰북 님께 다가가 멋대로 북을 치고 말았지."

옛날 이야기는 사실일까. 여기에서 정말로 화기가 넘쳐날까. 지어낸 이야기는 아닐까. 어린아이답게 무서운 것을 보고 싶어 하는 마음과 장난기가 시킨 가벼운 행동이었지만, 결과는 중대했다.

큰북 안에 봉해진 터주의 손톱에서 화기가 뿜어져 나와 눈 깜짝할 사이에 큰북 님의 본체가 타올랐다.

"소방 망루 위는 좁다. 나를 불길로부터 지키기 위해 그 자리에 함께 있던 자가 목숨을 버렸어."

산노쿠루와의 둔소에서 말씀하셨던 화상을 입었을 때의 일화인 모양이구나.

"그때가 첫 번째 실책, 이번이 두 번째다. 앞으로 만일 세 번째가 생기면 고신자, 근신으로서, 치노 가의 인척으로서 나를 번주 자리에서 걷어차 떨어뜨려 다오."

그런 말을 듣고 숨까지 멈출 뻔한 고신자를 곁눈질하며 신베에도 요시도 웃음을 터뜨렸다.

"자, 슬슬 가자."

가지에몬이 손을 들어 부르자 유즈노스케가 산의 초록색 바람 속에서 일어섰다.

"우리는 무사히 오카지 성으로 돌아왔고, 이튿날에는 새로 받은 터주의 손톱을 넣은 새 큰북 님이 소방 망루에 걸리게 되었소."

삼엄한 소라고둥의 울림으로 시작된 소동은 최소한의 피해로 끝났다.

"영지의 경계에서 부상을 입은 가신들도 적절한 치료를 받고 점차 나아졌지만······."

헌헌장부가 얼굴을 기억하지 못했던, 머리카락이 그을려 대머리가 되어 있던 남자와 얼굴 전체에 물집이 흩어진 채 둔소 천장을 노려보고 있던 남자는 며칠 사이에 차례로 절명했다.

"놈들도 치료는 받고 있었지만 동시에 꽤 심한 취조도 이루어지고 있었으니까요."

버틸 수가 없었던 것이리라.

"나의 형 류노스케도, 내 막연한 짐작 이상으로 중상이었소. 내가 형수와 함께 터주를 뵙고 손톱을 받은 것을 알렸더니 안도했는지 정신을 잃고 말아서······."

닷새가 지나고 엿새가 지나도 깨어나지 않았다. 요시는 열심히 간호를 계속했다.

"내가 마음이 약해져 우는 얼굴을 보이면, 야마베 할아범과 둘이서 나를 꾸짖어 주었습니다."

──형님을 믿으세요.

──류노스케 님은 죽지 않습니다. 이 정도로는 죽지 않도록, 할아범이 키웠으니까요.

"여드레째 아침, 새벽 빛 속에서 정신을 차린 형은 옆에 붙어 있던 형수에게 이렇게 말했다고 합니다. 당신이 지은 곤들매기밥이 먹고 싶다고."

좋은 이야기다. 오카지 번에서는 멀리 떨어진 에도 시중, 간다 미시마초의 한 모퉁이에 있는 미시마야 안쪽의 흑백의 방. 거기에서 나카무라 헌헌장부의 이야기에 귀를 기울이는 도미지로의 가슴 속에도 대단원의 차분함이 차올랐다. 그건 그렇고, 곤들매기밥이라는 것은 분명 맛있겠지.

이야기꾼의 자리에서 무릎에 양손을 올려놓은 헌헌장부가 말을 이었다.

"목숨을 건진 형은 근신 신분을 유지한 채 완전한 회복을 목표로 요양에 힘쓰게 되었습니다."

그러나 심한 화상을 입은 두 다리로는 도저히 설 수가 없었다.

"만 1년 동안, 바위도 씹어 부술 정도의 노력을 했지만 원래처럼 다리를 움직일 수는 없었어요. 뿐만 아니라 피가 통하지 않고 살이 내린 다리는 야위고 쇠하고 쪼그라들어 막대처럼 되고 말았습니다."

류노스케는 얼마나 괴롭고 분했을까.

"하지만 형의 혼은 강인했지요."

미후네파 전수자, 용맹하고 과감한 단창의 명수 류노스케는, 두 다리의 회복은 포기했지만 움직일 수 있는 상반신을 단련하는 것은 포기하지 않았다. 하루도 빼놓지 않고 번의 도장에 다녔다. 나카무라 가의 하인에게 수레를 끌게 하고, 그 짐칸에서 목검을 휘두르며 도장으로 실려 가는 류노스케의 모습은 이윽고 센조지키초의 명물이 되었다.

"그 의기와 요시 형수님의 자비로 형은 근신의 직분에서 해임되는 대신 번의 도장에서 사범이 되어 제자들을 가르쳤습니다. 저도 몇 번 연습을 봐 주신 적이 있었지요."

류노스케는 엄청나게 강했다고 한다.

"도장에 등받이가 달린 의자를 두고, 형은 거기에 앉은 채 제자를 상대하는데."

미숙한 제자들은 쉽게 접근할 수조차 없었다.

"다리가 쇠약해지고 나서, 형은 형 나름대로 여러 가지 궁리를 하여 종래의 단창보다도 더 길이를 줄인 것을 특별히 만들게 했습니다."

도장에서 사용하는 것은 날 부분이 없는 모의 창이라, 그 길이를 줄이면 조금 긴 절굿공이처럼 보인다. 그렇더라도 의자에 앉아 있는 류노스케가 딱 들이대면 제자들은 묶이기라도 한 듯 움직이지 못했다고 한다.

"특별 주문한 단단창短短槍을 한 쌍으로 하여, 쌍검이 아닌 쌍창의 기술도 만들어 냈습니다. 하지만 가장 공을 들인 것은 투척술이지요."

창을 던지는 것이다.

"투척의 거리와 정확성을 늘리기 위해 어깨와 팔과 등을 단련하고 또 단련해서 근육이 솟아올라 팔은 이만하게."

헌헌장부가 자신의 팔을 내밀어 굵기를 가리켜 보여 준다. 나름대로 무거운 물건을 든 적은 있지만 검도를 위해 단련한 적은 한 번도 없는 도미지로에게는 애초에 헌헌장부의 팔 굵기도 놀라운데, 그보다 두세 배는 더 굵었던 모양이다.

"그렇게까지 스스로를 단련할 수 있는 것은 역시 무사님이기 때문일까요. 저는 생각만 해도 현기증이 납니다."

도미지로가 목을 움츠리자 헌헌장부는 싱긋 웃었다.

"당시의 나도, 형의 각고의 노력에 가끔 현기증을 느꼈다오. 그리고 배도 고팠고요."

말투와 눈빛에 형을 향한 경모의 마음이 배어 있다. 도미지로에게도 이이치로라는 형이 있고, 여러 가지 점에서 형에게는 당해낼 수 없겠다며 존경하고 있기 때문에,

──동생이란 다 그렇지.

잘난 형을 좋아하는구나, 하고 가슴이 찡해지고 말았다.

"제가 이런 말씀을 드리면 실례가 될지도 모르겠지만, 그 무렵의 나카무라 님과 형님의 모습을 떠올리니 마음이 따뜻해집니다."

헌헌장부가 문득 눈을 크게 뜨더니,

"그거, 부끄럽군요."

하며 눈을 내리깔았다. 얼굴에 그늘이 진다. 역시 실례였을까.

"내 손바닥도 상당히 투박하지만 형의 손바닥은 더 두껍고."

헌헌장부는 오른손을 내밀어 손가락을 쥐었다 펴 보이면서 이야기를 계속했다.

"단창을 쓰는 사람 특유의 물집이 있었습니다. 손바닥 한가운데

의 옴폭한 곳을 에워싸고, 중지에서 새끼손가락까지 세 곳이 둥근 자갈을 놓은 것처럼 딱딱해져 있었지요."

그러나 류노스케가 독자적으로 궁리한 단단창을 사용하고 투척술에 열중하게 되니, 힘이 들어가는 지점이 바뀌었기 때문인지 그 세 곳의 물집이 부드럽게 풀리게 되었다.

"대신에 엄지 안쪽이 몇 번이나 쓸리고 벗겨지고, 낮고는 다시 쓸리고 벗겨지는 일을 되풀이하자 2년도 채 지나지 않아 가죽처럼 맨들맨들하고 딱딱해져 옅은 팥죽색이 되었습니다. 물집이 아니라 못이라고 해도 될 정도였지요."

──촛불의 불꽃을 대도 뜨겁지 않아.

"본인도 놀란 듯이 웃으면서."

말하다가 헌헌장부는 일단 입을 다물었다. 두 눈은 추억을 보고 있다. 형의 손바닥에 있던 매끈매끈한 못.

"하지만 신경 쓰는 기색은 없었소. 나도 신경 쓰지 않았습니다. 나중에──떠올렸을 뿐이지요."

자신의 손바닥에 시선을 떨어뜨리고, 다시 천천히 손가락을 움켜쥐었다.

"나중에, 라고 하시면."

도미지로의 물음에 헌헌장부가 얼굴을 들었다. 그만이 볼 수 있는 추억에, 눈동자가 아직 옅게 그늘져 있다.

"영주님이 형에게 사범이라는 지위를 주고 어울리는 녹봉을 내리신 까닭은 형을 대신해 나카무라 가를 이어야 할 내가 아직 어리고 지나치게 약했기 때문이오."

고신자 본인도 충분히 알고 있었기 때문에 문무에 힘썼다. 형에게는 도저히 미치지 못하더라도, 미치려고 노력하는 자세를 버려서는 안 된다고 여겼다.

그것을 자신의 혼에 명심하여 새기고 매일을 보내다가 열네 살이 되던 해의 봄, 센조지키초에서는 살구꽃이 피고 그것을 내려다보는 오카지 성 주위에서는 산벚꽃이 만개할 무렵, 고신자는 관례를 치르고 나카무라 신노스케로 이름을 바꾸어 가문을 물려받았다.

"창술도 담력도 형에게는 여전히 미치지 못했지만 형과 똑같이 근신으로서 영주님 곁에서 모시는 것을 허락받았습니다."

류노스케는 물론 크게 기뻐해 주었다. 그러더니 신노스케가 생각지도 못한 말을 꺼냈다.

──나는 사범 자리를 반납하고 은퇴하여 치노 가에 들어갈까 한다.

"센조지키초를 떠나서 형수와 외동딸을 데리고 치노 가로 옮겨 가 살겠다는 것입니다. 그것도 성하마을의 저택이 아니라 오카지 산의 6부 능선에 있는 치노 본가에."

류노스케의 입장에서 보자면 아내의 친정에 몸을 의탁하는 모양새가 되는 셈이다.

──신노스케 너도 어른이 되었으니 내가 약한 소리를 해도 되겠지. 나는 더 이상 스스로를 강하게 유지해 나갈 자신을 잃었다.

계절이 아무리 바뀌고 날씨가 어떻게 변해도 두 다리에 입은 화상의 상처가 너무 아파서 때로는 밤에도 잠들지 못하고 신음할 정도다. 그 탓에 식욕이 떨어지고 마음이 울적할 때도 많다. 기력이 감퇴하니 단련도 느슨해지고, 팔이나 등의 살이 조금씩 빠져 생각대로 단창을 다룰 수 없게 되었다.

──때가 되었어.

이제는 치노 가의 식객이 되어 도기 굽는 방법을 배우고 자신이 먹을 밥 정도는 벌어 보려고 한다.

──다행히 장작 패기라면 아직 잘할 수 있지. 단창을 쓸 줄 아니까 치노 본가를 들개나 곰으로부터 지키는 데도 얼마쯤은 도움이 될 수 있을 게야.

"형은 웃는 얼굴로 말했지만, 부끄럽게도 나는 눈물이 멈추지 않았소."

상처 자국이 아픈 것도, 몸이 약해지고 있는 것도 결코 거짓은 아니리라. 하지만 형의 본심은 다른 데에 있었다.

"첫째로는 나카무라 가의 당주가 되어 형의 신분을 물려받은 내가 일일이 예전의 형과 비교당하는 일이 없도록. 둘째로는 누구도 아닌 형 자신이 예전의 자신과 지금의 자신을 비교하는 일을 멈추기 위해."

그리하여 형 부부는 센조지키초 변두리에 있는 나카무라 가에서 떠나갔다. 그들의 얼마 안 되는 짐과 류노스케를 실은 수레와, 어린 딸을 안고 나란히 선 요시의 등을 바라보며 신노스케는 또 눈물을 흘렸다.

"형에게서는 애용하던 단창을 받았고, 요시 형수한테서는 언젠가 내가 맞이할 아내에게 건네주라며 여러 가지 잡곡밥이나 반찬 만드는 법을 자세히 적은 책을 받았는데."

지금도 매우 도움이 되고 있다고 한다.

아름다운 결말이다. 마주하고 귀를 기울이고 있을 뿐인 도미지로의 가슴에도 상쾌한 기운이 전해졌다.

그러나 이야기는 아직, 끝이 아닌 모양이다. 일단 다물어진 헌헌장부의 입가가 약간 굳어 있다.

──아까부터 얼굴이 점점 어두워져 가는 것 같은데.

여름 오후라, 아직 이야기꾼의 얼굴에 그늘이 생길 만큼 해가 기울지는 않았다. 헌헌장부의 얼굴 그늘은 그의 마음속에서 생겨난 것이다.

여기까지의 이야기 속에서는 물론 류노스케가 불행한 부상을 당하긴 했지만 도를 벗어난 잔인한 내용은 없었다. 불의 신인 터주님은 확실히 별난 모습이긴 해도 사랑스럽고 지혜도 엿보이며 무엇보다 오카지 번의 백성들을 화재에서 지켜 주는 고마운 존재임을 확인할 수 있었다.

그런데.

"내 고향에는──."

헌헌장부는 다시 자신의 손에 시선을 떨어뜨리고 가볍게 손가락을 움켜쥐더니 말을 이었다.

"남자아이가 관례를 치를 때 몸이 튼튼하기를 기원하며 본인이 고른 짐승의 피와 고기를 먹는다는 풍습이지요."

이야기의 방향이 바뀌었다. 목소리도 기분 탓인지 낮아졌다.

"옛날부터 오카지 산에서 살던 사냥꾼들이 사냥한 짐승의 고기를 먹고 피를 마시면 해당 짐승의 특성이 몸이 깃든다, 그런 믿음에서 시작된 풍습입니다."

들개를 먹으면 다리가 빨라지고, 산토끼를 먹으면 귀가 좋아지고, 올빼미를 먹으면 밤눈이 밝아지고, 곰을 먹으면 산의 왕 같은 강한 힘을 얻는다.

"물론, 미신이오. 다만 사냥꾼들의 모습이 워낙 용맹하다 보니, 차례차례 평지에 있는 마을에서도 무가 사내아이의 관례 의식에 도입되게 된 것입니다."

과연 타지 사람이 들어도 알기 쉬운 풍습이다. 도미지로는 자신이라면 어떤 짐승을 고를까 하고 생각했다. 순식간에 날개가 돋아 하늘을 날 수 있게 된다면 제비로 할 텐데.

"센조지키초에서는 관례를 치르는 사내아이를 위해 가신들이 일일이 사냥을 하러 갈 수도 없습니다. 그래서 산의 사냥꾼들과 연결되어 있는 숯 도매상이나 목재상 등이 중개하여 짐승을 조달해 주는 구조로 되어 있었지요."

"나카무라 님은 어떤 짐승을 고르셨습니까?"

"나는 돼지띠라, 멧돼지로 했습니다. 야마베 할아범이,"

──이럴 때 욕심을 부리며 이것저것 고민하는 것은 주접스러운

일입니다.

"그냥 십이지의 짐승으로 하라고 권했고, 요시 형수의 멧돼지전 골이 먹고 싶어서."

그렇군, 그렇군, 하며 도미지로는 웃고 말았다.

"저라도 그랬을 겁니다."

시동생의 관례를 축하하며 요시가 실력을 발휘해 만든 멧돼지전 골은 역시 각별히 맛있었다고 한다.

"얼마 지나지 않아서 형 부부가 오카지 산의 치노 본가로 옮겨 가 버렸기 때문에, 형수가 만들어 준 맛있는 음식은 멧돼지전골이 마지막이었지요."

센조지키초 변두리의 나카무라 가는 쓸쓸해졌다. 요시가 있었을 때의 좋은 냄새가 없어지고, 류노스케가 내뿜던 활기가 사라졌다.

"야마베 할아범도 꽤 낙심한 모습이었습니다. 나는 매일의 일을 해내고, 성내에서의 예의범절을 배우고, 때로는 도장에서 땀을 흘리며 쓸쓸함과 불안함을 잊으려 했습니다."

그로부터 세 달쯤 지났나. "조금 늦어 버렸지만" 하며 축하 선물인 술통을 들고 오쓰키 유즈노스케가 나카무라 가를 찾아왔다. 공적인 방문이 아니라 평상복 차림이었다.

"놀랐습니다. 오쓰키 님과는 지난 산행 이후로 얼굴을 마주할 일이 없었으니까요."

단, 그로부터 4년 남짓 동안 여러 가지를 보고 들었기 때문에 유즈노스케의 내력이나 집안에서의 신분에 관해 대략적으로나마 알고는 있었다.

"오쓰키 님은 오카지 번의 전 에도 루스이야쿠留守居役 번주의 에도 저택에 두었던 직명. 막부와 다른 번 사이의 연락을 담당했다가 첩과의 사이에서 얻은 아들로, 이 첩은 에도에서 이름 높은 예기藝妓였던 모양이오."

다정해 보이는 미모와 문무예도에 뛰어난 소양을 가지고 있어 눈에 띄게 된 유즈노스케는, 여덟 살 때 부친인 루스이야쿠의 곁에서 현 번주인 가지에몬에게 맡겨졌고, 기대했던 대로 자라서는 신뢰가 두터운 시동으로서의 임무를 수행하는 한편으로 가지에몬의 남색 상대도 맡게 되었다.

아하! 도미지로는 내심으로 납득했다. 쾌활하고 대담한 영주님의 젊은 애인이었던 것이다.

"영주님이 가시는 곳이면 어디든 따라다니고 한시도 곁을 떠나지 않았소. 충성스러운 가신 이상으로 깊은 총애를 받고 있었지요."

때문에 유즈노스케는 가지에몬이 직접 오카지 산에 올라 번의 깊은 비밀과 대면하는 자리에, 기마 무사 견습의 신분이면서도 가볍게 따라온 것이다. 내려오는 길에는 자칫 잘못하면 순식간에 목숨을 잃을 위험이 있음을 잘 알면서도,

──이런 일이 벌어졌을 때 영주님을 지키는 것이 저의 임무입니다.

터주의 손톱을 품에 안고 조금도 동요하는 기색이 없었다.

"오쓰키 님은 4년 사이에 내가 꽤 어른스러워졌다고 말해 주었

습니다. 내 눈에는 스무 살이 넘은 오쓰키 님이야말로 그 나긋나긋한 미모가 한층 더 갈고 닦인 것처럼 보였습니다."

드문 체험을 함께한 그리움이 형제 같은 조합의 두 사람을 감쌌다. 실제로 류노스케가 빠진 신노스케의 마음의 구멍에 유즈노스케는 형 같은 든든함과 친근함으로 딱 들어맞았던 셈이다.

유즈노스케의 격식을 차리지 않은 방문은 부엌 옆의 작은 방으로 이어졌다. 때마침 있던 안주를 둘러싸고 앉아 두 사람은 시간을 잊고 대화를 나누었다.

"오쓰키 님은 에도에서 태어나고 자랐고, 영주님의 심복이 된 이후에도 이쪽과 에도 번저를 오가는 생활을 하고 있었소. 그래서 여전히 익숙해지지 않은 오카지 영지의 풍토나 기후, 산물이나 음식, 영지민의 기질이나 독특한 사투리 등에 당황할 때가 많다며, 그에 얽힌 일들을 또 비아냥이나 험담은 빼고 재미있게 들려 주었습니다."

신노스케는 마음을 터놓고 오랜만에 크게 웃었다. 밝은 기분에 혀도 풀려,

──그렇다 해도 오보라케 연못의 터주님만큼 진귀한 것은 없었겠지요.

그만 입이 미끄러지고 말았기 때문에 당황하며 목소리를 낮추었다. 이런, 괜찮을까. 부엌 복도에도 인기척은 없고 유즈노스케와 둘뿐이긴 하지만.

──그렇소, 그 이상의 것은 달리 없지.

하며 유즈노스케도 은밀히 웃었다.

──에도에 있을 때부터 일화만은 영주님께 들었지만 내 눈으로 볼 때까지는 믿지 않았소. 영주님이 나를 놀라게 하려고 허풍을 떠시는 거라고 생각했지.

큰북 님의 변고에 울려 퍼졌던 소라고둥 소리가 생각났다. 지금에 와서는 그마저 그립다.

"나는 찬찬히 그날 일을 생각하고 있었습니다. 그래서 오쓰키 님이 이어서 내뱉은 말이 당장은 마음에 걸리지 않았지요."

오쓰키 유즈노스케는 뭐라고 말했을까.

──4년 전에 우리가 뵈었던 터주님은 선선대 하타부교旗奉行 주장(主將)의 깃발을 관리하던 관직 이나모리 님의 삼남이었다던데. 사람인 채로 있었다면 쉰 살 가까이 되었을 터, 완전히 터주가 되어 버리니 겉으로 보기에는 나이를 알 수 없더군요.

"나는 갓 관례를 치른 열네 살, 술은 핥기만 했을 뿐 마시지 않았습니다. 오쓰키 님은 술이 세서 마셔도 취하지 않았고."

하지만 유즈노스케도 신노스케 이상으로 마음이 풀어져 위험할 정도로 입이 가벼워져 있었던 것이다.

완전히 터주가 되어 버리니.

신노스케는 숨을 멈추고 오쓰키 유즈노스케를 바라보았다. 유즈노스케는 신노스케의 시선을 알아차리지 못하고 술잔을 입가로 가져가면서 또 이렇게 말을 이었다.

──거참, 이 오카지 영지에 짐승의 피와 고기를 먹음으로써 그

힘을 몸에 깃들인다는 풍습이 있었기 때문에 일어난 기적이겠지요.

거기에서 비로소 그는 신노스케의 눈빛을 깨달았다.

두 사람 사이의 공기가 얼어붙었다.

유즈노스케가 모양 좋은 입술을 열었다.

──나카무라 님은 몰랐소?

그가 물어도 신노스케는 대답을 할 수가 없었다. 말이 나오지 않았다. 자신이 어떤 얼굴을 하고 있는지도 알 수 없다.

한편 유즈노스케의 인형 같은 얼굴에는 박력이 떠올랐다. 아름다움이고 요사스러움이고 희미한 투기鬪氣이기도 하다.

──몰랐다면 앞으로도 모르는 채로 있으면 되오. 나는 아무 말도 하지 않았소. 나카무라 님은 듣지 않았고.

보시오, 마침 지금 밤하늘에 달의 물방울이 떨어지는 소리가 난참이니, 사람의 말 따위는 흐려져 버려 들리지 않소.

"나는 그 말을 받아들였습니다."

아무것도 듣지 않았고, 아무것도 모른다.

"자신 안에 봉해 넣었소. 하지만 생각하는 것만은 멈출 수 없었지요."

흑백의 방의 이야기꾼 자리에서 신노스케는 곱씹듯이 천천히 말했다. 그 눈은 지금 과거를 보고 있다. 바로 그날, 자기 마음의 떨림을 바라보고 있다.

"우리 가신들 대부분은 몰랐소."

그래서 알려지지 않았지만,

"영주님은 알고 계셨지요. 주가主家에 대대로 내려오는 비밀로 터주라는 장치를 배우셨소. 해서 더더욱, 4년 전의 그때도 친히 오보라케 연못에 가서 터주께 인사를 하고 싶으셨던 거지요."

터주가 원래는 사람이라는 것을, 가신인 무사 중 한 명이라는 말을 들었기 때문에.

그것은 오카지 가지에몬의 다정한 마음, 자애의 정도를 나타내고 있다. 그는 가신을 도구처럼 쓰고 버리는 영주가 아니었으니까.

그렇게 생각해 봐야 이 전율은 어떻게 할 수도 없다. 도미지로는 긴장한 채로 계속 들었다.

"물론 치노 가의 사람들도 비밀을 알고 숨겼지. 다른 사람에게는 알 길도, 알려질 기회도 없는 비밀을."

오쓰키 유즈노스케가 알고 있었던 까닭은 가지에몬의 총애를 받는 특별한 남자였기 때문이다. 그 입이 느슨해진 까닭은 친근하게 이야기하는 신노스케에 대한 정과, 밤의 고요함과, 술기운 때문이었으리라.

"그 옛날 오카지 산 깊은 곳에 있는 지저호에, 용암 속에 사는 불가사의한 생물이 길을 잃고 들어왔다."

그것은 사실이다. 첫 번째 한 마리는.

그 한 마리의 터주 덕분에 '큰북 님'이 생겼다.

오카지 성과 센조지키초는 모든 화재의 위협으로부터 보호받게 되었다.

하지만 영원하지 않았다.

"사람들에게는 불의 신인 터주도, 실은 생물이오."

생물인 이상 나이를 먹는다. 언젠가는 수명이 다한다.

"오보라케 연못의 터주가 죽으면 더 이상 큰북 님을 만들 수 없
게 되지요."

한 번 손에 넣은 비밀을 손에서 놓아야 한다. 포기해야 한다. 다
른 영지의 성이나 마을과 마찬가지로 화재의 공포를 두려워해야
한다.

그것은 너무나도, 너무나도 아쉽다.

지저를 도는 용암 속에 들어가 또 한 마리의 이상한 생물을 잡아
오는 것은 사람의 몸으로는 도저히 무리인 일이다.

그러나──

전혀 방법이 없지는 않다고, 제일 처음 생각해 낸 자는 누구였을
까.

사람이 터주의 힘을, 일부라 해도 좋으니 물려받을 수 있지 않을
까. 적어도 시험해 볼 만한 가치는 있지 않을까.

터주의 피와 살을 먹음으로써 터주가 된다. 들개의, 산토끼의,
올빼미의, 곰의 피와 살을 먹고 그 힘을 몸에 깃들이듯이.

얻기 힘든 우연으로 오보라케 연못에 나타난 불가사의한 생물의
수명이 다하기 직전에, 불가능해 보이던 시도는 성공했다.

필시 되면 좋고 안 되면 말고, 였으리라. 도미지로는 멍하니 생
각했다. 안 될 줄 알면서 시도한 도박이었으리라. 그렇게 생각하고

싶다.

결과적으로 도박에 이기자, 오카지 산의 오보라케 연못에 있는 터주님은 이후로 계속해서 같은 방식에 따라 대를 이어 온 것이다.

"나는 오쓰키 님과의 약속을 지켜 왔습니다."

나카무라 신노스케의 온화한 목소리에 도미지로는 몸이 부르르 떨렸다. 헌헌장부는 아무 일도 없었던 것처럼 단정한 얼굴로, 호흡도 흐트러뜨리지 않고 거기에 앉아 있다.

"당사자인 유즈노스케 놈은 스물네 살 때 갑자기 관직을 반납하고 오카지 영지에서 도망쳐 버렸지만."

도망치기 얼마 전부터 오카지 가지에몬과의 사이에,

"소위 말하는 치정 싸움이 늘었음을 주위에서도 눈치 채고 있었습니다. 하지만 멋지게 사라진 솜씨에 영주님도 화를 내시기보다는 당했다며 웃으셨지요."

게다가 얼마 지나지 않아 다른 애인이 생겼다나.

"유즈노스케는 원래 서출입니다. 짊어져야 할 집안이 없는 대신에 그를 지켜 줄 집안도 없소. 지난 산행의 발걸음이 무서움을 모르고 가벼웠던 것처럼, 가볍게 오카지 영지를 나갔겠지요. 친어머니를 찾아 에도로 가서 안락하게 살고 있다는 풍문이 돌았던 적도 있소."

당시 다른 누구에게도 흘리지 않고 헌헌장부는 가슴 속으로 생각한 적이 있다고 한다.

"유즈노스케는 영주님의 신변에 지나치게 가까워지고 비밀을 너무 많이 알아 버린 자신의 입장이 얼마나 위태로운지 깨달은 게 아닐까 하고."

에두른 말에 도미지로는 큰맘 먹고 크게 한 걸음 내디뎠다.

"그러니까 꾸물거리다간 터주님의 다음 대가 바뀔 때 자신이 선택되어 버리지 않을까 하고 무서워져서 재빨리 도망쳤다는 말씀이십니까."

나카무라 신노스케는 똑바로 도미지로의 얼굴을 보았다. 그러고는 고개를 끄덕였다.

"그렇소. 때문에 그때, 나도 생각했습니다. 만일 내가 지명된다면 고요한 마음으로 받아들일 수 있을까."

다음 터주를 만들 때 가신 중 누구를 희생시킬까. 어떻게 희생자를 정할까.

번주가 고르나, 지원을 받나, 포상을 주거나, 아니면 죄인을 골라 형벌을 줄여 주나, 방식은 전혀 모른다. 신노스케도 마찬가지다. 애초에 지금의 터주가 죽어 가고 있는지, 당분간은 괜찮은지도 알 수 없다.

"나는 열일곱 살이 되었고 마침 혼담이 있어 아내를 맞이하려던 때였소."

동생이 물려받은 나카무라 가는 평안했다.

"특이한 괴담 자리에서 이야기한 내용은 반드시 듣고 버려진다 하셨지요."

"예, 맞습니다. 굳게 약속드립니다."

"나도 자백하지요. 당시에는, 생각하고 생각하고 생각해도 결심이 서지 않았습니다. 점차 생각하지 않게 되었지요."

생각으로부터 도망치게 되었다. 매일의 직무와 생활에는 그런다고 해서 별반 큰 지장도 없다. 나는 이제부터 아내를 맞이하고, 아이를 갖고, 집안을 지켜 나가는 것이다——.

잠시 흑백의 방에 침묵이 떨어졌다. 바람도 없는데 도코노마의 자귀나무 꽃봉오리가 덜컹 흔들린다. 마치 꾸벅꾸벅 졸고 만 것처럼.

도미지로는 이야기꾼 뒤의 족자에 붙인 반지를 보았다. 지금 듣고 있는 이야기가 다다르는 곳은 어디이고, 자신은 저기에 무엇을 그리게 될까.

"재작년 봄, 매화가 피기 시작할 때 야마베 하치로베가 우리 집 마당에서 쓰러져 다 지기 전에 세상을 떠났습니다. 87세의 호상이었소."

다시 이야기의 방향이 바뀌었다. 나카무라 신노스케의 침착한 말투에는 변함이 없다.

"형 부부가 오카지 산 위의 치노 본가로 옮겨 간 후로 집안과 집안 사이에서 계절 인사를 나누는 일은 있어도 형 부부와의 대화는 없었소. 게다가 형이 치노 본가에서 내려오는 것도 수고스럽고 야마베 할아범이 올라가는 것은 무리라서 두 사람은 그때 이후로 얼굴을 마주한 적이 없었지요."

죽을 때까지 야마베 하치로베는 나카무라 형제를 생각했다. 신노스케를 격려하고 류노스케를 그리워하고 자랑스러운 듯이 추억 이야기를 하며 질리는 법도 없었다.

"할아범이 죽을 때의 모습은 내가 형을 만나 직접 전하자. 그렇게 결심하고 영주님께 산행 허가를 부탁드렸습니다."

이번에는 예전처럼 바위지옥을 빠져나가 오보라케 연못으로 갔던 것 같은 가파른 등산은 아니다. 본래의 정비된 산길을 오르며 다리를 쉴 수 있는 마을도 몇 개 지나친다. 오카지 영지는 온난한 기후이고, 오카지 산도 매화가 다 필 무렵에는 눈도 얼음도 사라진다.

결코 신노스케 혼자 가기에 무리한 산행은 아니다. 그러나,

"내 말을 들으신 영주님은 왠지 전혀 말이 없으셨소. 엎드려 있는 내 눈에는 영주님의 무릎과 그 위에 놓인 양손밖에 보이지 않았습니다."

그 양손의, 가볍게 움켜쥔 주먹이 떨리는 듯했다.

──신노스케, 얼굴을 들어라.

"쌓이는 세월에 영주님도 어느덧 나이가 들어 머리카락에는 백발이 보이더군요. 호담함과 쾌활함보다 품격이 두드러지는, 우리의 주군."

오카지 가지에몬은 그 눈을 살짝 적시고 있었다고 한다. 잠시 침묵하던 그가 이렇게 지시했다.

──산행을 허락한다. 반드시 돌아와라.

무엇을 보아도. 무슨 일이 있어도.

그 말을 들은 순간, 신노스케는 깨달았다. 꽤 이전부터 가슴 밑바닥에 떠다니고 있던 형태 없는 물음이, 이때 형태를 이루었다.

동시에 대답도 찾았다고 생각했다.

"등산 준비를 하고 이튿날 날이 밝기 전에 길을 떠나 혼자서 오카지 산에 들어갔습니다."

5부 능선을 지났을 때쯤, 운 좋게 산기슭으로 내려가는 치노 본가 사람과 마주쳤다. 덕분에 그 후의 길에는 안내해 주는 이가 생겨서 봄의 해가 완전히 져 버리기 전에 치노 본가에 다다를 수 있었다.

"띠로 이은 지붕이 두꺼운, 커다란 저택이었지만."

그 이상으로 신노스케를 놀라게 한 것은 본가 옆에 조촐하게 모여 있는 몇 개의 오두막과, 숲을 베어 낸 경사면을 가득 메울 정도로 수많은 노보리가마_{산기슭의 경사를 따라 점토로 단계 층을 구축해서 밑층부터 차차 위층으로 구워내는 도자기 가마. 위층에서는 밑층의 남은 열을 이용하여 도자기를 굽는다}였다.

도미지로는 질문을 끼워 넣었다. "가지 도기를 굽는 가마로군요."

"그렇소. 터주의 발견을 계기로 시작된, 우리 번의 세련되지 못한 도기."

오두막은 숯을 굽는 곳이나 도구를 두는 곳, 흙을 이기는 작업장 등으로 나뉘어 있고 이들 일에 종사하는 사람들도 치노 본가에 살고 있다.

"노보리가마는 모두 산의 정상으로 뱃머리를 향한 작은 배의 모

양이었고, 뱃머리에 해당하는 부분에 굴뚝이 서 있었습니다. 그때
는 가마가 쉬고 있어서 불기운도 연기도 없었지만요."

신노스케는 머리 위를 올려다보았다. 저물어 가는 저녁 하늘을
잘라 내듯 오카지 산이 우뚝 솟아 있었다.

산의 정상 아래로 8부 능선과 9부 능선 사이 정도일까. 산자락을
덮고 있는 나무들 사이에서 하얀 증기가 솟아나와 바람에 휩쓸려
흩어져 간다.

──터주님의 김이에요.

부드러운 여자의 목소리에 신노스케는 돌아보았다. 치노 본가의
나무문 옆에 요시가 서 있었다.

요시는 머리를 밀고 비구니가 되어 있었다.

아아, 역시──하고 신노스케는 생각했다.

"열 살의 고신자 님이 오르셨던 바위지옥이 있는 경사면은 이쪽
에서 보면 산의 뒤쪽에 해당하지요."

넉넉한 히후_{被布 하오리와 비슷한. 옷섶이 깊고 깃이 둥근 겉옷}의 소매를 들어,
요시는 오카지 산을 가리켰다.

"그때는 정말 잘 오르셨어요. 형님도 가끔 떠올리고는 도련님을
칭찬하곤 했답니다."

신노스케는 무엇을 물어야 할지는 알고 있었다. 그래도 갑자기
입을 열 수 없었던 이유는 이미 알고 있는 일을 말로 표현해서 요
시를 슬프게 하고 싶지 않다고 생각했기 때문이다.

하지만 기우였다. 요시의 미소를 바라보는 동안, 자신이 쓸데없는 걱정을 했음을 깨달았다.

형수는 긍지를 품고 있었다. 예전에 형 류노스케가 어린 고신자를 칭찬하며 자랑스러워해 주었듯이 형수 또한 남편을 자랑스러워하고 있다. 형수의 가슴은 비탄에 잠겨 있지 않았다.

신노스케는 온화하게, 그러나 흔들림 없는 목소리로 물었다.

"지금 터주의 오른쪽 손바닥에는 부드러워진 세 개의 물집과 매끈매끈한 못이 있겠지요."

단창을 사용하는 류노스케의 증거다.

"형님은 언제 오보라케 연못에 들어가셨습니까?"

5년 전 여름에——하고 요시는 대답했다.

"전의 터주님이 약해지셔서 연못물이 식기 시작했거든요."

류노스케는 스스로 지원한 거라고 했다.

——이 몸을 언젠가 바치고 싶다고 바라 왔소. 둘이서 치노 본가에 왔을 때부터, 당신도 그런 생각이었을 테지.

확실히, 요시도 그렇게 마음을 굳히고 있었다. 부부 사이의 외동딸은 그대로 치노 가의 여자로 자랄 테니 걱정할 일은 전혀 없다.

"터주님이 돌아가시면 터주님의 손톱을 받아 만든 큰북 님의 효험도 사라지고 말아요."

그래서 터주님이 바뀔 때는 서둘러 집행해야 하는 의식인데,

"이번에는 류노스케 님의 결심이 굳었고 몸도 이미 치노 본가에 있었기 때문에 전에 없을 정도로 빠르고 매끄럽게 끝났지요."

소라를 불어 오카지 성에 변고를 알릴 필요도 없었다고, 요시는 미소를 띤 채 말을 이었다.

그런가. 신노스케는 눈을 감았다. 이미 옛날인 5년 전의 여름, 소방 망루의 큰북 님은 새것이 되었던 것이다.

──내가 에도에 올라가 있는 사이에?

영지에 있어 봐야, 매일의 다망함과 행복을 맛보는 데 정신이 팔려 깨닫지 못했겠지만.

"류노스케 님이 터주님이 되시는 모습을 지켜보고 저도 머리를 깎았어요. 의식 전에 자른 류노스케 님의 머리카락은 성 아래에 있는 치노 가의 가레이를 통해 영주님께 바쳤고, 터주님의 대가 바뀐 경사의 자세한 내용을 보고 드렸습니다."

모든 것은 비밀리에. 지금까지와 마찬가지로 가신들과 영지민들은 아무것도 모른 채 계속 불의 신의 보호를 받으면서.

신노스케는 요시에게 방문 이유를 말했다. 야마베 하치로베의 최후를 형에게 전하고 싶다고.

그러나 요시는 고개를 가로저었다.

"형님은 이미 이 세상에 없어요. 저를 보세요. 이 몸은 죽은 남편의 극락왕생을 비는 비구니예요."

하룻밤, 본가에서 쉬도록 하세요. 센조지키초 변두리의 저택에서 요시는 여러 가지 요리를 만들었지만 어린 고신자가 특히 좋아했던 음식을 지금도 기억하고 있다고 했다.

신노스케는 분노를 느끼지는 않았다. 더 이상 두렵지도 않았다.

그저 슬픔만이 자신의 마음을 차가운 물처럼 채우고 있음을 깨달 았다.

"──이것은 이전부터 용의주도하게 계획되어 있던 일입니까?"

정신이 들어 보니 요시를 향해 그렇게 묻고 있었다.

치노 본가 안쪽으로 벽 한쪽 면을 불단이 차지하고 있는 넓은 방이 보인다. 경첩으로 여닫을 수 있는 불단의 문은 닫혀 있고, 등불하나 없다. 요시와 신노스케 옆에 각각 놓인 작은 화로의 숯만이 희미하게 붉다. 작은 화로는 투박하고 소박한 가지 도기였다.

"치노 가의 딸인 형수님이 형의 아내가 된 까닭은, 두 사람의 혼담이 있었을 때부터 장차 형에게 이와 같은 역할을 맡기려는 윗분의 뜻이 있었기 때문인가요?"

터주는 신이다. 신이 될 수 있는 이는 충의가 두텁고 마음이 깨끗하고 용기 있는 무사뿐이다. 나카무라 류노스케는 인생의 이른 시기부터 지목되어 있었던 게 아닐까.

아니면 신노스케가 생각할 수 있는 가장 무서운 것은.

"형님이 화상으로 다리를 잃는 일이 없었다면 터주에게 몸을 바치는 역할은 차남인 내게 돌아왔을까요."

신노스케의 말꼬리의 울림이 사라지기도 전에 요시는 스르륵 일어섰다. 무엇을 하려나 했더니 불단의 문을 연다.

산속의 저녁이라 불단 안에는 어둠이 차박차박 밀려오고 있다. 그 안에서 신노스케는 보았다. 흑칠과 금박으로 장식된 화려한 불단 안에 늘어서 있는, 십여 개는 될 듯한 위패를. 이쪽은 똑같이 옻

칠이 되어 있어도 붉은색이었다. 거기에 금물_{아교풀에 금가루를 갠 것}로
이름이 적혀 있다.

"이것들은 치노 가 조상의 위패가 아니에요."

대대로 터주가 된, 오카지 영지의 용사들의 위패였다.

"분명히 치노 가는 이 혼들을 지키고 터주님을 모시고 지켜보는
역할을 맡은 집안이지만, 제가 류노스케 님께 시집간 것은 그저 돌
아가신 어머님께서 강하게 원하셨기 때문이에요."

──주위 사람들에게 화려하고 아름다운 점만 사랑받고 떠받들
리는 류노스케에게는 요시 님 같은 아내가 필요해요.

"어머님의 마음을 이해하고, 류노스케 님도 저를 소중히 여겨 주
셨어요."

부부 사이에 거짓은 없었다. 누군가가 이렇게 되도록 꾀한 것은
아니다. 굳이 말하자면 운명이었다.

"이 땅에 살면서, 터주님을 알아 버린 자들의 운명이에요."

거기에서 처음으로 요시의 목소리가 떨렸다. 신노스케는 떠올렸
다. 바위지옥을 빠져나가 오른 산행에서 요시의 표정이 가라앉아
있었던 것을.

그때 만난 선대 터주님이 사람이었을 때는 어디의 누구였는지.
위패를 지키는 치노 가의 요시는 알고 있었을 것이다. 자꾸만 입을
다물게 되었던 것도 무리는 아니다. 밝은 얼굴을 할 수가 없었을
테니.

하지만 그런 요시조차, 그로부터 십여 년 후에는 자신의 남편이

터주가 되리라고는 생각도 하지 않았던 것이다.

"도련님은 안심하세요."

요시가 이쪽을 돌아본다. 두건에 싸인 얼굴은 야위어 광대뼈가 튀어나와 있다. 센조지키초의 험담하기 좋아하는 사람들이 '지장보살'이라고 놀렸던 두꺼운 몸이 더 이상 아니다.

"류노스케 님 같은 유망한 사람을 바친 나카무라 가에는 이제 두 번 다시 이 역할이 돌아가지 않을 거예요. 도련님은 집안을 지키고, 아내를 소중히 여기고, 아이들을 착하게 키우세요."

신노스케는 즉시 항변하려고 했다. 무슨 소리인가! 나도, 주군의 가문을 생각하고, 영지민을 생각하고, 가족을 생각하는 마음은 형에게 뒤지지 않는다. 오보라케 연못에 이 몸을 바치라는 명령을 받게 된다면, 언제 어느 때라도 망설이지도 않고──,

그 항변은 목에 걸리고, 혀끝에서 떨렸다.

"그러면 돼요, 고신자 도련님."

그렇게 말하며 요시는 눈물을 뚝뚝 흘렸다.

"나는 이튿날 아침, 오카지 산을 내려왔습니다."

등성하여 산행을 보고하러 간 신노스케에게 오카지 가지에몬은 아무것도 물으려 하지 않았다.

다만 이런 말을 했다고 한다.

──노보리 가마들을 보고 왔나? 그 굴뚝에서 일제히 연기가 피어오를 때, 오보라케 연못의 증기도 한층 짙어지지. 터주님이 산중

에 불기운이 있는 것을 기뻐하시기 때문이야.

그 후의 직무와 매일의 생활은 아무 일도 없었던 것처럼 이어져 왔다.

"영주님의 참근교대를 따라 올해 4월 중순에 이렇게 에도로 왔을 때에도 고향을 떠났다고 해서 가슴이 술렁이는 일도 없이,"

전부 잊은 줄 알았다.

"그런데 성질 급한 동료와 함께 이번에야말로 에도에서 돌아갈 때는 선물을 잊지 말자는 대화를 나누다가, 미시마야의 화려한 주머니들과 특이한 괴담 자리가 떠올라서——."

이야기하고 버리고 싶다. 불현듯 그런 마음이 들자 종래에는 억누를 수 없게 되고 말았다고 한다.

"이야기를 처음 시작할 때는 전부 옛날의 추억인 것처럼 말씀드렸는데, 그것은 결코 거짓이 아니고 마음속에서는 벌써 수십 년이나 세월이 지난 듯한 기분이 듭니다."

멀어졌다고. 엷어졌다고. 그리 여겼다.

도미지로는 앉은 자세를 바로 하며 방바닥에 손을 짚고 엎드렸다.

"미시마야의 도미지로, 손님이 들려주신 이야기를 확실히 듣고 버리도록 하겠습니다."

"고맙소."

부탁드립니다, 하고 나카무라 신노스케는 말했다.

이름도 잊는 것이다. 헌헌장부면 된다.

이 이야기는 끝나지 않았다. 지금도 살아 있다. 이처럼 팔팔하게 살아 있는 것 같은 이야기를 오치카는 다룬 적이 있을까.

움찔거리면서도, 물어보고 싶은 것을 참을 수 없는 도미지로다.

"제 쪽에서 다시 이야기를 꺼내는 것 같아 송구하지만, 처음에 말씀하신 어머님과 누이는 마님 쪽의 가족이실까요."

아아, 그렇습니다, 하며 헌헌장부는 활짝 웃었다.

"나는 나카무라 가에서는 완전히 혼자가 되고 말았지만 아내 쪽은 친족이 많아서 떠들썩하게 드나들고 있지요."

그렇구나. 지금의 헌헌장부는 활기차게 지내고 있는 것이다. 그것을 알고 싶었습니다. 도미지로는 안도했다.

자, 에도 선물을 기다리고 있는 것은 장모와 처제. 당사자인 마님은 무언가 조르지 않았을까.

"아내는 내가 무사히 고향으로 돌아오는 것이 가장 큰 선물이라고 했습니다."

물론 그렇겠지. 잘 들었습니다.

*

듣고 버리는 일을 마무리하기 위한 그림을 그릴 수가 없다.

도미지로는 만 사흘을 끙끙 앓았다.

주인 이헤에도 대행수 야소스케도 계산대에 있으면서 자귀나무 꽃봉오리처럼 꾸벅꾸벅 졸고 있는 오후, 나흘 만에 흑백의 방으로 돌아가 책상을 꺼내어 놓고 앉은 도미지로는 갑자기 흐느껴 울고 말았다. 짧은 오열로 금세 잦아들었으나 감이 좋은 오카쓰가 상황을 보러 왔을 때에는 두 눈과 코밑이 빨개져 있었다.

"왜 그러시나요."

하는 물음에 스스로도 열심히 생각했다. 그림으로 그려 보려고 하니 오카지 산 터주님의 슬픔이 자신의 몸에 배어들었나.

물론 그런 점도 있지만 정확한 이유는 아니다.

"나 자신이 한심해서."

오카쓰에게 변명하려고 입을 열었더니 또 눈물이 나고 말아 탁한 목소리가 나왔다.

"무엇이 한심하신가요?"

아이를 어르듯이 오카쓰는 물어봐 주었다.

"왜냐하면, 나, 나는, 그 헌헌장부 님 같은 마음가짐을 가질 수가, 없거든."

아무것도 하지 않고, 아무것도 짊어지지 않고, 앞으로의 지침도 전혀 없는 멍청이다.

"먹고 자기만 하는 밥벌레야. 아니, 벌레라면 수가 늘어나니 그나마 낫지."

도미지로는 자신의 몸을 바쳐서라도 지키려는 그 무엇도 가지고 있지 않다. 그런 주제에 자신의 몸을 바쳐 버리면 지킬 수 없게 되는 것도 가지고 있지 않다. 따라서 아쉬워해 주는 사람도 없다.

"도련님께는 나리와 마님이 계시지만, 말씀하시는 것은 그런 뜻이 아니겠지요."

그건 저도 알아요. 하며 오카쓰는 점잖게 미소 지었다.

"밥벌레는, 그런 훌륭한 분의 마음속을 들고 버릴 수 없어."

"할 수 있는지 없는지, 조금 더 시험해 보세요."

그렇게 말하다가 오카쓰는 갑자기 눈을 크게 떴다.

"저, 생각났어요."

도미지로가 어딘가에 몸을 바쳐 버리면 반드시 아쉬워해 줄 사람이.

"그림 선생이신 하나야마 도로 선생님이에요. 쇼분도의 가쓰이치 씨도 계산에 넣을 수 있을지 모르겠네요."

즐거운 듯이 하는 말에 도미지로는 갑자기 독기가 빠진 느낌이 들었다. 그리고 붓을 들었더니 마음도 새로워졌다.

——오카쓰, 무서운 사람이야.

그렇게 해서 도미지로가 그려 낸 그림은.

산의 숲속 작은 연못에서 사람의 모습과 비슷한 그림자가 놀고 있다. 물속에서 팔다리를 뻗고, 더부룩한 털이 난 머리를 수면에서 가볍게 쳐들고.

연못가에는 작은 지장보살상이 하나 서 있다. 삿갓을 쓰고 히후를 입은 지장보살님은 그 손에 지팡이가 아니라 길이가 짧은 창을 들고 있다.

아무런 주석도 없으니 이 둘이 한때 사이좋은 부부였다는 사실을 알아차리는 사람은 없으리라.

다 그리고 나서 붓을 씻으며 도미지로는 또 울었다. 이렇게 우는 것은 이번이 처음이자 마지막이다, 나는 더 강한 청자가 될 거라고 마음에 맹세하면서, 잘못 그린 반지로 코를 풀었다.

한결같은
마　음

도미지로는 맛있는 음식이라면 사족을 못 쓸 만큼 좋아하지만 그렇다고 사치스러운 건 아니다. 가령 기도방木戸番 에도 시대에 마을의 출입구에 설치한 오두막에서 겨울이 되면 파는 항아리 고구마찜도, 시중에서 이름 높은 에도바시 도리초 하나노야의 고구마양갱도 똑같이 맛있다고 생각한다. 그저 맛있기만 하면 이렇게 맛있는 음식을 먹을 수 있으니 행복하다 여기고, 이렇게 맛있는 음식을 세상에 가져다주신 하늘의 신과 지상에서 그것을 만드는 사람들에게 감사한 마음을 갖게 된다.

　고급 요릿집이라면 지금껏 몇 번인가 발길을 옮길 기회가 있었지만 미시마야 정도 되는 가게의 아들로서 어디까지나 '어울리는' 가게에 '어울리는' 곳이니 갔을 뿐이다. 여기저기 먹어 보며 비교하고 싶은 마음은 전혀 없다. 그럼에도 세책상의 '평판기' 등을 닥치는 대로 읽는 까닭은 잘 아는 척하며 과시하려는 속셈이 아니라 정말로 좋아하는 맛난 음식에 대해서 조금이라도 더 알고자 하기 때문이다.

그러고 보니 오치카가 특이한 괴담 자리의 청자 노릇을 하고 있을 무렵, 흑백의 방에 초대한 이야기꾼의 이야기 흐름상 고급 요릿집에 가야 하게 되어, 도미지로가 연줄을 통해 표를 얻어 함께 간 적이 있기는 하다(요릿집의 표란 이용권인데 흔히 답례품으로 사용된다). 이것은 좀처럼 얻기 힘든 경험으로 지금도 마음에 간직하고 있으니, 귀엽게 봐주셨으면 좋겠다.

그런 도미지로가 특히 좋아하는 것이 노점에서 파는 음식이다.

미시마야가 있는 간다 미시마초는 스지카이문門과 야쓰 소로小路가 바로 코앞이고, 간다가와 강을 따라 동쪽으로 걸어서 이즈미바시 다리, 아타라시바시 다리를 지나면 아사쿠사문門이 보이는 번화한 동네다. 낮에도 저녁에도 소로와 강가, 다리 기슭, 문 앞 광장에 갖가지 노점이 나와 장사를 하고 있다.

월초, 월말, 절기일이나 여러 시장이 서는 날이면 에도 전체의 맛있는 음식이 여기에 다 모여 있는 게 아닐까 싶은 기분이 들 정도다. 올해 6월에는 초닷새부터 간다묘진 신사의 천왕제天王祭가 있었기 때문에, 그야말로 온갖 맛있는 음식과 그걸 먹으러 찾아오는 사람들이 모여서 어마어마한 풍경을 만들었다.

노점에서 먹을 수 있는 맛있는 것은 우선 튀김과 초밥이다. 이

두 가지를 파는 노점은 한 번 장소를 정하면 여기저기 이동하지 않아서 단골손님이 확실하게 붙는다.

어묵장수도 대체로 이동하지 않으므로 다른 장사를 하는 가게나 민가의 처마 밑을 빌리곤 한다. 평범한 노점이 아니라 노점의 형태를 한 가게──노점상이다. 노점상 중에는 데운 술을 마실 수 있는 술집도 있지만, 밖에서 술 마시기를 별로 좋아하지 않는 도미지로는 거의 이용한 적이 없다.

한편으로 파는 사람이 수레 형태의 매대를 끌고 여기저기 다니며 손님을 받는 진짜 노점 중에서는 메밀국수를 파는 곳이 많다. 메밀국수에 한해서는 동네에서 제대로 된 가게를 낸 곳이나 붙박이 노점상보다 돌아다니는 노점에서 파는 쪽이 더 맛있다고 생각하는 사람은 도미지로뿐일까. 아버지 이헤에나 형 이이치로, 시집가기 전의 오치카나 믿을 수 있는 하녀 오시마와 오카쓰에게 물어도, 모두 그렇지는 않다고 하지만──.

나는 그렇게 느껴져. 고집스러운 어린아이처럼 배에 힘을 주고 있던 도미지로에게 "나도 메밀국수는 노점 것이 좋아요. 밖에서 먹으면 국물 냄새가 그릇에서 확 퍼지거든요" 하며 편을 들어 준 이는 노점에서 꼬치경단을 파는 오미요라는 처녀였다.

오미요네 노점에는 이름이 없다. 노점 차양에 봄에는 벚꽃색, 여름에는 밝은 녹색, 가을에는 단풍색, 겨울에는 남색 포렴을 내걸고 있는 것이 표식이다. 오직 구운 경단만 파는데, 꼬치 하나에

세 개가 꽂혀 있다. 그걸 풍로에 구운 다음 손님의 취향에 따라 설탕간장이나 간장 양념을 묻히고 나서 한 번 더 굽는다.

도미지로는 작년 초가을 무렵에 이 노점을 발견했다. 늘 부지런히 일하는 가게 사람들에게 간식이나 사다 주려고 콧노래를 부르며 아사쿠사문 쪽으로 걸어가는데 행상인 하나가 엄청나게 좋은 냄새를 풍기며 지나가는 게 아닌가.

──노릇노릇 구운 간장 냄새다.

이럴 때 잠시도 망설이지 않는 것이 도미지로의 장점이다. 그는 발길을 돌려 행상인을 쫓아갔다.

"실례지만 당신, 간장 냄새가 나는 뭔가를 방금 먹고 오신 참이지요?"

바싹 다가가 다그치자 행상인은 무뢰한에게 협박을 당하기라도 한듯 무서워하며 손가락을 들어 가르쳐주었다. 저 앞의, 도시마초 1번가와 간다 도미마쓰초 사이로 들어가, 군다이郡代 에도 막부의 관직명 중 하나. 막부 직할지를 관리하고 세금 수납 및 민정을 담당하던 사람 님의 저택 쪽으로 향해서 골목길을 왼쪽으로 꺾어 들어가세요. 막다른 곳에 노점이 나와 있을 테니까요.

도미지로는 가을바람에 솜을 넣은 옷자락을 펄럭이며 내달렸다. 뭐, 그다지 훌륭한 어른이 할 만한 행동은 아니다. 물론 본인도 잘 알고 있다.

──하지만 이 냄새는 못 참겠는걸!

행상인이 가르쳐 준 곳에는 군다이 저택의 긴 흙담을 등지고 분명히 꼬치경단 노점이 있었다. 경단을 파는 아가씨는 경단과 꼭 닮은 동그란 얼굴로, 이름이 오미요라고 했다.

　도미지로는 눈 깜짝할 사이에 단골손님이 되었다. 틈이 날 때마다 노점 앞에 서서 마음껏 먹었다. 미시마야 사람들에게 맛보여 주고 싶을 때는 미리 오미요에게 부탁해서 구워 두라고 한 다음 나중에 가지러 가거나 누군가를 심부름 보냈다.

　오미요의 꼬치경단은 식감이 좋다. 쌀가루에 피나 밤을 잘게 다진 것을 섞었다고 한다. 도미지로가 매우 좋아하는 설탕간장에는 질 좋은 흑설탕을 사용했기 때문에 감칠맛이 있다.

　오미요는 손님에게 칭찬을 받으면 중요한 요리비법을 태연하게 말해 버리기 때문에,

　"이 노점의 비결이니까 비밀로 해 두는 게 좋지 않을까?"

　"그럴까요?"

　"게다가 흑설탕은 값이 비싸잖아. 경단 한 꼬치의 값을 조금 더 올려 보면 어떨까. 두 배로 해도 좋을 정도인데."

　"그럴까요오오, 아하하."

　걱정하는 도미지로에게 그저 태연하게 웃어 보일 뿐이다.

　오미요는 눈이 작고 코는 약간 납작하다. 경단 같은 동그란 얼굴이라 눈에 띄지 않지만 턱이 각져 있다. 빈말로도 미인이라고는 말하기 힘들다. 하지만 어떤 때에도 붙임성이 좋고 "어서 오세요, 고맙습니다" 하고 인사하는 목소리가 밝다. 웃음소리도 쾌활하기 그지없다.

도미지로는 오미요와 편하게 말을 주고받기 시작한 후에도 나이를 묻지 못했다. 섣불리 물었다가 오미요가 도미지로의 예상보다 어리거나 나이가 많거나 하면 거북할 것 같았기 때문이다. 평소에는 나이 따위 신경 쓰지도 않는데.

올해 들어서 오치카가 미시마야에서 같은 간다의 다초에 있는 세책상으로 시집을 갔을 때, 짧은 혼례 행진을 했다. 오미요는 그걸 봤던 모양이다. 혼례 후 며칠인가 지나서 도미지로가 꼬치경단을 먹으러 갔더니, 일부러 노점에서 밖으로 나와 무릎에 이마가 닿을 정도로 깊이 고개를 숙이며 미시마야 씨, 축하드립니다, 하고 말해 주었다.

"고마워."

"신부는 작은 나리의 사촌이라고 같이 구경하던 사람들이 가르쳐 주었어요."

"주머니를 매단 조릿대를 짊어지고 거리를 누비는 나의 멋진 모습도 보았겠군."

"네, 정말 멋있었어요오. 설탕간장을 더 발라 드리고 싶을 만큼."

"좋은걸. 그렇다면 이제부터는 나를 미시마야의 도련님이라고 불러 줘. 작은 나리는 형이니까."

"함께 계시던 더 멋있는 분 말이군요."

"뭐라? 홍, 오늘은 안 사고 가야겠다──는 건 거짓말이야. 간장이랑 설탕간장, 하나씩 다오."

그렇게 함께 웃고 오미요가 도미지로에게 줄 경단을 구우면서,

"도련님의 사촌누이는 제가 태어나서 16년 동안 본 중에서 제일 예쁜 신부였어요."

라고 말했기 때문에 드디어 나이를 알았다. 아직 열여섯인가. 정월에 한 살 더 먹어서 이제 갓 열여섯이 되었구나, 하고 생각한 순간 도미지로는 가슴이 지끈 하는 걸 느꼈다. 어떤 의미의 '지끈'인지는 스스로도 알 수 없었지만.

노점 장사는 장소가 생명이다. 오미요는 도미지로가 이 노점을 발견하기 겨우 두 달 전에, 10년도 넘게 여기에서 조림을 팔던 오산이라는 할머니한테 장소를 양보 받았기 때문에 그 점에서는 처음부터 운이 좋았다.

"얼마나 고마운지 몇 번이나 절을 해도 모자랄 정도예요."

다만 간다가와 강가의 야나기하라도리에서는 꽤 후미진 곳에 있고 좁은 골목길 안쪽이라 눈에 띄기도 어렵다. 그나마 값이 싼 노점의 음식 중에서도 가장 싼 조림이나 꼬치이니 그럭저럭 운영해 나갈 수 있었던 것이다. 오산 할머니의 조림 노점 옆에는 몇 번인가 튀김이나 데운 술을 파는 노점이 나왔지만 모두 오래가지 않았다고 한다.

그만큼 '장소'가 중요하기 때문에 이를 차지하는 데에는 금전이 얽히고 종종 일이 틀어져 성가셔진다. 무뢰한이 돈을 뜯어내기 위해 거만한 얼굴을 하고 끼어들 때도 있다. 그래서 마치나누시町

名主 에도 시대에 성하 마을 등에서 마을을 다스리던 관리. 관의 공고문을 전달하거나 인구 조사,

분쟁 중개, 소송 출정 등의 역할을 했으며, 상인 계급이었다나 관리, 상가 모임의 장, 근처를 구역으로 삼는 오캇피키에도 시대에 범인을 체포하는 일을 맡은 관리의 부하 등, 동네에 따라 형태는 달라도 위에서 지켜보는 사람이 있어 중개나 관리를 하는 것이 보통이다.

간다는 얼굴에 눈에 띄는 사마귀가 있는 붉은 한텐 차림의 한키치라는 별명을 가진 두목의 구역으로, 이 두목이 믿을 수 있는 사람이라 노점 장사를 하는 이들도 안심할 수 있다. 오미요 역시 한키치 두목 덕분에 마음 편히 장사를 해 왔다고 한다.

덧붙여 말하자면 한키치 두목에게는 미시마야도 신세를 지고 있고, 오치카와도 얼마쯤 인연이 있었다. 그래서인지 오치카의 혼례 때에는 소매를 쥐어짜야 할 만큼 감동의 눈물을 흘려 주었다.

아침, 점심, 저녁, 언제 노점에 가도 오미요는 혼자서 장사를 하고 있다. 한키치 두목이라는 뒷배가 있기 때문에 열여섯 살의 아가씨 혼자여도 괜찮은 것이리라. 그래도 세상사란 언제 무슨 일이 일어날지 알 수 없는 법이라, 도미지로는 별로 꼬치경단을 먹고 싶지 않은 날에도 오미요의 노점을 들여다보게 되었다.

"도련님, 이렇게 늘 돌아다니며 게으름을 부리시면 가게의 나리나 마님께 혼나지 않으세요?"

"그거야말로 걱정할 필요가 없는 보름밤 걱정이야."

지금은 부모 밑에서 주머니 장사를 배우고 있는 도미지로는 하는 일에 따라 매달 용돈을 받고 있다. 1년치로 따지면 행수의 급료보다 조금 높은 정도이다. 그걸 변통하여 맛있는 음식을 사 먹고, 정말 굉장한 맛이라고 생각하면 잔뜩 사 와서 가게 사람들에게 나누어 주니 야단을 맞기는커녕, 신세가 많습니다, 하며 다들 좋아한다. 모두에게 먹이기 위해 도미지로가 용돈을 지나치게 많이 써 버리면 오타미가,

"이건 어미로서가 아니라 안주인으로서 네게 주는 수고비다."

하며 돈을 줄 때도 있다.

──뭐, 편한 팔자지, 나는.

스스로도 잘 알고 있다.

"걱정할 필요도 없는 보름밤 걱정? 그건 걱정해야 하는 건가요, 안 해도 되는 건가요?"

"그냥 말장난이야. 설탕간장 하나 다오."

오미요가 웃는 모습을 보고 있으면 도미지로는 꼬치경단을 먹을 때와 비슷할 정도로 즐거운 기분을 느낀다. 물론 제아무리 밝고 부지런하고 기운이 넘쳐도 오미요의 생활이 웃는 얼굴로만 이루어져 있을 리는 없겠지. 오미요는 자신의 이야기를 별로 하지 않아서 부모형제가 있는지, 어떤 집에 사는지, 생활은 어떤지 도미지로는 전혀 모른다. 그래도 일부러 묻지 않았다. 꼬치경단을 사이에 두고 웃거나 이야기하고 있을 때의 오미요가, 도미지로가 아는 오미요이기 때문에.

자귀나무 꽃이 필 때인 소서小暑를 지나면, 에도 거리의 여름은

절정을 향해 쑥쑥 올라가기 시작한다. 상인들은 모두 가게에서 파는 물건에 햇빛이 닿지 않도록 애를 쓴다. 미시마야에서는 발을 내리는데, 이 발이 빛깔이 바래어 아무래도 볼품이 없어지자 예쁜 주머니를 파는 가게답게 세련된 장식을 달면 어떨까 하고 도미지로는 생각했다.

"여름답게 나팔꽃이라든지, 불꽃놀이라든지."

일터 쪽에서 직인이나 바느질하는 이들과 왁자지껄 상의했더니 과연 손재주가 좋은 사람들이 많아서 금방 보기 좋은 장식이 만들어졌다. 그중 붉은 종이로 접은 금붕어는 정말로 귀여웠다.

"이거, 가져도 되나?"

"예, 그러세요."

"도련님, 좋은 여자를 꼬시려면 그런 싸구려 금붕어로는 안 돼요."

앗핫하!

"바로 요전에도 사다 줬잖아, 맛있는 꼬치경단. 그걸 구워 주는 노점의 여자애한테 줄 거야."

도미지로는 손끝으로 붉은 금붕어를 집어, 여름 바람에 나풀거리며 꼬치경단 노점으로 걸어갔다.

골목길을 왼쪽으로 꺾자 포렴의 밝은 녹색이 눈에 들어오며 간장 냄새가 확 풍겨와 배에서 꼬르륵 소리가 난다.

"이보게~, 경단가게."

느긋하게 부르다가, 깨달았다. 노점은 있지만 오미요의 얼굴이 보이지 않는다.

경단은 불에 구워야 하기 때문에 더울 때는 매상이 떨어진다. 그래도 항상 찾아주는 단골손님이 있다며 오미요는 장사를 쉬지 않았다. 경단을 먹는 손님보다 경단을 굽는 사람 쪽이 훨씬 더울 텐데도 지친 얼굴 한번 하지 않았다.

그 얼굴이 눈에 띄지 않다니 어찌 된 일일까.

"이봐, 오미요!"

서둘러 달려간 도미지로는 옆으로 빙 돌아서 노점 뒤를 들여다보았다.

오미요는 거기에 쪼그리고 앉아 있었다. 두 손으로 얼굴을 덮은 채 몸을 웅크리고 있다.

"왜 그래, 오미요!"

도미지로가 놀라서 물었다.

그제야 얼굴을 든 오미요가 움츠린 모습 그대로 폴짝 공처럼 튀어 도미지로에게서 떨어졌다. 겁먹은 고양이처럼 재빨랐다.

축 처진 눈에 쪼그리고 있는데도 숨을 헐떡이고 있다. 정상적인 숨소리가 아니다. 도미지로를 못 알아보는지 눈빛이 송곳처럼 뾰족하다.

오미요의 얼굴은 물을 뒤집어쓴 것처럼 젖어 있었다. 두 눈은 새빨갛고 눈꺼풀이 부어 있다.

울고 있었던 것이다.

"무, 무, 무."

도미지로의 목소리가 목구멍에 걸렸다.

"무슨 일이, 있었던 거야?"

오미요를 내려다보고 있어서는 안 된다. 도미지로는 털썩 주저 앉았다.

"나야. 미시마야의 도련님."

자신의 콧등을 가리키며 부드럽게 말해 주었다.

오미요가 숨을 삼키며 도미지로를 바라본다.

튀어나올 정도로 크게 뜬 눈에 새로운 눈물이 넘쳐났다. 계속 해서 흘러 떨어진다. 입가가 떨리며 시옷자로 구부러지고, 그러 고 나서 부들부들 떨리며 입술 사이로 이가 보인다.

"우와아아아앙."

오미요는 대놓고 울기 시작했다.

"어머니가, 죽었어요."

우리 어머니. 우리 어머니.

"이제야, 죽었어요. 편해질 수 있어요."

오열이다. 그리고 구토다. 몸 안쪽에 쌓인 질척한 것──분노 나 원한이나 슬픔 등 하나의 말로는 표현할 수 없는 것을 오미요 는 구역질하면서 토해 내고 있다.

"어머니, 정신이, 나가 버려서, 자, 자, 자꾸만 자신의 눈을 손 가락으로, 파, 파내려고,"

이를 악물고 울면서 오미요가 눈알을 파내는 손짓을 해 보인 다.

손이 덜덜 떨리는 통에 손끝이 이마나 콧등을 마구 찌르고 만다.

"결국 눈이 보이지 않게 되어서, 제정신으로 돌아오지 않은 채, 5년이나 지났어요. 뼈와 가죽만 남은 것처럼 야위었는데, 그래도, 좀처럼."

죽지 못했어요——하고 몸부림치면서 오미요는 신음했다.

죽지 못했어, 죽지 못했어, 죽지 못했어. 되풀이하는 동안 그것은 혼을 잡아 찢는 듯한 절규가 되었다.

"겨우 죽어 주었어요, 어머니가!"

도미지로는 덜덜 떨고 말았다. 어떻게 하지. 이 아이를 진정시키고, 위로하려면 어떻게 해 주면 좋을까. 머리를 쓰다듬어 줄까, 등을 쓸어 줄까.

"아아, 싫어라. 죄송해요, 도련님."

오미요는 군다이 저택의 흙담에 손을 짚고 비틀거리며 일어섰다. 얼굴이 아래를 향하자 눈물이 비처럼 떨어진다.

"나, 부끄럽네요. 이런 이야기를 도련님께 들려 드리다니, 나도 죽어 버리는 게 좋겠어요."

흐느껴 울면서 머리를 흙담에 갖다 박으려고 한다. 도미지로는 당황하며 오미요의 어깨와 목덜미를 붙잡았다.

"그만해!"

오미요는 성질을 부리는 어린아이처럼 온몸으로 저항하며 도미지로의 팔에서 도망치려고 했다.

"우리 어머니도, 어머니한테서 태어난 우리도 정상이 아니에요. 왜 우는 걸까요, 나는."

노점 가판대에서 풍로의 숯이 활활 타고 있다. 날뛰는 오미요가 거기에 손을 집어넣거나 풍로를 떨어뜨려 숯을 뒤집어쓰기라도 하면 큰일이다.

도미지로는 오미요의 어깨에 팔을 두르고 단단히 붙잡았다. 그러고는 순간적으로 머리에 떠오른 말을 그대로 오미요의 귀에 불어넣었다.

"나는 말이지, 너랑 똑같이 어디에서 보아도 멀쩡한 사람이 '이런 이야기를 들려 드리다니 죽을 만큼 부끄럽다, 미안하다'고 말하면서 몰래 목소리를 낮추어 해 주는 이야기를, 여러 가지 듣고 있어."

그러자 저항하고 있던 오미요가 움직임을 멈추었다. 다행이다. 도미지로는 한층 더 목소리를 돋우었다.

"우리 가게의 평판은, 이 근처에서 장사를 하고 있으니 모를 리가 없겠지. 특이한 괴담 자리를 마련하고 있는 미시마야라고 말이야. 거기서 내가 듣는 일을 하고 있다고. 그러니까 너는 지금 안성맞춤인 상대를 향해서 이야기한 거야. 어머니에 대해서 더 털어놓고 싶으면, 얼마든지 들어 줄 테니 말해 보렴."

내가 듣고 버려 줄 테니까.

오미요의 몸에서 힘이 빠졌다. 두 사람은 노점 밖에서, 오미요가 도미지로를 붙잡고 간신히 서 있다.

눈꺼풀이 붓고 뺨과 코는 새빨간데 입술에서는 핏기가 가셨다. 인상이 달라져 버렸다.

"——안성맞춤?"

작은 목소리로 말하고 오미요는 목을 꿀꺽 울렸다. 오른쪽 눈가에 고여 있던 눈물이 뺨을 타고 흘렀다.

오른손을 들어 눈물을 닦던 오미요가 손등에 묻은 눈물을 뚫어져라 바라본다. 그 얼굴을 도미지로는 지켜보았다. 오미요는 목덜미까지 땀으로 흠뻑 젖어 있다. 도미지로도 식은땀투성이가 되어 있었다.

땅바닥에는 작고 붉은 무언가가 떨어져 있다. 종이로 접은 금붕어다. 어느새 떨어뜨려 밟고 만 것이다.

도미지로의 눈을 좇아 오미요도 땅바닥을 쳐다보았다. 도미지로가 짐짓 웃으며 말했다.

"귀여운 금붕어였어. 또 만들어 달라고 해야겠네."

방금 나쁜 꿈에서 깨어났다는 듯이 한두 번 눈을 깜박이던 오미요가 길게 한숨을 내쉬며 굳어 있던 두 어깨를 늘어뜨렸다.

"고맙, 습니다."

너무 울어서 지치기는 했으나 예전의 오미요로 돌아왔다. 이번에는 양손의 손등으로 얼굴의 눈물을 닦더니 평소와 같은 목소리로 말했다.

"우선, 어머니를 장사지내야지요."

오미요가 미시마야로 이야기하러 오기까지 딱 열흘이 걸렸다. 오미요가 없는, 오미요의 노점도 없는 열흘간이었다.

도미지로는 언제든 오고 싶을 때 오라고 말해 두었다. 마음이 응어리지면 오라고. 만일 어머니를 장사지냈더니 가슴의 그늘이 말끔해져서 이제 괜찮아졌다 싶으면 오지 않아도 돼. 또 맛있는 꼬치경단을 팔아주면 나는 만족이야. 너 좋을 대로 하렴.

물론 허세였다. 그리고 열흘은 길었다.

오미요는 미시마야의 뒷문으로 찾아왔다. 꼬치경단 꾸러미를 들고 있었다. 응대하러 나간 오시마는 도미지로에게서 들어 자세한 사정을 알고 있었지만, 만일 그렇지 않았더라도 경단 냄새만으로 알았으리라.

흑백의 방 상좌에 앉은 오미요는 노점에서 장사를 하고 있을 때와 똑같이 변변찮은 옷차림이었다. 어깨띠와 앞치마가 없을 뿐이다. 묶는 데 수고도 돈도 들이지 않은 머리는 평소와 같이 아무렇게나 빗에 감아 틀어 올려져 있다.

그렇지만 얼굴만은 깔끔했다. 이마, 눈가, 뺨과 턱끝. 오미요의 피부가 이렇게 희었던가 하고 생각하던 도미지로는 퍼뜩 깨달았다.

노점에 있을 때는 늘 풍로의 연기를 뒤집어쓰고 있었구나. 간장과 설탕간장을 묻힌 경단은 구우면 꽤 연기가 많이 나니까.

오시마가 오미요의 꼬치경단을 쟁반에 담아 가져왔다. 질주전자에 가득 담은 엽차 향기도 난다.

"맛있게 구운 경단을 많이 가져오셨어요. 그렇지요, 오미요 씨."

오시마가 오미요에게 웃음을 지으며 접시와 찻잔을 가까이에 늘어놓아 준다.

"도련님, 특이한 괴담 자리에서 이야기꾼이 가져오신 간식을 내는 것은 처음이에요."

오치카 때는 없었던 일일까.

"그래? 오미요, 고맙다."

오미요는 흠칫한 듯하더니 바닥에 손가락을 짚고 머리를 숙였다. "이런 것밖에 없어서 부끄럽네——부끄럽습니다."

도미지로와 오시마는 얼굴을 마주 보았다. 오미요의 익숙하지 않은 정중한 말씨가 귀엽다.

색이 바랜 줄무늬 기모노에 가장자리가 닳아 떨어질 것 같은 검은색 덧깃. 정면의 눈에 띄는 곳에 커다랗게 기워 붙인 데가 없는 것만 해도 다행이려나. 지금의 이 옷차림이 오미요에게는 외출복이리라.

"우리가 섣불리 데우려고 했다가 태우면 안 되니 가져다주신 그대로 낼게요."

오시마가 말을 걸자 오미요는 몸을 움츠린다.

"아, 아직, 식지 않았을 거예요. 저, 료고쿠 요네자와초에서 왔으니까요."

료고쿠 히로코지에 면해 있는 번화한 동네다.

"그쪽에서 오라버니가 노점을 하고 있어요. 양념은 같고요."

"그럼 똑같이 맛있겠네요. 우리도 잘 먹을게요."

오시마가 서둘러 나가자 도미지로와 오미요는 향긋한 경단 접시를 사이에 두고 둘만 남았다.

당지문 너머 옆방에 있는 오카쓰에게도 냄새가 전해질 텐데. 미안한걸. 오시마가 오카쓰 몫은 남겨 두었을까.

"여기는 이런 방이야."

몸을 움츠리고 앉아 있는 오미요에게 도미지로가 말을 꺼냈다. 가볍게 양손을 벌려 주위를 가리켜 보인다.

"특이한 괴담 자리를 마련한다고 해서 특별히 괴상한 취향이 있는 건 아니야. 흔한 객실이지. 도코노마의 접시꽃이 마침 만개했구나."

오카쓰가 꽃꽂이한 꽃으로 꽃잎은 연한 붉은색과 옅은 보라색이다. 상좌의 오미요가 몸을 틀어 그쪽을 보았다.

"족자에 반지가 붙어 있지?"

"아, 네."

"저것만은…… 뭐, 주술이라고 생각해 다오."

저 반지에 나중에 자신이 그림을 그린다고 말하려다가 직전에 멈추었다. 오미요가 이야기하기 어려워하게 되면 불쌍하다.

"주술이요?"

"응. 하얀 종이라는 건 부정을 없애니까."

세 치 혀로 지어낸 말의 켕기는 기분을 얼버무리기 위해 도미지로는 접시 위에서 꼬치경단을 집어 들었다.

"그 후로 열흘이나, 오래 못 먹었어. 잘 먹겠습니다아."

덥석 베어 물자 설탕간장 맛이 입 안 가득 퍼진다.

"맛있는걸, 역시 이 맛이야."

도미지로가 맛있게 먹는 모습에 굳어 있던 오미요의 얼굴과 몸이 조금씩 풀렸다.

"칭찬해 주셔서, 오라버니도 분명 기뻐할 거예요."

오라버니, 오라버니라. 노점에서 이야기할 때는 오미요의 입에서 가족 이야기가 나온 적은 없었다.

"이 양념은 오라버니가 처음부터 연구해서 만든 거야? 아니면 누군가한테 배운 건가? 대대로 내려오는 비전이거나 구전이거나."

우물우물 먹으면서 묻는 말에 잠시 사이를 두고 나서 오미요는 대답했다.

"원래는 우리 어머니의 맛이었어요."

도미지로의 목에 경단이 걸릴 뻔했다. 그러자 오미요가 서둘러 덧붙인다.

"요전에는 정말 죄송했어요. 어머니에 대해 그렇게 말해서, 그랬으니, 제 쪽이야말로 미친 것 같았겠지요."

지금은 괜찮아요. 어머니 이야기를 해도 다시는 그렇게 흐트러지지 않을 거예요. 한껏 자신을 낮추고 목을 움츠리며 오미요가 열심히 말한다.

도미지로는 찻잔의 엽차를 마셨다. 미지근하다. 오시마는 늘 눈치가 빠르다.

"음, 으음."

가슴을 두드리고 있자니 오미요가 상좌를 떠나 이쪽으로 와서 질주전자에서 엽차를 따라 주었다.

"손님한테 급사를 시키다니 나는 멍청한 도련님이로군."

오미요가 작게 웃었다. 노점에서 꼬치경단과 함께 보여주던, 그 웃는 얼굴의 편린이다.

"오미요 너도 먹으렴. 사양하고 있으면 내가 혼자서 다 먹어 치워 버릴 거야."

오미요는 고개를 끄덕였다.

"도련님, 전에 저한테 그러셨지요. 좋은 흑설탕은 비싸니까 꼬치경단 값을 올리라고."

응, 말한 기억이 있다.

"하지만 우리는 돈을 내고 설탕을 산 적이 없어요."

아마미_{奄美 가고시마 현 남부의 섬}의 설탕이나 흑설탕을 취급하는 도매상과 약속하여 빈 자루를 받고 있다고 한다.

"설탕이 1관貫 약 3.75킬로그램 들어가는 커다란 마대지요. 우리가 그걸 받아다가 물에 담가 깨끗이 빨고 말리고 터진 데가 있으면 고쳐서 다시 도매상에 돌려주는 거예요."

도미지로는 입을 딱 벌렸다. 입을 벌리니 자연스레 손이 가서 또 하나 경단을 입안에 넣었다. 그 맛에 퍼뜩 깨달았다.

"그렇군, 마대를 담그는 물이 비결이었어. 맞지?"

오미요의 눈매가 밝아졌다. "네, 맞아요" 하며 목소리도 신이 났다.

빈 마대 안쪽에는 아직 설탕이나 흑설탕이 붙어 있다. 자루째 물에 담그면 전부 녹아 나온다.

"녹인 물을 걸러 찌꺼기를 없애고 졸여서 꿀로 만드는 거예요."

대야 하나 분량의 달콤한 물을 밥공기 하나 정도의 끈적한 꿀이 될 때까지 졸인다고 한다.

"숯을 쓰면 돈이 들어서 아무 소용도 없으니까요. 인근을 돌면서 불쏘시개가 될 만한 것을 모조리 받아 오는데, 목욕탕의 불 때는 사람과 싸워야 하지요. 요즘 겨우 이야기가 잘되어서 안심한 참이에요."

각고의 고생과 수고를 들인 꿀이 설탕간장 양념의 비결인 셈이다.

"간장 양념도, 간장뿐만 아니라 맛을 내기 위해 이것저것 더하는데──이상한 걸 섞는 건 아니에요, 제대로 된 것인데 어느 양념이든 오라버니가──으음, 제일 큰오라버니인데요, 한꺼번에 만들어서 우리한테 나눠줘요. 다른 오라버니들이랑 노점 동료들이랑."

허겁지겁 이야기하다가 여기에서 말문이 막힌 오미요가 낙심한 얼굴로 말했다.

"죄송해요. 저, 이야기를 잘 못해서 뒤엉키지요."

그 또한, 걱정할 필요 없는 보름달 걱정이다.

"뒤엉키지 않도록, 우선 다로太郎 오라버니, 지로次郎 오라버니, 사부로三朗 오라버니라고 나누어 부르자. 장소나 가게 이름도 전부 진짜가 아니어도 상관없어. 네가 이야기하기 쉽도록 하면 돼. 좋은 가명이 생각나지 않으면 내가 붙여 주마."

이제 특이한 괴담 자리의 청자의 얼굴이 된 도미지로는 생각했다. 아직 수업이 부족한 청자지만 지금 눈앞에 있는 이 아가씨의 이야기를 끌어내기 위해 열심히 노력하자.

"자, 이야기해 다오."

16년 전, 오미요는 센다가야에 있는 '마쓰후지'라는 요릿집에서 태어났다. 정확하게 말하자면 마쓰후지가 소유한 넓은 땅 한구석에 있는 낡은 곳간 안으로, 낮에도 거의 해가 들지 않는 음침한 곳이었다.

오미요의 아버지 이사지는 어릴 때부터 마쓰후지에서 고용살이를 했다. 처음에는 사환으로 허드렛일만 하다가, 매우 성실한 기질이었던 데다 손재주가 좋은 점을 여주인이 높이 사서 요리를 배우기 시작했고, 어엿한 요리사가 되기 위해 수업에 힘쓰게 되었다.

오미요의 어머니 오나쓰는 고아였다. 갓 태어난 아기였을 때, 지저분한 강보에 싸여 이치가야의 어느 신사 문 앞에 버려져 있었다. 한동안 신사에서 키워지다가 세 살이 되자 시주 중 하나인

초 도매상에 거두어졌다.

이치가야에서 요쓰야에 걸쳐서는 오와리尾張 현재의 나고야 지방에 해당
하는 옛 지명 영주님의 광대한 저택이 있고, 절이 몇 개나 있고, 사키
테구미先手組 에도 막부의 직명 중 하나. 에도 성 본성 및 여러 출입문을 지키며, 쇼군이 외출
할 때 경호를 맡거나 시중의 방화범, 도적 등을 체포하는 일을 했다의 관사도 늘어서 있
다. 초 도매상은 좋은 단골손님이 많아서 유복한 가게였으나, 젊
은 주인 부부에게 아이가 생기지 않아서 고민하고 있었다.

다만 그들이 오나쓰를 거둔 까닭은 자신들의 아이로 키우기 위
해서가 아니었다. 양자를 들이면 그게 마중물이 되어 아기가 생
긴다는 속설을 믿고 있었을 뿐이다.

오나쓰에게는 불행하게도 이 속설은 초 도매상에게는 참이 되
었다. 우선 오나쓰가 양녀로 들어온 지 반년도 지나지 않아 젊은
안주인이 회임을 하였고, 달이 차서 건강한 사내아이가 태어났
다. 기세가 붙었는지 1년 후에는 두 번째 사내아이도 태어나 초
도매상은 행복으로 가득 찼다.

이걸로 오나쓰의 역할은 끝났다. 그러나 초 도매상 측에서는
일종의 행운을 비는 부적인 오나쓰를 함부로 대하였다가 모처럼
얻은 아들들에게 해가 생기면 무섭다——는 마음이 있었을 것이
다. 오나쓰를 내쫓지 않고 그대로 한 지붕 아래에 두어 주었다.
물론 더 이상 양녀가 아니라 고용살이 일꾼이나 마찬가지 처지였
지만, 오나쓰는 불평하지 않고 열심히 일했다. 분수를 아는 지혜
가 있고 몸을 아끼지 않는 부지런한 사람이었던 것이다.

게다가 용모도 뛰어났다. 매일 허름한 옷차림으로 소매를 걷고 몸이 가루가 되도록 일해도, 매끄러운 검은 머리와 비칠 듯이 하얀 피부는 열서너 살쯤 되니 사람들의 눈길을 끌게 되었다.

"이런 미인을 하녀로 삼아 검댕투성이가 되게 하다니 아깝군요. 오나쓰를 우리 가게에 보내 주지 않겠어요?"

초 도매상에게 그렇게 제안한 사람은 마쓰후지의 여주인이었다. 나이를 먹어 흐려지기는 했으나 여주인의 사람 보는 눈은 날카로워서, 사환 이사지에게서 요리의 재능을 발견한 것처럼 오나쓰에게서도 아름다움을 발견한 것이다. 마쓰후지가 초 도매상의 중요한 손님이기도 해서 이야기는 순조롭게 진행되었다.

오나쓰에게는 꿈 같은 일이었다. 격식 있는 요릿집인 마쓰후지는 주로 지체 높은 영주나 시중에서 유명한 호상豪商을 단골손님으로 두어 평판이 좋았다. 요리는 물론이고 가구와 세간, 접시와 공기 등 그릇의 취향이 뛰어난 걸로도 널리 알려져 있었다.

마쓰후지를 경영하고 있는 가문은 원래 센다가야의 지주였다. 완만한 언덕 기슭에 자리한 요릿집 건물은 중후한 기와지붕과 한 아름이나 되는 대들보, 햇빛을 잘라 내는 살창, 달빛을 튕겨 내는 격자창으로 꾸며졌다. 정원에는 연못과 작은 폭포가 있고 완만한 언덕의 경사면을 메우고 있는 죽림에는 1년 내내 시원한 바람이 불어 지나간다. 센다가야는 궁벽한 곳이지만 그렇기 때문에 더욱 얻을 수 있는 고요함 또한 마쓰후지의 자랑거리였다.

깊고 물이 풍부한 우물 외에도 언덕 여기저기에서 샘물이 솟아

난다. 주인 일가의 집과 고용살이 일꾼들의 숙사, 낡은 곳간과 새 곳간, 숯 창고와 도구 창고, 선대 주인이 은퇴한 후에 살던 집과 이나리 신을 모시는 작은 사당은 각각 징검돌로 연결되어 있다.

이치가야의 초 도매상도 유복한 가게이기는 했지만 마쓰후지의 풍요로움과는 자릿수가 달랐다. 오나쓰 입장에서는 어질어질할 정도였다.

뚱뚱하고 풍채가 좋은 주인과 장사에 재능이 뛰어난 여주인 밑에는 실력 좋은 요리사들이 모여 있었다. 가장 윗자리의 요리사는 요릿집의 간판이고 특별히 '포정인庖丁人'이라고 불리는데, 당시 마쓰후지의 포정인 가쿠조는 마흔을 막 넘긴 참으로 '시중 동서 포정인 순위'에서 서쪽의 천하장사급에 올랐다.

열다섯 살이 되던 해 봄. 홍백의 매화가 흐드러지게 피는 가운데 오나쓰는 이름을 '나쓰에'로 고치고 마쓰후지의 접대 담당 하녀로 일하기 시작했다.

"우리 가게의 하녀는 그냥 음식을 나르는 이가 아니다."

나쓰에는 여주인에게 직접 다도와 꽃꽂이를 배웠다. 이것을 익히면 행동거지가 아름다워진다. 또 마쓰후지에서 곁들여 내는 안주나 요리에 대해서라면 손님이 언제든 뭘 물어도 대답할 수 있어야 한다며 이쪽은 가쿠조에게 배우게 되었다.

가쿠조는 마쓰후지라는 가게의 품격에 어울리는 훌륭한 인품을 가진 사내였다. 요리사 중에는 부랑자나 난봉꾼이 드물지 않지만 가쿠조는 그런 놈들과는 뿌리부터가 달랐다. 흡사 '요리'라는 부처를 모시는 승려 같았다.

나쓰에는 이곳에서 이사지를 만났다. 이사지는 열여덟 살의 배우 같은──아니, 어지간한 배우보다도 근사하게 성장했기 때문에 나쓰에와 잘 어울렸다. 붙어 있으면 그대로 소설 속 연애 이야기의 삽화가 될 것 같은 두 사람이었다.

각자 배우는 중인 몸이라 다정하게 이야기를 나누기란 쉽지 않았다. 마쓰후지라는 커다란 지붕 아래에서 서로의 일하는 모습이나 정진하는 모습을 설레는 마음으로 보고 들을 뿐이다. 그것이 또 경쟁으로 이어져 이사지는 요리사로서 실력을 올리고 나쓰에는 마쓰후지의 유명한 접대 하녀로 이름이 나게 되었다.

마쓰후지의 주인과 여주인, 포정인 가쿠조는 두 사람의 사이를 알고 있었다. 둘 다 한 사람 몫을 제대로 해낼 수 있게 되면 가정을 꾸리게 해 줄까. 주인과 여주인에게는 아이가 없었고 가쿠조는 요리에 매진한 나머지 홀몸이었기 때문에 이사지와 나쓰에가 정진에 정진을 거듭하여 언젠가 가게의 간판에 어울리는 부부가 된다면 마쓰후지를 맡겨도 좋겠다──, 인생의 막바지에 들어선 세 사람은 몰래 그런 이야기를 주고받곤 했다.

그러나 운명이란 사람의 생각처럼 굴러가 주지 않는 법이다.

이사지가 스무 살, 나쓰에가 열일곱이 되던 해의 정월 초이튿날. 새해를 축하하려는 손님들로 정신없이 북적거리는 마쓰후지의 부산한 주방 조리대에서 도미를 굽고 있던 이사지가 갑자기 기침을 하는가 싶더니 피를 토했다.

본래 병약한 데가 있던 이사지는 지난 몇 년 동안 걸핏하면 감기에 걸려서 기침을 하는 바람에 곤란을 겪었다. 요리사에게 기침이나 재채기는 금지라서 조금이라도 열이 오르면 기침에 잘 듣는다는 탕약을 먹거나 목에 바람이 들지 않도록 조심했지만 예후는 점점 더 나빠졌다.

이날은 어쨌거나 한창 정신없는 와중이라 가쿠조는 걱정하기보다 질책하며 이사지를 주방에서 내쫓았다. 하필이면 정월 요리에 기침으로 피를 뿌리다니, 마쓰후지의 뼈대를 뒤흔들 수도 있는 실수다. 야단을 맞은 이사지 쪽도 물론 잘 알고 있어서 주방에 방해가 되지 않도록, 손님들의 눈에 띄지 않도록 징검돌을 밟으며 비틀비틀 고용살이 일꾼의 숙사로 물러갔다.

경사스러운 정월은 손이 큰 단골손님이 돈을 떨어뜨려 주는 대목이다. 정성을 들인 정월 요리로 '과연!'이라며 손님을 감탄시키면 마쓰후지의 간판에는 한층 더 빛나는 관록이 붙는다. 그만큼 바쁠 수밖에 없다. 나쓰에조차 이사지가 어떤 상황인지를 손님이 전부 빠져 버릴 때까지 몰랐다.

"아니, 피를 토했다고요!"

등롱을 손에 들고 잰걸음으로 숙사에 상태를 보러 갔지만 평소 자는 방에는 이사지의 모습이 보이지 않았다. 이름을 부르며 찾아다니던 나쓰에는 숙사 뒤에서 이상한 흔적을 발견했다. 점점이 붉은 무언가가 떨어져 측간 쪽으로 이어져 있었다. 등롱의 불빛으로 더듬어 가니 측간 앞에 웅크리다시피 하고 쓰러진 누군가가 보였다. 이사지였다. 그는 안아 일으키려고 한 나쓰에의 손바닥이 미끄러질 정도로 피를 토하고 있었다.

생각해 보면 그동안 '또 감기에 걸렸네' 하는 정도로 지나쳐 온 이사지의 기침이 실은 얼마나 무섭고 불온한 병의 전조였는지 이 객혈로 마침내 정체가 드러난 것이다.

여주인이 불러 준 마을 의원의 진단은 폐병이었다.

"나이가 젊으니 요양하면 나을 가능성은 있네. 어쨌든 쉬게 하고 잘 먹이게. 이렇게 추운 마루방에 있으면 안 돼. 볕이 좋은 곳에 눕히고 따뜻하게 해 주어야 하네."

어릴 때부터 일해 왔다고는 해도 이사지는 그저 고용살이 일꾼이다. 마쓰후지가 일을 할 수 없는 병자에게까지 극진한 대접을 할 이유는 없다.

나쓰에는 주인과 여주인에게 머리를 숙이며 필사적으로 부탁했다.

"이사지 씨와 부부가 되게 해 주세요. 제가 부양하고 간병할게요. 결코 마쓰후지에 폐를 끼치지 않겠습니다."

주인은 당혹스러워하며 떨떠름한 얼굴이었으나 여주인은 그 자리에서 허락해 주었다. 게다가 "부부가 되려면 집이 있어야지"라며 선대 주인이 은퇴한 후 살던 곳을 두 사람에게 빌려 주겠다는 말을 꺼냈다. 이곳은 완만한 언덕의 남쪽 기슭에 자리하고 있어서 확실히 고용살이 일꾼들의 숙사보다는 볕이 잘 든다.

"집세는 네 급료에서 빼도록 하겠다. 나쓰에, 남편의 병을 손님

앞까지 끌고 와서 한 번이라도 어두운 얼굴을 했다간 봐라. 내가 가만있지 않을 테니까."

어조는 엄했지만 나쓰에에게는 부처님의 말씀처럼 들렸다.

이렇게 해서 이사지와 나쓰에의 생활이 시작되었다. 부지런하고 성격도 좋은 두 사람이었기 때문에 마쓰후지에서 일하는 이들은 모두 젊은 부부에게 다정했고 배려도 해 주었다. 그렇다고 해서 응석을 부려서는 안 된다. 나쓰에는 접대 하녀로서 지금까지보다 더 다부지게 일하며 이사지에게는 다정하고 참을성 있는 간병인이 되었다.

아무도 나서서 전하지 않았는데도 이사지의 병과 그가 나쓰에와 혼인한 사실은 어느새 단골손님들에게 알려졌다. 나쓰에가 손님에게 받은 수고비를 모아 이사지의 약을 사고 있는 것까지도.

폐병 약은 값이 비싸다. 때문에 젊은 부부를 가엾게 여겨 아무말도 하지 않고 수고비를 두둑하게 챙겨 주는 손님이 있는가 하면, 나쓰에의 손가락에 몰래 금화를 쥐여 주며 은근히 말을 거는 손님도 있었다. 하룻밤을 자신에게 달라는 것이다.

마쓰후지의 여주인은 지금까지 정성껏 키워 온 가게를 유곽처럼 취급하려는 손님을 싫어했다. 포정인인 가쿠조는 더해서, 가령 접대 하녀에게 집요하게 추근대는 취객의 목덜미를 움켜쥐고 "센다가야라니 방향을 잘못 찾으셨소. 여자 맛을 보고 싶다면 신요시하라로 가시지요" 하며 밖으로 내쫓아 버린 적도 있을 정도다.

덧붙여 말하자면 이때 소금 항아리를 옆구리에 끼고 달려가서 쫓겨난 손님을 향해 소금을 뿌린 사람은 우두머리 접대 하녀인 오산이라는 부인이었다. 즉 이와 같은 긍지와 기풍이 마쓰후지에서 일하는 한 사람 한 사람의 정신에도 깊이 새겨져 있었다.

덕분에 나쓰에는 어떤 유혹을 받아도 고민할 필요가 없었다. 폐병 약에 조선 인삼까지 사도 거스름돈이 남을 법한 큰돈으로 뺨을 어루만져도, 나쓰에가 승낙해 준다면 자신에게는 연줄이 있으니 이사지를 고이시카와의 요양소에 넣어 줄 수 있다고 속삭여도,

"그건 저희 가게의 방식이 아닙니다."

하며 의연하게 웃는 얼굴로 튕겨내 버릴 수 있었기 때문이다.

이사지의 폐병은 목숨을 앗아갈 정도로 기세를 부리진 않았다. 그저 젖은 수건처럼 달라붙어 있을 뿐이었다. 인내심 싸움 같은 요양이 이어졌지만, 가끔 약한 마음에 좀먹히는 일은 있어도 약한 마음에 삼켜지는 일은 없었다. 나쓰에는 물론이고 당사자인 이사지도 늘 웃는 얼굴로 반드시 병을 이겨 내겠다고 다짐했다.

그러나 운명은 사람의 웃는 얼굴에 마음을 써 주지는 않는다.

이사지가 앓아눕고 2년째 되던 해 말, 가쿠조가 누군가에게 암습을 당해 목숨을 잃는 불행한 일이 일어났다.

가쿠조는 매일 아침 누구보다도 일찍 일어나 부엌칼을 손질한다. 그의 습관을 잘 알고 있던 범인은 가쿠조가 물을 길으러 우물가로 나오기를 기다렸다가 덮친 것으로 추측되었다. 등을 마구

찔린 가쿠조는 숨이 끊길 때까지 조금 시간이 있었는지, 땅바닥의 서릿발을 손가락으로 쥐어뜯은 흔적이 남아 있었다.

살인에 사용된 무기는 흔한 송곳으로 손잡이 부분에 피투성이 손자국이 끈적하게 묻은 채 우물 옆 수풀에서 발견되었다.

마쓰후지가 자랑하는 포정인으로 늘 승려처럼 근엄하게 생활했고 시중에 이름 높은 요리사로서 요리의 길을 추구하는 데 인생을 바쳐 온 가쿠조는 스스로를 엄격하게 대하듯 다른 요리사들에게도 또한 엄격했으니 자기도 모르는 사이에 원한을 샀는지도 모른다. 부러움과 동경뿐만이 아니라 질투하고 미워하는 마음도 누군가는 가지고 있었으리라.

하지만 마쓰후지 사람들도 그러고 보니 어디어디의 누구누구가——라며 막연히 짐작만 할 뿐이었고, 단서라고는 수풀에 내던져진 송곳 한 자루뿐이어서 결국 사건은 조사마저 중단된 채 흐지부지되고 말았다.

가쿠조를 잃은 마쓰후지는 그의 첫 번째 제자였던 요리사를 포정인의 자리에 앉히고, 단골손님들에게 인사를 다니며 시간과 돈을 들인 피로연도 열었으나 어차피 제자는 제자, 가쿠조에게는 미칠 수 없었다. 손님들이 알기 쉽게 보여 주는 낙담, 따끔하게 늘어놓는 비아냥이나 빈정거림에 본인도 처음에는 오히려 분기하여 정진했지만 숨길 수 없는 손님의 이탈에 싫증이 난 탓인지 가쿠조가 죽은 지 1년이 채 못 되어 나가 버렸다.

다음 요리사는 아직 미숙해서 도저히 포정인으로는 역부족이었다. 가쿠조가 있었을 때와 같은 값은 받을 수 없지만 그렇다고 금세 가격을 내리자니 너무 꼴사납다. 값비싼 세간이나 그릇을 새롭게 구비하고 외면을 아름답게 꾸며도 가장 중요한 요리의 맛이 떨어지는 걸 감추기는 어려웠다. 그야말로 속수무책. 마쓰후지는 늪에 빠져 버린 물떼새처럼 버둥거렸고 버둥거릴수록 가라앉는 속도가 빨라졌다.

얄궂게도 이사지의 폐병은 마쓰후지가 가라앉기 시작할 무렵부터 얼마쯤 낫기 시작하여 자리를 떨치고 일어날 수 있게 되었다. 다만 끈질긴 기침만은 계속되고 있었기 때문에 부엌은 고사하고 마쓰후지의 뒷문에도 가까이 갈 수 없었다.

아무리 답답하고 분하고 속이 타도 이사지는 일절 얼굴에 드러내지 않고 허드렛일을 하는 고용살이 일꾼 중 한 사람으로서 부지의 청소나 정원 손질, 목욕탕의 불쏘시개를 모으는 일 등에 매진했다. 앓고 일어난 몸으로는 피해야 할 힘쓰는 일도 할 수 있는 한은 마다하지 않았다. 틈틈이 가쿠조에게서 배운 요리 기술을 장부에 적거나, 자신의 집 부엌에서 요리를 하며 칼 솜씨를 정진하는 일에도 소홀함이 없었다.

"나리 부부도, 당신이 회복해서 마쓰후지의 포정인이 되기를 기다리고 있다, 그것이 가쿠조의 바람이기도 했을 거라고 말씀해 주셨어요."

나쓰에의 격려는 거짓이 아니었다. 가쿠조를 잃었어도 만일 이사지가 건강하게 부엌에서 일하고 있었다면 마쓰후지가 이렇게까지 쇠락하는 일은 없었을 것이다.

"나도 빨리 부엌으로 돌아가 실력을 발휘해서 은혜를 갚고 싶소."

하지만 가라앉아 가는 간판을 들어 올리려고 지나치게 열심이었던 탓일까. 마쓰후지의 자랑거리인 정원이 신록으로 반짝이고, 굴나무의 하얀 꽃이 필 무렵 여주인이 쓰러졌다. 아침에 일어나자마자 비틀거리며 넘어지더니 그대로 일어나지 못하게 되어, 주인이 하녀를 보내 부른 마을 의원이 달려왔을 때에는 벌써 숨이 끊어져 있었다.

당사자를 포함하여 아무도 나이 따위는 신경 쓰지 않았던 여주인이지만 실은 고희를 넘긴 이였다. 얼마 전부터 측간을 오가기만 해도 숨이 차다고 말했던 것이 병의 징조였으리라. 여주인을 보내고 나서 새삼 그런가 보다 생각해도 허무한 일이었다.

마쓰후지의 주인은 65세, 다섯 살 많은 아내에게 그동안은 장사도 인생도 뱃사공 노릇을 맡겨 온 사람이었다. 안 그래도 요릿집의 좋고 나쁨은 여주인으로 결정된다. 그 자리를 비워 두는 것은 상책이 아니라며 지주 일족이 모여 상의하고 허겁지겁 맞이한 후처가 오토미라는 서른두 살의 여자였다.

마쓰후지와 오랜 교분이 있는 술 도매상의 소개에 따르면 오토미의 친정도 요릿집, 젊을 때 사별한 남편도 요리사였다고 한다. 이렇게 갑작스러운 혼담으로 바랄 수 있는 가장 좋은 혼처라며 마쓰후지 쪽은 기뻐했다. 10년 이상이나 과부로 지내 왔다는 것치고 오토미가 요염한 미녀라는 것을 의아하게 여기고 제지하는 사람은 없었던 모양이다.

하기야 누군가가 반대했다 해도 손녀뻘인 젊은 미인과 재혼한다는 기쁨에 완전히 취해 있던 마쓰후지 주인의 귀에는 들어가지 않았을 테지만.

이사지의 폐병을 시작으로 크고 작은 탈이 이어져 온 마쓰후지에 마지막으로 닥친 최대의 화근이 바로 오토미였다. 화려한 물건과 사치를 좋아하고 자신의 몸을 꾸미는 데만 열심이며 생각대로 되지 않는 일에는 겨자씨만큼의 인내도 갖고 있지 않은 오토미는 '배우 서방질'이라는 성가신 병에도 걸려 있었다.

이번 일도 서방질로 만난 정부가 오토미를 조종하여 마쓰후지를 돈벌이 도구로 삼기 위해 획책한 것이었다. 물처럼 돈을 쓰는 한편으로 돈의 망자이기도 했던 오토미지만 이런 계략을 꾸밀 정도의 머리와 실력을 갖고 있지는 않았다.

그렇다면 대체 '이런 계략'이란 무엇인가.

꽤 값이 내려갔다고는 해도 아직은 그럭저럭 유지하고 있는 마쓰후지의 역사와 품격을 바탕으로 요리와 술에 더해 '색'도 판다. 좋은 안주에, 술을 따르는 여자도 종류별로 취향에 맞추어 갖추어 놓았습니다. 큰소리로는 말할 수 없지만 후원해 주시는 큰 단골손님 여러분을 위한 마쓰후지의 새로운 장사입니다——.

취객이 금화를 쥐여 주고 접대 하녀를 추근대는 것조차 좋게 여기지 않았던 마쓰후지를, 요릿집의 간판을 내건 유곽으로 만들

셈이었다.

선대 여주인에게 훈련받은 접대 하녀들은 새파랗게 질렸다. 징그러운 손님에게 소금을 뿌린 적이 있는 우두머리 접대 하녀 오산은 오토미의 가느다란 목을 비틀어 끊을 듯한 기세로 화를 냈지만, 젊은 후처에게 흐물흐물해진 주인은 아무런 도움도 되지 않았다. 결국 모두 함께 마쓰후지를 나갈 수밖에 없게 되었다.

오토미는 크게 신경 쓰는 기색도 없이 마쓰후지의 새 장사에 도움이 될 만한 여자들을 부지런히 골라 고용했다. 고용살이 일꾼들도, 겉모습은 요릿집인 유곽에 어울리게 보기 좋은 자들로 바꾸었다. 요리만은 모양새를 갖추어야 하니 원래부터 있던 요리사들에게 급료를 많이 주었고, 그만둔 사람의 구멍을 메우는 데는 돈을 아끼지 않았다.

오토미와 정부에게 그런 쪽의 장사 재주가 있었던 것일까. 아니면 색을 파는 장사는 실패할 확률이 드문 것일까. 품격 있는 요릿집이라는 그릇이 기대 이상으로 효과가 있었던 것일까.

은밀하게, 그러나 확실하게, 새로운 장사에 대한 소문이 퍼지면서 마쓰후지는 다시 일어서기 시작했다. 기가 막힐 정도로 매상이 올랐다. 덕분에 주인은 아내의 손아귀에 꽉 잡혀서 단순한 장식에 지나지 않게 되고 말았다.

자, 이 터무니없는 사태를 맞아 이사지와 나쓰에 부부는 어떻게 했을까.

구운 경단의 검댕이 씻겨나가 깔끔해진 오미요의 하얀 뺨이 살짝 빨개져 있다. 심경의 변화가 드러났다기보다 그냥 이야기에 열중했기 때문이겠지.

"목을 좀 축이도록 해" 하고 도미지로는 말했다. "따뜻한 걸로 다시 끓여 주마."

오미요는 눈앞의 찻잔을 들었다. "아뇨, 이걸 마실게요."

한 모금 마시더니 생긋 웃는다. "와아, 식어도 향이 좋아요."

찻잔을 감싼 손가락의 손톱이 지저분하다. 그냥 씻어서는 떨어지지 않을 만큼 간장이 배어 있는 것이다.

"지금까지의 이야기는 전부 우리 아버지와 어머니의 신상 이야기인데요."

오미요가 자세히 알고 있는 까닭은 다로 오라버니가 가르쳐 주었기 때문이라고 한다.

"겨우 3년쯤 전의 일이에요. 어머니가 이상해져 버렸을 때는, 저는 아직 어렸거든요."

여자가 몸을 판다는, 어른의 속된 이야기는 알려줄 수 없었던 것이다.

오미요는 눈을 감고 손을 모으며 부처님께 기도하는 듯한 자세로 찻잔의 엽차를 다 마셨다. 도미지로는 묵묵히 지켜보았다.

"──운이 없었던 거예요."

얼굴을 들더니 빈 찻잔을 가슴 앞에서 껴안고 오미요는 작게 중얼거렸다.

"아버지도 어머니도, 정말 운이 없어서, 불쌍할 정도로."

오미요의 눈가에 희미한 분노가 일었다.

"마쓰후지의 여주인이 돌아가시기 보름쯤 전부터 아버지는 또 상태가 나빠졌어요. 열과 오한에, 피도 토하고 말아서."

폐병은 끈질기다.

"일단 좋아진 후에 너무 일을 많이 하신 건지도 모르지" 하고 도미지로는 말했다.

빨리 원래처럼 일하고 싶다, 마쓰후지의 온정에 도움을 받고, 아내 나쓰에가 먹여 살려 주는데 언제까지나 꾸물거리고 있을 수는 없다. 그런 마음에 쫓기고 만 것이리라.

"그럴까요."

"분명 그럴 거야. 나도 사내 나부랭이니까, 오미요 아버지의 마음을 알 것 같은 기분이 들어."

오미요는 약간 눈을 크게 뜨고 도미지로의 얼굴을 보았다. 그 눈을 피하더니 작은 목소리로 말을 이었다.

"그래서, 어머니에게는 다른 길이 없었어요."

마쓰후지에서 일할 수 없게 되면 폐병에 걸린 남편을 끌어안고 살 곳조차 없다.

"어쩔 수 없이 오토미의 말대로 그냥 접대 하녀가 아니라──,"

"손님 상대도 하게 되었어요."

그 말을 하기가 싫어서, 도미지로는 침묵했다. 그랬더니 오미요에게 말하게 하는 꼴이 되고 말았다. 더 싫다. 나는 눈치 없는 바보구나.

"어머니는 미인이었고, 나이도 많지 않았고, 남편이 있으니 처녀에게는 없는 색기가 있고."

빠른 말투로 꼽듯이 말하는 오미요는 아직도 화가 나 있다.

"돌아가신 여주인에게 제대로 배워서 어전 시녀 같은 행동거지를 할 수 있었대요. 그래서 금세 제일 인기가 많아져 버렸어요."

나쓰에를 만나기 위해 유복한 남자들이 늙은이나 젊은이나 비단 기모노의 품에 금화를 숨기고 부지런히 센다가야를 드나들게 되자 뼈대가 기울어 가던 마쓰후지는 순식간에 회복되었다.

"그렇게 살다 보니 어느새 배가 커졌어요. 조금도 이상하지 않은, 당연한 일이지만요."

흐흥, 하고 오미요가 웃는다. 자포자기한 듯한 웃음이 가슴 아파서 도미지로는 눈을 내리깔았다.

나쓰에의 배 속 아이는 대체 누구의 씨일까. 지금까지를 돌이켜 보아도 폐병에 걸린 남편일 리는 없다. 그렇다면 손님 중 한 명이리라.

"분명 내 아이가 틀림없다. 이렇게 되었으니 나쓰에를 가까이 거두어 보살피고 싶다."

라고 말하는 손님이 세 명 있었다. 사내아이라면 후계자로 삼고 싶다고까지 말하는 사람도 있었으니 나쓰에의 인기가 어느 정도였는지 잘 알 수 있다. 본래 여자가 몸을 파는 장사의 가장 비정한 부분이 아이가 얽힌 일인데도, 나쓰에의 경우는 달랐다.

마쓰후지의 오토미가 이 의외의 진행을 이용하지 않았을 리 없다. 나쓰에를 둘러싼 세 명의 손님을 부추겨 실컷 돈을 바치게 했다. 어느 분이 가장 나쓰에를 사랑해 주실지, 확실하게 보지 않고서는 안심하고 보내 드릴 수가 없어요——라고 시치미를 떼며.

열 달 열흘이 지나 무사히 옥 같은 사내아이가 태어났다. 한데 첫 목욕을 시키고 부드러운 천으로 얼굴을 닦아 주니 그 자리에 있던 모두가 찍소리도 못할 정도로 이사지를 꼭 닮아 있었다.

배우보다도 잘생긴 남자. 병에 목숨을 깎이며 떳떳하지 못한 생활에 만족하고 있어도 이사지의 남자다움은 변함이 없었다. 감기에 걸린 남자는 요염하다는 속언이 옳다는 건 아니지만, 야윈 옆얼굴에는 오히려 색기마저 떠돌았다.

아기는 잘생긴 이사지의 얼굴을 꼭 닮았다.

자신의 아이를 안고 이사지는 눈물을 흘리며 기뻐했다. 돈을 바칠 만큼 바친 세 명의 손님은 오토미의 설득에 낙심하여 물러났다. 다로라는 이름이 붙여진 아기는 이사지와 나쓰에 밑에서 열심히 젖을 먹고 잘 울고 잘 잤다.

나쓰에는 산후에 느긋하게 요양을 하고 반년쯤 후에 마쓰후지의 접대 하녀로 돌아왔다. 젖먹이 아이와 이사지를 보살피는 일은 오토미가 하녀를 붙여 주었기 때문에 걱정할 필요가 없었다.

아기를 낳음으로써 나쓰에의 미모는 시들기는커녕 더해졌다. 많은 손님이 나쓰에를 위해 돈을 쌓았고 마쓰후지는 떼돈을 벌어 웃음이 그치지 않았다.

이런 상황에서 당연하게도 나쓰에는 둘째 아기를 가졌다.

세상에는 여자의 일이라면 앞뒤를 못 가리는 남자가 많은 걸까. 이번에도 또, 나쓰에와 배 속 아기를 둘러싸고 싸우는 남자들이 나타났다. 이를 오토미가 교묘하게 부추겨 뜯어낼 수 있는 만큼 뜯어내고 태연한 얼굴을 하고 있었던 것도 다로 때와 똑같다.

부모의 얼굴을 모르는 고아로 태어나 겨우 사랑하는 남편을 얻었다고 생각했더니 폐병으로 고생하고, 함께 살아가기 위해서는 몸을 팔아야 한다. 대체로 불리한 인생을 강요당해 온 나쓰에지만, 출산의 신에게만은 사랑받고 있었는지 둘째도 매끄럽게 순산했고 건강한 사내아이를 낳았다.

지로 또한 누가 어떤 트집도 잡을 수 없을 정도로 이사지를 닮아 있었다. 걸음마를 하기 시작한 형 다로 쪽도 이사지를 작게 줄여 놓은 것 같은 얼굴 그대로라서 두 살 차이인데도 쌍둥이 같은 형제였다.

사이좋게 자라는 형제 옆에서 이사지의 병은 서서히 무거워지고 있었다. 줄곧 피가 섞인 침을 뱉고 몸도 야위어 간다. 남편에게 좋은 약을 먹이기 위해서도, 나쓰에는 산후의 몸이 회복되자 지로에게 젖을 주며 접대 하녀로 돌아갔다.

그러나 얄궂게도 먹일 입이 늘었는데 나쓰에를 사려는 남자들은 무심하게, 조금씩, 눈에 띄지 않으면서도 확실하게 줄어 갔다. 뜨겁게 끓던 주전자의 물도 언젠가는 식는 때가 온다. 번성한 마쓰후지에서는 나쓰에보다 훨씬 젊고 예쁜 여자들이 일하기 시작했다.

나쓰에의 벌이가 줄어 가자 오토미는 솔직하게 쌀쌀해졌다. 형편이 달라진 가운데에서도 열심히 일하다가, 경사스러운 일인지 경사스럽지 않은 일인지, 나쓰에는 셋째를 가졌다.

"요릿집의 손님에게 이사지의 기침 소리가 들리면 곤란해."

오토미가 그런 말을 꺼내며,

"저쪽이 더 조용하고 우물도 가까우니 편리하겠지."

하고 나쓰에를 타일러, 은퇴한 주인이 살던 곳에서 쫓아내어 일가를 부지 끝에 있는 낡은 곳간에 밀어 넣어 버렸을 때 나쓰에는 심한 입덧으로 고생하고 있었다.

두 아이를 키우고 병에 걸린 남편을 돌보면서 가진 셋째. 붙어 있던 하녀도 어느새 빼앗기고 혼자서 모든 것을 짊어지는 생활에 어지간한 나쓰에의 미모에도 그늘이 보이기 시작했다. 마침 이 무렵, 유곽 같은 장사를 관청에 밀고당해 마쓰후지는 반년쯤 접대 하녀에게 손님을 받게 하는 것을 그만두었다(관심이 식자 곧 시작했지만). 그러저러해서 나쓰에와 셋째 아기는 큰돈을 내 줄 손님을 찾지 못하게 되고 말았다.

사부로라는 이름이 붙여진 셋째 아들도 이사지와 꼭 닮아 있었다. 폐병이 진행되어 뺨이 움푹 패고 유령처럼 창백해져 버린 이사지는 나쓰에가 도와주지 않으면 아기를 안아 들 수조차 없었지만,

"아버지와도, 형들과도 꼭 닮은 아이네요."

나쓰에가 웃음을 짓자 눈을 가늘게 뜨며 눈물을 흘렸다.

사부로로 돈을 벌 수 없게 되었을 때부터, 돈의 망자인 오토미는 언제 나쓰에를 버릴지 재게 되었다. 아이 셋이 딸려 있어도 단골손님을 끌 수 있는 동안에는 잘라 내기가 아깝다. 하지만 적자가 나기 전에 내쫓아야 한다.

오토미의 꿍꿍이를 아는지 모르는지 사부로로부터 1년도 지나지 않아 나쓰에는 넷째를 가졌다.

넷째 때는, 이제 이쪽에서 어떻게 꼬여도 누구 하나 나쓰에와 배 속 아기를 자신의 것으로 삼고 싶다며 나서는 이가 없었다. 끈질기게 붙어 있어 주던 단골손님과도 입덧이니 뭐니 하며 쉬는 날이 많아지다 보니 인연이 뚝, 뚝 끊기고 말았다.

오토미는 나쓰에에게 간신히 먹고살 수 있을 정도의 돈밖에 주지 않았다. 살림이 어려워지자 이사지의 약도 끊기는 날이 생겼다. 폐병은 이사지를 뼈까지 좀먹었고 그는 자리에 누워 일어나지 못하게 되었다.

넷째 아기를 낳을 때는 출산의 신도 나쓰에를 차갑게 대했다. 나쓰에는 만 하루를 고생했고 거의 죽을 뻔했다. 겨우 여자아이를 낳았지만 달을 채우지 못한 것은 아닌데도 작았다. 그리고 전혀 이사지를 닮지 않았다. 나쓰에도 닮지 않았다.

"어디에선가 실수로 네 배에 굴러들어온 게 아니겠느냐."

오토미는 차갑게 말했다. 만에 하나를 기대하고 아기가 태어날 때까지 기다려 보았는데 결국 누구에게도 축하금조차 받을 수 없었다. 드디어 지금이 때다.

넷째이자 첫 여자아이를, 이사지는 매우 기뻐하며 '미요'라고 이름 지었다. 하지만 더 이상 오미요를 팔에 안을 힘은 없었다.

곰팡이 냄새가 떠도는 어둑어둑한 곳간에서 오미요가 태어난 지 이레가 된 것을 소소하게 축하하고, 그러고 나서 이틀 밤도 버티지 못하고 이사지는 죽었다.

오토미에게는 잘된 일이었다. 병에 걸린 남편이라는 동정의 건더기가 없어졌다. 나쓰에는 폐기 처분이다. 아이들과 함께 냉큼 나가렴.

슬프게도 이를 막을 수 있는 사람은 없었다. 다만 이 무렵에는 어느새 죽은 여주인보다 나이가 많아진 마쓰후지의 주인이 중풍을 앓는 와중이긴 했지만 살아 있다는 게 다행이었다고 할까. 본래 냉혈한 사람이 아니었던 그는 오토미의 본성도 알게 되어 얼마쯤 정신을 차렸고, 죽은 여주인과의 추억을 함께한 나쓰에에게 심한 짓은 할 수 없다는 생각을 하고 있었다. 그래서 오토미가 빈손으로 나쓰에 가족을 쫓아내려 하고 있음을 알게 되자 몹시 당황했다.

"누군가 나쓰에에게 힘이 되어 주지 않겠나."

그의 바람은 돌고 돌아 오산의 귀에 들어갔다. 마쓰후지에서 색을 사려고 했던 손님에게 소금을 뿌린, 그 우두머리 접대 하녀다. 백발의 할머니가 되기는 했지만 다부진 점은 변함없던 오산은 한치의 망설임도 없이 나쓰에와 아이들을 돕겠다고 결심했다.

오산은 주인의 신뢰를 받으며 오직 마쓰후지에서만 일한 접대 하녀였다. 포정인인 가쿠조와 우두머리 접대 하녀인 오산을 두고 '마쓰후지를 지키는 한 쌍의 인왕상'에 비유한 단골손님도 있었을 정도다.

그런 마쓰후지와 말하자면 싸우고 헤어져, 후처 오토미의 얼굴에 뒷발질로 모래를 뿌리고 뛰쳐나온 후에는 요릿집 일에서 깨끗이 손을 씻었다. 대신 무엇을 생업으로 삼았는가 하면, 노점의 먹거리 장사다.

본래 오산은 아사쿠사문 옆에 있는 밥집 주인의 딸이었다. 먼 옛날의 일이라 이제 일가친척은 없어도 지연과 인연은 남아 있었다. 예전에 오산 일가가 신세를 졌던 관리인은 은퇴했지만, 그 후계자가 자신의 일처럼 이것저것 상담에 응해 주었다.

이제 와서 가게를 빌리고 일손을 모아 밥집을 하다니 오산은 그러기는 귀찮았다. 더 작은 장사여도 되는데.

——그렇다면 노점은 어떻겠나. 요즘 이 근방에서는 노점의 먹거리 가게가 인기라네.

오랫동안 일류 요리사가 만드는 초밥이나 튀김을 보아 온 오산이니 노점에서 같은 것을 팔기란 무리겠지만 고민해 볼 만하다고 생각했다. 게다가 기모이리肝煎り 중개인. 알선인을 가리키는 말에게 제대로 이야기하면 여자 혼자서도 안심하고 장사할 수 있다.

오산은 고마운 마음으로 제안을 받아들였다. 기모이리를 소개받고 몇 개의 노점을 돌며 살펴보는 동안, 당장 누구의 장사에도 방해가 되지 않고 원만하게 시작할 수 있으려면 조림 장사가 제격이 아닐까 짐작했다.

술안주도 되는 어묵은 아니다. 낮 동안에만, 여자와 아이들을 상대로 토란이나 곤약을 한 개에 얼마씩 꼬치에 꿰어 파는 것이다. 풍로에 냄비 하나, 양념은 부모가 경영했던 밥집의 진한 맛을 떠올렸다. 단맛이 강한 것이 특징이었다.

기모이리가 군다이 저택의 골목길 막다른 곳으로 장소를 정해 주어 팔기 시작하니, 진한 맛을 마음에 들어 하는 손님이 조금씩 붙어 주었다. 아이들의 용돈 같은 적은 돈이라도, 자신의 손으로 직접 버는 재미를 오산은 알게 되었다.

당시 근처에서 장사하는 노점상들의 기모이리는 그 지역의 대상인大商人이었다. 그가 색을 파는 마쓰후지를 걷어차고 나온 오산의 기개를 높이 사 주었던 점도 다행이었다.

──나도 손님으로서 마쓰후지의 가장 좋은 때를 알고 있거든. 거기는 천하제일의 요릿집이었지.

어느 날 기모이리의 말을 듣고 오산은 여주인을 잃었던 그날처럼 펑펑 울었다.

할머니 혼자 하는 조림 노점이 천천히 번성해 나감에 따라 장사 동료도 생겼다. 아니, 오산이 할머니였기 때문에 더더욱 남자뿐인 다른 노점 상인들도 선선히 동료로 끼워줬으리라. 오산이 옛날의 영화를 믿고 목이 뻣뻣한 할머니가 아닌데다가, 오랫동안 성실히 일하며 약간의 목돈을 모아 두었지만 생활은 검소했다는 점도 주변 상인들에게 좋은 인상을 주었다.

이렇듯 새로운 생활을 손에 넣어 활기차게 살고 있던 차에, 마쓰후지에서 이사지가 죽고 나쓰에가 도움을 청하고 있다──는 이야기가 들어온 것이다.

오산은 이들 부부를 하루도 잊은 적이 없다. 후회와 함께 10년 가까이 지난 지금도 화가 나 있었다. 마쓰후지를 뛰쳐나올 때 함께 가자고 열심히 설득했는데도, 아픈 이사지에게 마음을 쓴 나머지 나쓰에가 고집스레 고개를 끄덕여 주지 않았기 때문이다.

자신이 나간 후로 요리를 담는 상에 여자를 담아내는 요릿집으로 전락해 버린 마쓰후지에서 나쓰에는 어떤 생활을 해 왔을까. 참기 힘든 마음을 어떻게든 다잡으며 몸을 팔아 왔을 텐데 사랑하는 남편을 결국 폐병에 빼앗기고 말았다면 지금은 얼마나 기력이 꺾여 있을까.

오산은 떨쳐 일어났다. 노점상 동료 중에서 겉보기에 가장 성질이 나빠 보이는 사내에게 도와 달라고 부탁하여 (만일 뭔가 싸움이 일어나면 위협해 주도록) 함께 대형 수레를 끌고 마쓰후지로 쳐들어갔다.

나쓰에는 죽은 여주인이 직접 키운 자랑스러운 접대 하녀다. 예전 마쓰후지의 영광과 영화 위에 핀 커다란 모란꽃이었다.

그 꽃은 이제 빛이 바래어 시들어 가고 있었다. 나쓰에는 오산의 얼굴을 보자마자 눈물을 뚝뚝 떨어뜨리며 울기 시작했다. 그래도 오산 쪽에서 손을 내밀기 전에는 매달리려고 하지 않았다.

이 아이의 이런 예의범절은 여주인이 가르쳐 주었지. 그렇게 생각하니 오산도 눈물이 날 것 같았다.

"데리러 왔다. 오나쓰." 오산은 말했다.

좋은 일도 나쁜 일도 있었던 '나쓰에'는 이제 사라진다. 오나쓰로 돌아가는 것이다.

폐병이 한때 그림자를 감추고 이사지가 비교적 건강했던 시절을 오산도 기억했기 때문에 부부 사이에 아이가 있으리라 짐작은 하고 있었다. 한데 만나 보니 넷이나 있다. 장남이 일곱 살, 차남이 다섯 살, 삼남이 두 살로 삼형제의 얼굴은 하나같이 아버지 이사지를 빼다 박았다. 조금 더 나이가 비슷했다면 세쌍둥이가 아닌가 싶을 정도였다. 여기에는 내심 놀랐다.

한편 태어난 지 얼마 안 된 넷째 아이, 막내 누이 오미요에게는 이사지의 얼굴이 전혀 없었다. 굳이 말하자면 눈언저리가 조금 오나쓰를 닮았으려나.

──역시, 이 아이는 이사지의 씨가 아니구나.

잘 알고 있다. 오나쓰도 괴로웠겠지. 이 아이를 안아 주고 나서 떠난 이사지의 심정을 생각하면 생판 남인 자신도 괴로운데.

꼭 닮은 삼형제는 사이가 좋았다. 영리한 장남이 동생들을 보살피며 어머니 오나쓰를 돕는다. 아직 철이 없을 셋째 아이조차 형의 말은 잘 들었고 모두 함께 누이를 귀여워하며 지키고 있다.

"이보다 나을 수 없을 만큼 좋은 유품을 받았구나, 오나쓰."

오산의 말에 오나쓰는 웃는 듯 우는 듯한 얼굴로 고개를 끄덕였다. 용모뿐만 아니라 몸 자체가 많이 쇠하여 멍하니 서 있으면 유령처럼 보이는 모습이 가엾었다.

모자 다섯과 일가의 변변치 못한 가재도구를 수레에 실었다. 오산의 도우미는 인형처럼 예쁜데다가 서로를 꼭 닮은 얼굴의 삼형제에게 놀라면서도, 장남의 팔에 안겨 있는 아기를 향해서는 방긋 웃으며 눈을 가늘게 뜨고 뺨을 찔러 보는 등 바빴다.

"자, 돌아가자, 다들."

도우미가 성격 나빠 보이는 외모에 어울리는 걸걸한 목소리로 말하더니 손에 침을 뱉고는 수레를 힘차게 밀기 시작했다.

앞으로의 인생이 담긴 무게에 수레바퀴가 삐걱삐걱 돌아간다. 아사쿠사로 향하는 일동의 등을 센다가야의 숲이 지켜보고 있었다.

"이 성격 나빠 보이는 도우미 아저씨는, 마사 씨라고 하는데."

귀와鬼瓦 같은 얼굴을 했지만 노점에서 꼬치경단을 팔고 있었다. 술은 한 방울도 마시지 않고 단것을 좋아하고 아이들을 잘 보살펴 주는 사람이었다.

흑백의 방에서 이야기하는 사이에 오미요는 꽤나 어른스러워졌다. 고작해야 일각 정도의 시간이다. 직접 보지 않았다면 믿을 수 없었을 것이다. 하지만 분명히, 오미요 안에서 어린아이다움과 아이가 열심히 애쓰는 듯한 기특함이 빠져나갔다.

"우리 일가는 오산 할머니 집에 들어가 처음 1년 정도는 할머니

돈으로 먹고살았지만."

오미요가 젖을 떼고 몸이 조금 건강해지자 오나쓰도 오산과 함께 노점 장사를 하게 되었다. 곧 장남 다로가 눈썰미로 익혀 장사를 돕기 시작하자 이것도 그럭저럭 도움이 되었다.

"그러저러하는 사이에 어떻게든 우리 힘으로 집세를 낼 수 있었기 때문에 오산 할머니와 같은 공동주택의 두 평 반짜리 방을 빌려 일가끼리 살게 되었어요."

성질 나빠 보이는 마사 씨뿐만 아니라 오산의 장사 동료들은 모두 오나쓰네 가족을 친절하게 대해 주었다고 한다.

"역시 오나쓰가 미인이기 때문이라면서, 오산 할머니는 웃곤 했어요."

다로에 이어 지로도, 이윽고 사부로도 오미요도 노점 장사를 거들었다. 오미요보다 여섯 살 위인 다로는 열다섯 살 때부터 혼자서 노점을 맡을 수 있게 되었다.

"물론 아직 자기 노점은 아니었어요. 빌린 거였지만."

빌려 준 사람은 마사 씨였고, 따라서 꼬치경단 노점이었다. 경단 만드는 방법, 굽기 정도, 설탕과 흑설탕을 싼값에 마련하는 방법 등을 전부 마사 씨가 가르쳐 주었다.

"다로 오라버니가 혼자 하는 노점이 제대로 돈을 벌게 되는 것을 지켜보고 나서 안심한 것처럼 덜컥 돌아가시고 말았지만."

좋은 사람이었다. 지금도 그립다. 오미요의 눈빛이 부드럽게 젖었다.

"다로 오라버니의 꼬치경단은 마사 씨한테서 직접 전수받은 거예요. 그러니까 오라버니한테 배운 제 꼬치경단도 마사 씨의 꼬치경단이지요."

"어쩐지 맛있다 했어."

도미지로는 빙긋 웃으며 말했다. 여기에서 이 아이에게 웃음을 보여 주자——고 생각하며 띤 웃음이었다.

사실은 전혀 웃고 싶은 기분이 아니었다. 오미요의 이야기 밑바닥에는 내내 슬픔이 흐르고 있다.

"어머니는 계속 오산 할머니의 조림 노점을 돕고 있었고 저는 일찍부터 다로 오라버니를 도왔어요. 하지만 지로 오라버니는,"

——나는 해가 지고 나서도 벌 수 있는 노점을 할 거야.

그러더니 튀김과 데운 술을 파는 사람한테 배우러 갔는데, 철이 든 사부로도 지로와 함께 배웠다.

"재작년 봄, 겨우 지로 오라버니가 자신의 튀김 노점을 갖게 되었고 사부로 오라버니가 그 옆에서 데운 술을 팔고 있어요."

흠음. 두 사람의 모습을 떠올리며 도미지로는 저도 모르게 말하고 말았다.

"그거 볼만하겠는데. 지로 씨도 사부로 씨도, 몸집은 얼마쯤 다르지만 얼굴은 아버지를 꼭 닮은 잘생긴 남자들이잖아? 인형처럼 예쁜 얼굴을 한 젊은이가 둘이 나란히 서서 튀김과 데운 술을,"

거기까지 말하다가 멈추었다.

오미요의 뺨이 굳어지고 눈가가 경련하고 있다.

"미, 미안. 이런 것을 앞질러 말하면 안 되었던 걸까?"

오미요는 고개를 숙이고는 입술을 깨물었다.

거북한 침묵으로 흑백의 방이 갑갑해졌다.

"제 노점이 있는, 그 장소는,"

오미요가 얼굴을 들더니 말했다.

"오산 할머니가 노점 장사를 시작한 곳이고 계속 할머니의 구역이었지만."

지난 몇 년 사이, 나이를 먹으면서 오산의 상태가 나쁜 날이 늘었다.

"다리가 붓고 설 수가 없는 거예요. 노점 장사는 서서 하는 일이니까 이제 무리라고 할머니가 직접 말했어요."

그래서 작년 초여름부터 오미요가 자리를 물려받았다고 한다.

"오라버니들도 저도 제대로 먹고살 수 있게 되었어요. 전부 오산 할머니 덕분이에요. 할머니가 우리를 거두어 주지 않았다면 지금의 생활은 없었을 거예요."

"나도 오미요의 꼬치경단을 먹을 수 없었을 거야" 하고 도미지로는 말했다. "오산 할머니께 감사해야겠구나. 앞으로 느긋하게 오래 사시면 좋겠다."

"네, 오라버니들이랑 효도할 거예요."

또 한 박자, 두 박자, 세 박자를 놓는 듯한 침묵.

마침내 가장 이야기하기 힘든 대목에 다다랐다.

듣고만 있을 뿐인 도미지로도 알 수 있었다. 하지만 어떻게 거들어 주면 좋을지는 모르겠다.

후우…… 하고 조용히 숨을 쉬고 오미요는 말했다.

"요전에는 보기 흉한 모습을 보여 드려서 정말로 부끄러웠어요."

몸을 움츠리고 머리를 숙인다.

"평정을 잃고 여러 가지 이야기를 도련님 귀에 들어가게 하고 말았어요."

——어머니가, 죽었어요.

오미요의 어머니, 오나쓰는 5년 전의 어느 날, 스스로 자신의 눈을 파내려 했고 그때 이후로 정신을 놓고 말았다.

——이제야, 죽었어요. 편해질 수 있어요.

5년 전의 그날, 대체 오나쓰의 몸에 무슨 일이 일어났을까.

"남자가 찾아왔어요."

오미요네 가족이 운영하는 노점이 아니라, 일가가 사는 공동주택의 나무문을 지나 찾아온 것은 얼핏 보면 유복한 가게 사람으로 보이는 남자였다.

"젊지는 않았지만 어수룩한 얼굴을 하고 좋은 옷을 입고 있었어요. 셋타雪駄 대나무 껍질로 만든 나막신 바닥에 가죽을 댄 것. 뒤꿈치에 철판을 붙이기도 했다의 징을 딱딱 울리면서."

——실례합니다. 옛날에 요릿집 마쓰후지에서 접대 하녀를 하던 나쓰에라는 여자가 여기에 있다고 듣고 왔는데요오.

"여름의 해 지기 전이라, 장사를 마치고 돌아온 우리와 이제부터 일하러 갈 준비를 하고 있는 지로 오라버니 사부로 오라버니까지 때마침 전부 모여 있었어요."

공동주택의 나무문 명찰에는 오산과 다로의 이름밖에 적혀 있지 않았다. 상가 사람인 듯한 남자도 그래서 자신이 없었는지 묘하게 쭈뼛거렸다고 한다.

"여름에 조림을 팔면 정말로 더워요. 몸에서 소금이 나올 정도지요. 그래서 오산 할머니와 어머니는 제일 먼저 우물가에 땀을 씻으러 가 있었는데."

수상한 남자와 네 아이들이 마주 보고 있을 때 돌아왔다.

"상대가 먼저 어머니의 얼굴을 알아본 것 같았어요."

──아아, 정말 있잖아. 너 나쓰에 맞지.

무례하게 손가락질을 하며 무엇이 기쁜지 너글너글한 목소리로 소리쳤다.

──역시 시들어서 여자로는 값이 떨어졌군. 하지만 건강해 보이니 다행이야.

"어머니는 안색이 창백해져서 그 자리에 뿌리가 돋은 것처럼 우두커니 서 있었어요."

그러나 오산은 달랐다. 일부러 '나쓰에'라는 이름을 부른다는 사실만으로도 이 녀석은 재앙이다.

──누구를 찾아오셨는지 모르겠지만 사람 잘못 봤소. 얼른 나가시오.

오산이 거칠게 떠밀자 한심하게 비틀거리면서도 어수룩한 상가 사람인 듯한 남자는 물고 늘어졌다.

──뭐야, 이 빌어먹을 할망구는. 이봐, 나쓰에, 아니, 오나쓰인가? 어느 쪽이든 상관없지만 설마 내 얼굴을 잊진 않았겠지.

도미지로 앞에 앉아 있는 오미요의 눈동자가 어둡게 그늘진다. 그 눈빛은 자신의 안쪽을 보고 있다. 마음에 새겨진 과거의 일을 바라보고 있다.

"한 마디도 잊을 수 없어요."

그 녀석은 이런 말을 했다.

──네가 마쓰후지에서 손님을 받고 있었을 무렵에는 불쌍하게 여기고 몇 번이나 사 줬잖아. 내 이 얼굴과, 은혜를 잊었다고는 할 수 없을 거야.

큰 소리로, 공동주택 전체에 들리도록,

──우리 집은 내 대에서도 왠지 아기가 생기지 않아서 말이야. 이제는 양자를 들일 수밖에 없으려나 하는 이야기가 나와서, 네가 생각났어.

우두커니 서 있는 오나쓰와 아이들 앞에서 손짓발짓도 요란하게,

──너, 사내아이를 셋이나 낳았다며. 그중 하나 정도는 내 씨라고 해도 이상하지 않지. 그렇게 너한테 돈을 쓰고 귀여워해 줬으니까.

다로, 지로, 사부로의 얼굴을 핥듯이 둘러보며,

──제일 괜찮아 보이는 아이를 골라 데려오라더군. 멍청하게

있지 마. 애한테 인사 정도는 시켜줘야 하잖아? 그건 그렇고 지저분한 꼬마들이군. 꼭 원숭이 같아.

"그러자 다로 오라버니가 얼굴을 새빨갛게 붉히더니 남자에게 고함쳤어요."

──시끄러워, 누가 원숭이야. 그런 징그러운 눈으로 내 소중한 어머니와 동생들을 보지 마. 눈알을 파내 주마!

남자는 정말로 원숭이에게 욕을 먹은 표정을 짓더니 이내 불쾌한 듯 얼굴을 일그러뜨리며,

──흥, 건방지군.

사양도 배려도 없이 말했다.

──너희들은 모두 자신의 아비가 어디의 누구인지 모르는 거냐. 어머니한테 물어본 적은 있느냐?

그러고는 소매로 입가를 가리는 듯한 몸짓까지 더하며 교태를 부리는 여자 목소리를 흉내 냈다.

──저는 너무 많은 손님을 받아서 누가 어느 아이의 아버지인지 전혀 모르겠어요.

주위에는 무슨 일인가 싶어서 걱정스러운 얼굴로 공동주택의 사람들이 모이기 시작했다. 다로와 지로가 감싸듯이 오나쓰 앞에 나서고 사부로와 오미요는 오나쓰에게 매달려 있었다.

오산은 혼자 새파래져서 땀을 흘리며 몸 양쪽에서 두 주먹을 움켜쥐고 있다.

마지막 일격처럼 상가 사람인 듯한 남자는 위협적인 목소리로

퍼부었다.

──전혀 닮지도 않은 얼굴을 한 주제에 누가 소중한 형제고 누이냐, 웃기는 것도 적당히 해 둬!

그 순간이었다.

"어머니가 소리를 질렀어요."

그때까지 들은 적이 없는 목소리였다. 도대체가 사람의 목에서 그런 목소리가 나올 거라고는 생각할 수 없는 고함소리였다.

"소리를 지르고, 또 지르더니, 도망쳤어요."

좌우에서 소매에 매달려 있던 사부로와 오미요를 뿌리치고, 붙들려고 하는 다로와 지로를 내버려 두고, 오산이 부르는 목소리에도 귀를 막고 우물가까지 곧장 달려가, 발이 미끄러지는 바람에 넘어지더니 그대로 몸을 웅크린 채 계속해서 소리를 질렀다.

"마지막에는 손가락으로 자신의 눈알을 파내려고 했어요."

오산도 아이들도 공동주택 사람들도 오나쓰를 구하려고 우물가로 달려갔다.

"나중에 들었는데 깜짝 놀라 도망치려고 하는 남자에게, 저랑 사이가 좋았던 오킨이라는 애가 혼란을 틈타 발을 걸어 넘어뜨리고 넘어진 등을 호되게 밟고 그 김에 엉덩이를 걷어차 주었대요."

오나쓰는 눈을 잃고 그 후로 제정신으로 돌아오지 않았지만 상가 사람인 듯한 남자가 다시 찾아오는 일도 없었다.

"이야기를 들은 관리인이 화를 내며 열심히 조사해 주었어요. 그랬더니 그놈은 이치가야에 있는 초 도매상의 나리였어요."

도미지로는 앗 하는 목소리를 삼켰다.

"그건, 어릴 때의 오나쓰 씨가 양녀로 갔었던 가게……."

"네. 어머니가 마중물이 되어서 태어난 아기가 그 나리예요."

가게를 물려받고 아내도 얻었으나 아이가 생기지 않는다. 그래서 마쓰후지에서 자신이 '사 주었던' 오나쓰가 사내아이를 셋이나 낳았다는 소문에 흥미가 생겼다.

"그놈이 오나쓰 씨를…… 사, 산 적이 있다는 건 입에서 나오는 대로 지껄인 말이 아니었니?"

네, 하고 오미요는 고개를 끄덕였다.

"그러니까 하나 정도는 자신의 씨가 아니겠느냐는 것도 진심으로 했던 말인가 봐요. 잔뜩 화가 나서 쳐들어간 우리 관리인에게 얻어맞을 뻔하면서도 전혀 기가 죽지 않더래요."

입을 시옷자로 다물고 콧김을 내뿜는다. 오미요의 그런 표정은, 더욱 어른스럽고 세상 물정에 익숙한 여자 같다.

"제가 가장 화가 났던 대목은 그놈이 우리 어머니를 장난감처럼 생각하고 있었던 거예요."

사람의 마음이 있다면, 설령 한때라도 자기 부모의 양자였던 여자가 고용살이를 나간 곳의 가세가 기울어 어쩔 수 없이 몸을 팔고 있다는 사실을 알았을 때, 재미있어하며 사러 가지는 않으리라. 그렇게 칠렐레팔렐레 찾아가는 놈은 사람의 마음을 갖고 있지 않거나 상대를 사람이라고 여기지 않는 것이다.

어느새 손이 떨리고 있다. 도미지로는 오미요가 눈치 채지 못하도록 살며시 자신의 손가락을 움켜쥐었다.

한데 초 도매상의 사람 같지도 않은 나리가 뭐라 고함쳤다고
했지?

──전혀 닮지도 않은 얼굴을 한 주제에.

다로 지로 사부로 세 형제는 아버지 이사지를 꼭 **빼닮**았던 것
이 아닌가. 세쌍둥이처럼 보일 정도로 많이 닮았던 것이 아니었
던가.

"그날, 우물가에서──."

오미요의 목소리가 떨린다.

"우리 네 사람이 어머니를 붙들어 누르고, 어머니를 껴안고, 모
두가 진흙투성이가 되고, 어머니는 정신을 잃고 쓰러지고."

어떻게든 집으로 데리고 돌아와 지혈을 하고 눕힌 후에 다로,
지로, 사부로, 오미요 네 남매는 그제야 서로의 얼굴을 보았다.

흙탕물이 튀고 눈물자국이 나고 **뺨**과 귓불은 핏기가 가시거나
핏기가 오르고 분노와 슬픔으로 눈은 충혈되고 입술은 떨리고 있
다.

그런 얼굴, 얼굴, 얼굴, 얼굴.

"얼굴을 마주 본 순간 저는 눈앞이 어질어질해졌어요."

왜냐하면 믿을 수 없었으니까.

세 형제는 입을 모아 서로에게 이렇게 물었다.

너, 누구야?

"얼굴이 달라져 있었어요."

세쌍둥이 같았던 삼형제는, 각각 전혀 닮지 않은 얼굴이 되어 있었다.

"저만은 그대로였지만 오라버니들은 완전히 생판 남처럼 다른 얼굴로 변해 있었어요."

변해 있었다.

도미지로는 생각했다. 아니, 변한 게 아니라 돌아온 게 아닐까.

삼형제의 본래 얼굴로 돌아왔다.

그때까지는 이사지를 꼭 닮은 듯 '보였을' 뿐인 게 아닐까.

초 도매상의 사람 같지도 않은 나리가 뻔뻔스레 나타나 오나쓰가 덮어 숨겨 온 추한 진실을 소리 높여 말할 때까지는.

마쓰후지에서 나쓰에는 손님을 받고 있었다.

폐병을 앓는 이사지는 코앞에서 아내가 몸을 팔고 있음을 알았지만 어떻게도 할 수 없었다.

이윽고 나쓰에가 아이를 갖고, 아기가 태어난다. 아이의 얼굴은 어디의 말 뼈다귀인지 알 수 없는 손님의 얼굴을 닮았어도 이상하지 않다. 그 편이 자연스럽다. 나쓰에는 그런 입장으로, 그런 삶을 살면서 회임을 한 것이니까.

그러나 아기는 이사지를 꼭 닮아 있었다.

꼭 닮은 것처럼 보였다.

주술일까. 기도일까. 모두가 함께 꿈이라도 꾸었을까.

어느 쪽이든 좋다. 단 하나 확실한 사실은, 오나쓰의 한결같은 마음의 힘이 삼형제의 얼굴을 이사지와 꼭 닮아 보이도록 만들었다는 것이다.

이사지에게 그의 아이를 안겨 주고 싶다.

오직 그뿐인, 한결같은 마음.

"──저만은."

오미요의 목소리에, 생각에 잠겨 있던 도미지로는 제정신으로 돌아왔다.

뺨에 한 줄기 눈물 자국을 만들며 오미요는 말했다.

"어머니가 저를 가졌을 때는 아버지의 폐병이 더욱 나빠져서 두 사람은 더 이상 부부가 아니었겠지요."

그런데도 오미요의 얼굴이 이사지를 닮았다면, 오히려 이상하다. 꿈이, 환상이, 이상적인 거짓이 깨지고 만다.

"그래서 저만은 줄곧, 타고난 얼굴 그대로였을 거라고 생각해요."

도미지로는 잠자코 고개를 끄덕였다.

오미요가 코를 훌쩍이고 한 번 깊이 숨을 쉬더니 무릎 위에서 손을 모았다.

"갑자기 얼굴이 변해 버려서 오라버니들이 마음고생을 하진 않았나?"

"다로 오라버니는 벌써 꼬치경단 노점에 단골손님이 붙은 터라 역시 수상하게 여겨졌다고 해요, 당신 누구냐고."

둘이서 조용히 웃었다. 괜찮다, 지금은 웃자. 온화하게 웃고, 더 이상은 묻지 않아도 된다.

"오산 할머니도 마음이 복잡했을 텐데 오라버니들과 어떤 이야기를 한 건지는 저도 몰라요. 다로 오라버니는 마쓰후지의 생활을 여러 가지 기억하고 있었겠지만요."

오산은 딱 한 번, 오미요에게 말했다고 한다.

──어머니를 용서해 주렴.

"그런 말씀 하시지 않아도 저는 어머니한테 화가 나지는 않았지만."

문득 눈을 가늘게 뜨며 오미요는 미소를 지었다.

"지금은 아버지와 함께 좋은 곳에 계실 거라 믿고 있어요."

자비로 가득 찬 그 미소에, 부드러우면서도 강한 빛이 있다.

"도련님, 이런 이야기를 들어 주셔서 고맙습니다."

손가락을 짚으며 절을 하는 오미요 앞에서 도미지로는 배 아랫부분에 힘을 주고 품에 손을 집어넣은 채 치뜬 눈으로 턱끝을 들어 올리고 있었다.

눈물이 흐르지 않도록.

오미요의 이야기를 그림으로 그려서 들고 버릴 때까지는 군다이 저택의 막다른 골목에 있는 노점으로 발길을 향할 수 없다.

자신을 엄하게 타이르며 도미지로는 먹을 갈고 반지를 마주했다.

하지만 이틀이 지나도, 사흘이 지나도, 나흘이 지나도 아무것도 그릴 수가 없었다.

"그 구운 경단의 맛이 그리워요."

닷새째에 오카쓰가 우아하게 말했다.

"도련님 대신, 제가 사러 다녀올게요."

응, 이라고도 말하지 못하고, 안 된다고도 말하지 못하고, 같이 가겠다고도 말하지 못하고, 도미지로는 책상 앞에서 기다렸다.

얼마나 지났을까. 오카쓰가 간장의 향긋한 냄새가 나는 꾸러미를 손에 들고 돌아왔다.

"다로 오라버니의 노점이 되어 있더군요."

도미지로는 눈을 크게 떴다. 그런가 하고 납득하고, 그런가 하고 낙담도 했다.

"누이가 신세를 많이 졌다고, 정중하게 인사하시던데요."

앞으로도 모쪼록 자주 찾아 주십시오——.

"다로 오라버니는 어떤 얼굴을 하고 있었지?"

잠시 생각하고 나서 오카쓰는 대답했다. "별로 울퉁불퉁하지 않은 토란 같은 얼굴이었어요."

살며시 웃고, 도미지로는 꼬치경단을 먹었다. 설탕간장이다. 오미요의 양념보다 약간 연하지만 향긋하다.

그 아이는 이제 오지 않는다. 어엿한 어른 여자는, 자신의 신상 이야기를 전부 들려주고 만 남자한테서는 멀어지려고 하는 법이다.

듣지 않았으면 좋았겠지만, 들어줄 수 있는 사람은 도미지로뿐이었다. 경단이 달고 짠 것처럼 사람도 상반되는 마음이 하나로 뒤섞여 있다.

그날 해 질 녘까지 도미지로는 오미요에게 들은 이야기의 그림을 그려 냈다. 노점도 꼬치경단도 아름다운 여자의 그림도 아니었다. 그건 전부 틀렸다.

대야에 담은 물 속에 잠겨 있는 마대.

이것이 이번에 딱 들어맞는 그림이야.

이게 비결이니까.

싸고 맛있는 경단을 만드는 비결이니까.

오미요. 건강하고 장사가 잘되기를, 꼭 행복해져 다오.

마음속으로 바라며 도미지로는 붓을 놓았다.

영혼 통행증

오전 열 시에 혼고쿠초 3번지에 사는 단골손님의 집에 배달을 하러 나갔다가 잠시 잡담을 하고, 돌아오는 길에 늦여름 한풀 꺾인 더위에는 반가운 수박 노점을 발견하여 달아 보이는 놈을 골라 낑낑거리며 미시마야로 돌아온 도미지로는 깜짝 놀라고 말았다. 뒷문 쪽 부엌 봉당으로 올라가면 바로 보이는 작은 방에서 어머니 오타미가 울고 있었던 것이다.

　──어머니?

　무슨 일일까 싶었지만 도미지로는 당장 말을 걸 수가 없었다.

　오타미는 단정하게 정좌하고 몸을 앞으로 수그린 채 양손으로 얼굴을 가린 모습이다. 양 소매는 어깨띠로 묶여 있어서 나이에 어울리게 살이 빠지고 주름이 지기 시작한 팔이 다 보이지만 전혀 신경 쓰는 기색도 없이 몸을 떨며 울고 있다. 부엌에도 작은 방에도 아무도 없고, 오타미는 이쪽에 등을 돌리고 있으니 도미지로가 부르지 않으면 알아채지 못할 것이다.

도미지로는 겨우 반각(약 한 시간) 정도 집을 비웠는데 그 사이에 무슨 일이 벌어진 모양이라고 짐작했다.

미시마야의 주인이며 도미지로의 아버지인 이헤에게 무슨 일이 일어난 걸까. 쓰러졌나? 아니면 여자가 있었다거나. 아버지가 첩을 두고 있었다면…… 아니, 그 정도로 어머니는 울지 않는다. 숨겨진 아이까지 있다면 울……지도 모르지만 그보다는 우선 화를 낼 것이다.

동그란 수박을 들고 우두커니 선 채 도미지로는 계속해서 생각했다. 어쩌면 형에게 무슨 일이 있었는지도 모른다. 장남인 이이치로는 스물네 살, 장사를 배우러 도리아부라초의 소품 가게 '히시야'에 고용살이를 나가 있다. 그쪽은 이이치로를 붙들어 두고 싶어 죽겠는 모양이지만 미시마야로서는 슬슬 돌아와 주었으면 좋겠다고 바라던 차였다.

도미지로 자신도 역시 수업으로 고용살이를 나가 있던 가게에서 싸움에 휘말려 크게 다친 경험이 있다. 덤불이나 풀 속 어디에 어떤 재난의 뱀이 숨어 있다가 갑자기 물어뜯을지 알 수 없는 것이 인생이라는 길의 무서운 점이다.

히시야는 가게도 크지만 셋집을 갖고 있어 유복한 집이다. 게다가 그것을 과시하는 편이다. 혹시 강도를 당했다거나? 미시마야도 하마터면 강도를 당할 뻔한 적이 있으니 히시야는 더욱 표적이 되기 십상이다.

아니면 화재? 니혼바시 쪽에서 불이 났다면 시침바늘의 머리만한 작은 불이 아닌 한 여기까지 화재를 알리는 종소리가 들리고 연기도 보일 테니 그것은 아니다. 아니겠지. 아닐 것 같다.

도미지로는 우두커니 서 있었다. 오한이 발끝에서 정수리까지 달려 올라온다.

작은 방 안에서 오타미가 몸을 일으키고 품에서 손수건을 꺼내더니 눈물에 젖은 얼굴을 닦고 깊은 한숨을 쉬었다.

"하아아."

무릎을 짚고 일어서면서 이쪽을 돌아본다. 그 얼굴에 웃음이 떠올라 있다. 자연스럽게 흘러나온 듯한 다정한 웃음.

도미지로가 잘못 본 것이 아니다. 방금 전까지 그렇게 울고 있었는데.

──어머니, 제정신인가?

막대처럼 우두커니 서 있는 도미지로를 알아차리고 오타미는 깜짝 놀라 뒷걸음질을 쳤다.

"어머나 세상에, 왜 그러니?"

도미지로는 아직도 목소리가 나오지 않는다. 머리까지 올라온 오한은 식은땀으로 변해 이마에서 뺨으로 줄줄 흐르기 시작했다.

"어, 어, 어."

어머니, 하고 부르고 싶을 뿐인데 말이 목구멍에 걸린다.

"어서 오렴, 도미지로. 심부름을 다녀와 준 게지? 그 수박은 웬 거니. 선물로 받은 거니?"

어머니. 겨우 목소리가 나왔다.

"왜, 우, 울고 계셨어요? 그렇게 몸을 떨면서."

어머나 세상에, 하고 오타미는 또 말했다. 아까와는 목소리가 다르다. 소녀처럼 부끄러워하고 있다.

"보고 있었으면 얼른 말을 걸어 주지 그랬니."

오타미는 활짝 웃으며 눈가를 손가락으로 눌렀다. 평소의 오타미를 아는 사람이라면, 아니 눈꺼풀이 어떻게 된 건가요, 라고 생각할 정도로 부어 있었다.

"기뻐서 운 거야. 좋은 일이 있었거든."

좋은 일? 그렇게 체면을 생각할 겨를도 없이 울어 버릴 정도로 좋은 일이란 뭘까.

"깜짝 놀라게 해서 미안하구나. 도미지로, 너도 침착하게 들으렴."

부엌 귀틀 있는 곳에 무릎을 모으고 앉아 오타미는 말했다.

"조금 전에 효탄코도에서 알리러 와 주셨어. 오치카가 아이를 가졌대."

순간 도미지로의 머리 꼭대기를 무언가가 꽉 움켜쥔 듯한 기분이었다. 붕 떠서 움직일 수 없고 입도 벌어지지 않는다.

"지난달부터 입덧이 시작되지 않았나 싶어서 짐작은 했다는데, 오늘 간이치 씨를 받은 산파가 와서 보아 주고는 경사가 틀림없다고 했다는구나."

내년 봄, 1월 말에서 2월 중순에는 태어나겠지——오타미의 목소리가 도미지로의 귀에 들어온다. 분명히 알아들을 수 있다. 오치카, 경사, 아기.

도미지로의 미인 사촌누이 오치카와 남편 간이치는 올해 초에 혼례를 올렸다. 지금 이 세상에서 가장 행복한 젊은 부부다.

이제 두 사람에게 더욱 큰 행복이 찾아왔다.

——오치카가 엄마가 된다.

도미지로는 그 자리에서 막대처럼 쓰러졌다.

"뭐, 이것도 달지만."

정원의 수풀을 향해 수박씨를 퉷 하고 뱉어 내면서 도미지로는 말했다.

"역시 내가 집에 오는 길에 산 게 더 달았을 거야. 냄새가 얼마나 좋았다고. 북처럼 통통 소리가 났거든."

흑백의 방 툇마루에 걸터앉아 섬돌 위에 맨발을 쭉 펴고 도미지로는 수박을 먹고 있다. 방 쪽에는 하녀 오시마와 오카쓰가 나란히 앉아서 그런 도미지로의 등을 바라보고 있다.

막대처럼 쓰러졌어도 다행히 크게 다치지는 않은 도미지로지만 들고 있던 수박은 봉당에 떨어져 허망하게 퍽 깨지고 말았다. 게다가 오타미의 큰 소리를 듣고 달려온 가게 사람들이 기절해 있는 도미지로를 어떻게든 하는 데 열중한 나머지 모두 함께 밟아 버리는 바람에 가엾을 정도로 형체조차 없이 사라졌다.

다시 깨어나자 도미지로는 "수박!" 하고 비명을 질렀다. 가까이 있던 행수 중 한 명의 멱살을 잡고 마구 흔들면서,

"수박! 오치카에게 수박을 가져다 줘야 해! 입덧에는, 그렇게, 물기가 많고 단것이, 좋단 말이야!"

좀 일으켜 줘, 내가 사러 갈 테니까, 수박이라면 아무거나 괜찮다는 게 아니야, 내가 발견한 그 노점, 거기 수박이 좋거든!

바둥바둥 날뛰어도 아직 다리가 풀려 있어 제대로 일어설 수가 없다. 별 수 없이 노점이 있는 장소를 자세히 가르쳐주고 사환 신타를 보냈다. 신타도 신타대로 오치카의 경사에 감개무량하여 울고 있던 참이어서 눈물과 콧물을 성대하게 흩뿌리며 심부름을 하러 달려갔다. 이웃 사람들은 참으로 진기한 구경거리를 본 기분이었을 것이다.

눈치 빠른 신타는 노점을 통째로 미시마야로 데리고 돌아왔다. 주인 이헤에가 직접 나가 남은 수박을 모조리 사들이자, 겨우 움직일 수 있게 된 도미지로는 그중에서 달아 보이는 놈을 고르고 골라, 그것을 대행수 야소스케가 효탄코도에 가져다주러 갔다.

그리하여 남은 수박을 가게 사람들끼리 먹게 되었기 때문에 지금 도미지로는 풉풉 하고 씨를 뱉고 있는 것이다.

도미지로는 방금 전까지 혼자서 흑백의 방에 틀어박혀 있었다. 경사의 기쁨을 곱씹기에 이 방보다 더 나은 곳은 없을 테니까. 3년 남짓, 오치카가 특이한 괴담 자리의 청자를 맡았던 방. 그 손

으로 청소를 하고, 도코노마에 족자를 장식하고, 꽃꽂이를 하고, 찾아오는 이야기꾼들과 마주했던 장소다.

툇마루에 앉아 멍하니 있자니, 실례합니다, 하며 오카쓰가 얼굴을 내밀었다. 손에 먹통을 들고 있다.

"도련님, 역시 여기 계셨군요."

오카쓰는 먹물을 흘리지 않도록 조심스럽게 방으로 들어왔다.

"저도 뭔가 하고 있지 않으면 춤을 추기 시작해 버릴 것 같아서 먹을 갈았어요. 이렇게, 가득."

도미지로로서는 오카쓰의 춤을 한 번 보고 싶었지만 가게 사람들이 기겁해 버릴 테니 먹통을 가득 채워 준 것이 다행이었다.

"지금의 기분을 그림으로 그리시겠어요?"

"아니, 지금 당장은 그만두겠어. 내 붓도 춤추기 시작할 것 같으니까."

둘이서 오치카의 추억 이야기를 하고 있는데 오시마가 쟁반을 들고 들어왔다. 쟁반 위에는 커다란 접시, 접시 위에는 빗 모양으로 자른 수박이 놓여 있다.

"역시 여기 계셨군요. 이 수박, 엄청 달아 보여요. 역시 도련님은 보는 눈이 있으셔요."

"수박을 보는 눈이라니. 채소가게에 데릴사위로 들어간다면 도움이 될 것 같군."

셋이서 수박을 맛보고, 도미지로는 씨를 풋풋 뱉고, 오카쓰는 느긋하게 눈을 가늘게 뜨고, 오시마는 코를 훌쩍훌쩍 훌쩍이며 오치카에 대해 이것저것 이야기를 나누었다.

오치카는 가와사키 역참 출신이다. 본가는 '마루센'이라는 여관을 경영하고 있다. 아버지와 어머니와 오라비가 있고, 소꿉친구인 약혼자가 있었다. 그러나 혼례를 목전에 두고 이 약혼자를 잃은 사건이 오치카에게는 운명의 갈림길이 되었다.

오치카가 미시마야에서 살게 되었을 때 도미지로는 아직 바깥에 고용살이를 나가 있었으므로, 사실 오치카가 얼마나 괴롭고 슬픈 마음으로 본가에서 도망쳐 나왔는지, 어쩌다가 혼례를 앞두고 약혼자를 잃었는지, 자세한 사정은 모른다. 다만 두 사람의 행복을 질투하는 남자가 있었고 그 남자가 오치카의 약혼자를 죽이고는, 이런 엄청난 짓을 저지른 까닭은 오치카가 자신에게도 마음이 있는 기색을 보였기 때문이다——라고 뻔뻔스러운 말을 지껄였다나, 그 말이 약혼자의 죽음과 비슷할 정도로 오치카를 깊이 상처 입히고 마음을 도려냈다나, 그런 것을 대강 알고 있는 정도다. 물론 이 일에 대해 오치카와 직접 이야기를 한 적도 없다.

오치카가 짊어진 어둠은 오치카에게밖에 보이지 않는다. 그 무게도 오치카만이 느낄 수 있다. 주위 사람들이 아무리 걱정하고 손을 내밀어도 그 어둠에는 실체가 없기 때문에 움켜쥘 수도 없고 만질 수도 없다.

오치카는 혼자서 일어서고 회복해야 했다. 그러기 위해 쓸 수 있는 힘은, 처음에는 겨자씨만 한 크기였으리라. 그 겨자씨를 잃어버리지 않고 소중하게 키워 가는——외톨이 오치카의 인내만

해야 하는 나날에 특이한 괴담 자리는 자못 큰 의미가 있었다.

도미지로에게는 훌륭한 아버지인 이헤에지만 결코 번드르르하게 말을 잘하는 사람은 아니다. 더 훌륭한 어머니인 오타미도 다른 사람을 돌보며 설교를 하는 데는 영 소질이 없다. 슬픔과 죄책감으로 기력을 완전히 잃은 오치카에게 대체 무엇을 어떻게 해주어야 할지 처음에는 부부도 난감했으리라. 그 곤혹도, 특이한 괴담 자리가 해결해 주었다.

급한 볼일이 생긴 이헤에를 대신하여 오치카가 흑백의 방에서 손님의 이야기 상대를 맡으며 특이한 괴담 자리는 시작되었다. 그런 우연이 없었다면 오치카의 상처가 낫지 않는 것은 물론이고 이헤에와 오타미도 함께 울적해지고 말아 가게가 기울었을지도 모른다──고까지 말하는 것은 반은 과장이고, 반은 진지한 이야기나. 그만큼 무겁고 성가신 어둠을 오치카는 짊어지고 있었다.

아니, 짊어지고 있다. 지금도.

분명히 평생 짊어지고 가겠지. 오치카는 자신의 등에 올라탄 어둠을 결코 잊지 않을 테니까. 다만 어둠에 삼켜지지 않고 자신의 인생을 다시 살기로 결의한 것이다.

효탄코도의 작은 나리 간이치를 만난 오치카는 그에게 시집을 갔다. 마음이 움직여 스스로 선택했다. 그야말로 틀림없는 인연이다. 이번에는 아기가 찾아온다. 오치카는 틀리지 않았다.

"오늘은 좋은 날이네요." 오카쓰가 부드럽게 중얼거렸다.

"……그러게."

고개를 끄덕이고 눈물로 뺨을 적시며 오시마가 수박을 베어 문다. 다네요, 하고 울음 섞인 목소리로 말했다.

"그야 당연하지, 내가 보는 눈이 있잖아."

도미지로는 뺨을 부풀려 힘껏 멀리까지 수박씨를 날려 보냈다.

"아무리 기뻐도 무사히 복대를 두를 때까지임신한 여성이 태아를 보호하기 위해 배에 천을 두르는 것으로 임신 5개월째의 술일(戌日)부터 둘렀다 너무 소란을 피우면 안 된다. 아기는 하늘에서 주시는 거니까."

오타미는 효탄코도에서 초대하지 않는 한 오치카에게 축하도 문안도 삼가겠다고 말했다. 안주인이 정한 일이니 미시마야의 누구도 거스를 수 없다. 도미지로 역시 달려가 오치카를 축하해 주고 싶은 기분을 삼켰다.

대신 해야 할 일이 있다.

"다음 이야기꾼을 불러야겠어."

오치카가 간이치와의 인연을 선택한 것처럼 도미지로도 자신의 의지로 특이한 괴담 자리의 청자를 물려받았다. 도미지로에게 이 선택은 틀리지 않았을까. 특이한 괴담 자리에 있어서 도미지로라는 청자는 틀리지 않았을까. 그것을 확인하기 위해서는 오로지 계속 이야기를 들을 수밖에 없다.

에도는 처서를 맞아, 드디어 아침저녁으로 벌레 소리가 들리게 되었다. 그러나 낮에는 아직 더위가 끈적하게 몸에 엉겨 붙는다.

그래서일까. 오시마가 흑백의 방으로 안내해 온 오늘의 이야기꾼은 하얀 바탕에 남색으로 물들인 유카타浴衣 여름철이나 목욕 후에 입는 면으로 된 홑옷를 입고 있었다. 물론 맨발이고, 상투를 감추듯이 수건을 접어 머리에 얹어 놓고 당초무늬의 보따리를 안고 있다. 내용물이 무거워 보이진 않는데…… 옷일까?

유카타는 새로 지은 지 얼마 안 된 듯하지만, 고작해야 산책이나 나갈 때 입는 옷이다. 격식을 차린 외출복은 아니다. 입추가 지나면 밖에 나갈 때 입는 옷으로는 계절에 맞지 않기도 하다.

하지만 이야기꾼 앞에서 도미지로의 머리에는 전혀 그런 생각이 떠오르지 않았다. 그만큼 멋있는 노인이었기 때문이다.

이쪽은 손님을 맞이하기 위해 비단옷을 입고 하얀 버선을 신었다.

자세히 보니 산뜻한 유카타의 무늬는 솔잎을 넣은 특이한 귀갑龜甲을 연결한 줄무늬고, 머리에 얹어 놓은 수건에는 그 솔잎을 싸리로 바꾼 무늬가 양쪽 끝에 들어가 있다. 유카타는 남색 무늬가 많고, 수건은 하얀 부분이 많다. 수수한 말차색 가쿠오비角帶 일본 전통 복식에서 착용하는 남자의 허리띠. 길이 1장 5척, 폭 6촌의 허리띠 천을 둘로 접어 빳빳하게 만든다의 매듭이 단정하게 위로 치켜 있는 것도 근사하다.

머리카락은 멋진 은발이고 눈썹도 거의 하얗다. 여름 끝자락의 바랜 노을에 자그마한 얼굴이 한층 더 꽉 죄어져 있다.

——참으로 세련된 할아버지가 아닌가.

힐끗 오시마의 옆얼굴을 엿보니 그리 감탄한 기색은 없다. 전에, 젊은 시절 파발꾼을 했었다는, 역시나 멋있는 이야기꾼이 왔

을 때는 알기 쉽게 흥분해 있었지만,

──그 사람은 더 젊었으니까.

이런 할아버지의 멋에 사로잡히고 마는 것은 여심이 아니라 남심 쪽일지도 모른다.

"계속 덥네요. 부채를 쓰시겠습니까."

공손하게 시중을 들려고 하는 오시마를 가볍게 손을 들어 제지하고 상좌에 앉은 할아버지는 주름진 얼굴에 웃음을 띠며 도미지로에게 절을 했다.

"죄송합니다, 오늘은 실례인 줄 알면서도 이런 옷차림으로 왔습니다."

쉰 목소리라고 할까. 술안주가 될 것 같은 목소리다.

"아아, 아니요, 아니요."

이번에는 도미지로가 흥분하고 말았으니, 오시마를 두고 웃을 수 없겠다.

"시원해 보이십니다. 이 자리에서는 손님이 기분 좋게 이야기해 주시는 것이 가장 중요하니까요──."

"오오, 그렇다면."

할아버지는 손짓까지 하며 크게 고개를 끄덕이더니 옆에 둔 당초무늬 보따리를 무릎 위로 가져왔다.

"괜찮으시다면 작은 나리도 이것을 입어 주시지 않겠습니까?"

과연, 할아버지가 보따리를 풀자 안에는 같은 색깔과 무늬의 유카타와 검붉은색의 가쿠오비가 들어 있었다. 유카타의 하얀 부분은 비칠 듯이 하얗고, 남색 부분은 선명하게 푸르고, 접힌 데가 빳빳하게 각이 져 있다. 새것인 듯하다.

"뭐, 대단한 의미는 없습니다. 다만 지금부터 제가 말씀드릴 이야기의 계기에, 이 색깔과 무늬의 유카타가 나와서요."

이 유카타를 입고 있으면 마음이 즐겁고 그립고 입이 풀려 이야기가 술술 나온다고 상대는 말했다.

재미있는 생각 아닌가. 이런 일도 처음이다.

"좋습니다." 도미지로는 무릎을 탁 쳤다. "그 꾸러미를 주시면 갈아입고 오지요. 오시마, 차와 과자를 내 줘, 이쪽은 으음……."

곧 이야기꾼이 자신의 콧등을 가리키며 유창하게 말했다. "저는 깃토미라고 불러 주십시오. 기쓰ᵏ와 토미ᵗ라고 쓰고, 줄여서 깃토미, 분명 언젠가는 길과 부가 보일 거라는 뜻입니다."

"그럼 깃토미 씨. 금방 돌아오겠습니다."

왠지 벌써부터 즐거워진 도미지로가 옆의 작은 방에서 서둘러 유카타로 갈아입었다. 오카쓰도 목을 움츠리고 웃음을 참으며 거들어 주었다.

"작은 나리, 잘 어울리십니다."

깃토미는 눈을 가늘게 뜨며 도미지로를 칭찬했다.

"귀갑을 연결한 줄무늬는 굵고 또렷한 줄무늬니까요. 작은 나리처럼 키가 크고 어깨가 넓은 남자가 입으면 아주 돋보이지요."

나쁜 기분은 들지 않는 도미지로지만, 쑥스럽다.

"깃토미 씨, 저는 작은 나리가 아니라 도련님이라고 불러 주십시오. 저희 가게의 후계자는 제 형이고, 저는 얹혀사는 밥벌레입니다."

"흐음, 이것 참 남자다운 벌레도 다 있군요."

도코노마의 족자에는 늘 그렇듯이 반지가 붙어 있다. 검게 옻칠을 한 통 모양의 화기花器에는 오카쓰가 기린초를 아무렇게나 던져 넣은 것처럼 꽂았다.

깃토미는 몸집이 작아서 도코노마의 반지가 마침 머리의 수건 위에 위치하게 되고, 이야기꾼의 왼쪽 어깨에서 기린초의 톱 같은 삐죽삐죽한 잎이 엿보인다. 그리고 이야기꾼의 표정이 유연하게 움직이면 기린초도 살짝 흔들린다. 웃거나, 눈을 가늘게 뜨거나, 뺨을 둥글게 부풀리거나, 살짝 혀를 차는 이야기꾼에게 기린초가 바싹 붙어 있다.

마주한 이야기꾼과 청자 앞에는 각각 보리차 찻잔과 수박을 담은 작은 접시가 놓여 있었다. 놀랍게도 깃토미가 가져온 수박이었다. 유카타와 마찬가지로 이야기 속에 나오는 것이라고 한다.

이야기하면서, 들으면서 먹기 쉽도록, 수박은 큼직한 주사위 모양으로 잘려 있고 이쑤시개가 곁들여져 있다. 사치스러운 방식이다. 한 입 깨물어 보니, 봉당에 떨어뜨려 깨져 버린 수박이 분명 이랬겠지——라고 할 정도로 달았다. 이 할아버지, 더욱더 얕볼 수 없다.

그렇게 두 사람은 잠시 동안 수박 담소를 즐겼다. 어떻게 단것을 알아보는지. 어디에서 난 수박이 맛있는지.

수박을 여름이 지나간 후에 간식으로 먹는 것은 기껏해야 시모 우사현재의 지바 현 북부 및 이바라기 현 일부를 가리키는 옛 지명 정도까지의 풍습이고, 더 북쪽으로 가면 계절이 끝나고 나서 오이처럼 소금에 절여 먹는다고 깃토미가 알려주었다. 된장국의 건더기로도 넣는다고 한다. 지식의 과시가 아니라 그렇게 먹는 수박은 맛있다는 실감이 담겨 있는 데에 도미지로는 마음이 끌렸다.

──이 사람도 견문이 넓구나.

실은 저도 옛날에는 파발꾼이었는데──라는 쪽으로 이어지려나. 아니면 널리 여러 지방의 풍물을 알 수 있는 장사나 생업은 무엇이 있을까. 설마 무사는 아니겠지만 영주 행렬 때마다 고용되는 주겐무가에서 일하던 종자. 무사와 허드레꾼의 중간에 위치하며 무가에 고용되어 잡역에 종사하였다이나 얏코무가의 하인. 일상적인 잡무 외에 주인이 행렬을 할 때 창이나 함을 들고 앞장서기도 했다일 수도 있겠다. 그 외에는 행상인, 돈야바에도 시대에 역참에서 사람과 말을 관장하던 사무소의 마부나 가마꾼, 뱃사공도 있으려나. 작은 배가 아니라 북국선北國船 동해 해운에서 사용하던 배의 뱃사람이라든가.

이런저런 생각을 하는 도미지로 앞에서 이야기꾼은 하얀 눈썹을 약간 움직이며 "자" 하고 말했다.

"우선은 도련님, 이 그릇의 수박이 물이 되어 버리기 전에 먹어 치우십시다."

둘이서 이쑤시개를 집어 수박을 입으로 가져갔다. 풋내는 없고 몸이 스르륵 무너질 것처럼 달다.

"……이렇게, 저는 몇 개의 수박을 먹어 왔을까요."

빈 접시에 이쑤시개를 내려놓으며 깃토미가 고개를 갸웃거린다.

"감사하게도 고희를 맞이했으니 말입니다."

일흔 살인가. 실로 그렇게 보이는 백발과, 도저히 그 나이로는 보이지 않는 맑은 눈동자.

"대략 일흔 개의 수박을 먹어 온 인생이라고 생각하면 수박 귀신이 베갯맡에 서 있어도 불평은 할 수 없겠지요."

스물두 살의 도미지로는 대략 스물두 개의 수박으로부터 저주를 받아도 어쩔 수 없다.

"잘 먹었습니다. 이렇게 맛있는 수박이라면 오늘 밤에 저주를 받아 가위에 눌려도 저는 참겠습니다."

와하하 하고 깃토미는 웃었다. 불쑥 손을 들어 머리 위의 수건을 들더니 입가를 가볍게 닦고는, 무늬 있는 부분이 예쁘게 보이도록 조심스럽게 다시 접었다.

"지금부터 말씀드리는 것은 55년 전, 제가 열다섯 살 때의 일입니다."

매끄럽게 꺼내는 말에는 막힘이 없다.

"시기는 지금보다 조금 전, 우란분_{음력 7월 보름에 조상의 명복을 비는 날. 음력 7월 13~16일 동안, 죽은 사람의 혼령을 사후의 괴로운 세계에서 구제하기 위한 불사가 열리며 성묘도 간다. 여러 종류의 곡물을 조상의 혼령 외에도 무연고자의 혼령, 아귀에게 공양하며 명복}

^{을 기원한다} 무렵이었습니다. 당시 우리 집 근처에도 계절이 되면 수박을 파는 노점이 나왔지만, 비싸서요."

쉽게 사먹을 수는 없었다고 한다.

"한데 그해 여름에는 다른 곳에서 받거나, 손님이 가져오거나, 우란분 때 제수로 쓸 거라며 아버지가 지갑을 털어 사 오거나 해서, 사오일 정도는 우리 집 부엌에 수박이 없는 때가 없었습니다."

그래서 매일 먹고 또 먹고 수박 껍질의 흰 부분도 앞니로 갉작 갉작 갉아 먹다가,

"아버지한테 너무 게걸스럽게 먹지 마라, 수박이 귀신이 돼서 나온다고 혼났지만 저는 어이가 없었습니다."

──수박 귀신이 이 세상에 어디 있어요. 아버지도, 더위를 먹어서 어떻게 된 거 아니에요?

"하지만 아버지는 매우 진지했습니다. 뭐, 물러설 수가 없게 되었을 뿐이겠지만, 수박도 살아 있는 것이니 심한 일을 당하면 귀신이 되어 나와도 이상하지 않다고 우기면서요."

마침 우란분 당일이었다고 한다.

"귀신은 어울리는 화제였군요."

도미지로의 말에 깃토미는 맵시 있게 하얀 한쪽 눈썹만 치켜 올려 보였다.

"마흔 줄인 아버지와 열다섯의 자식놈이 시비조로 말다툼을 할 일은 아니지요."

웃기고, 실없다.

"그런데도 아주 똑똑히 기억납니다. 그때의 아버지의 목소리나, 묘하게 엄숙한 표정이나, 발끈해서 대꾸하던 제 말이나."

──살아 있는 것이라면 무엇이든 귀신이 될 수 있어요?

"그럼 귀신이라는 건 사람만은 아닌 거냐, 채소나 생선 귀신도 있는 거냐, 바보 같지 않느냐, 하고요."

도대체가, 귀신이란 무엇이냐?

저세상에 갔다가 우란분 때 돌아오는 혼은 귀신이냐 귀신이 아니냐.

그러고 보니 저세상이란 어디에 있는 것이냐?

깃토미는 도미지로의 얼굴을 보며 미소를 지었다.

"애송이가 까다로운 말을 한 셈이지만 나중에 생각해 보면 그것이 모든 일의 마중물이 된 격이었습니다."

대체 무엇을 불러들인 것일까.

"이미 화재로 불타서 없어져 버렸지만 그 무렵 후카가와의 하마구리초 북쪽에 여자와 아이들이 주워 모은 조개를 사고파는 '바지락 어시장'이라는 작은 어시장이 있었습니다. 우리 집은 그 바로 옆에서 장사를 하고 있었지요."

싸구려 여관이었습니다──.

"씨름 선수가 세 명만 와서 발을 구르면 순식간에 무너져 버릴 듯한 허름한 여관인데 그럭저럭 컸기 때문에 방의 개수가 많은 것이 장점이었지요."

이름은 '가메야'라고 한다. 장사를 시작한 깃토미의 할머니 이름에서 유래한 것이다.

"아버지와 어머니, 저와 남동생 둘. 일가 다섯 명을 어떻게든 먹고살게 해 주고 있던 여관에."

약간 목소리를 낮추며 깃토미는 말을 이었다.

"진짜 귀신이 손님으로 묵었다는 것이, 이 이야기의 시작입니다."

*

우란분 16일에,
염라대왕님께 가려는데,
염주 끈이 끊어져서,
짚신 끈이 끊어져서,
나무석가여래, 합장하고 기도하네

후유키초 쪽에서 똑같은 유카타를 입은 여자아이들이 노래를 부르며 행렬을 지어 천천히 걸어온다.

해 질 녘까지 시간이 좀 있는 지금은 고마치 춤_{낮에 소녀들이 옷을 차려입고 줄을 지어 마을을 행진하고, 원을 그리며 돌며, 우란분 노래를 부르며 추는 춤}을 출 때다. 인근 마을 사람들이 모두 모이는 춤을 위해서는 자이모쿠초의 공터에 무대가 마련되어 있다. 그쪽에서도 곧 기리코 등롱_{정육}

면체의 각각의 모를 잘라 내 테두리를 만들고 종이를 바른 후 종이 또는 천을 가늘게 잘라 장식한
등롱과 제등에 불이 켜질 무렵일 것이다.

깃토미는 가메야 2층의 창가 난간에 기대어 처마 아래를 지나가는 여자아이들을 바라보고 있었다. 복잡하고 좁은 해자에 둘러싸인 바지락 어시장 일대에서는, 조금이라도 바람이 지나가면 축축한 바다 냄새가 난다. 고마치 춤을 추는 여자아이들이 나들이옷이 아니라 유카타를 맞추어 입고 있는 이유도 축축하고 무더운 우란분 때는 땀이 잘 흡수되어 편하기 때문이다.

우란분 때도 여관은 열고, 손님도 묵는다. 내일인 16일은 야부이리고용살이 일꾼이 정월 또는 우란분의 16일 전후에 휴가를 얻어 고향집에 돌아가는 것라, 둘 있는 하녀들이 쉬기 때문에 깃토미의 일이 늘어난다. 이렇게 춤을 구경할 수 있는 것은 지금뿐이다.

게다가 지금의 깃토미는 약간 흥분해 있었다. 스스로는 모르지만 얼굴이 빨개져 있을지도 모른다. 잠깐 바깥바람을 쐬고 나서 다시 일로 돌아가자.

한데 어째서 흥분했을까.

방금 전에 혼담이 들어왔기 때문이다.

중매인이 신상명세서를 내밀며 운운하는 격식을 차린 것은 아니다. 관리인의 안주인이 뒷문 앞에 서서 깃토미한테 어떨까 하고 이야기하고 갔을 뿐이지만, 상대가 상대였기 때문에 깃토미는 기뻐서 흥분했다.

──나, 색시를 얻는 거야.

이 근방에서는 이름난 미인을.

멍하니 넋이 나가 있는 사이에 고마치 춤의 행렬은 지나갔다. 가메야 처마 밑의 커다란 백지白紙 등롱은 축축하고 짠내 나는 바람이 불어도 미동조차 하지 않고 매달려 있다.

방이 많다는 것만이 장점인 낡아빠진 여관을 지탱하는 일꾼으로서, 열다섯 살의 깃토미는 훌륭히 제 몫을 해내고 있었다. 체격도 완력도 이미 아버지 도모키치를 웃돌았다. 무뚝뚝한 어머니 오타케에 비하면 훨씬 장사꾼다운 말도 할 줄 안다.

여섯 살과 네 살인 동생들은 걸핏하면 기치 형, 기치 형, 하며 따라다닌다.

오타케가 도모키치의 후처이고 장남인 깃토미와는 친부모자식 사이가 아님을 생각하면 참으로 얄궂다.

깃토미를 낳은 도모키치의 전처는 아직 깃토미가 젖먹이였을 무렵에 가메야의 단골손님 중 하나였던 도야마의 약장수 남자와 도망쳐 버렸다. 그 후로는 소식을 알 수 없다. 깃토미를 키워 준 사람은 당시 건강했던 도모키치의 어머니, 깃토미의 할머니인 오카메다.

할머니가 키운 아이는 쓸데가 없다. 항간에서 그리들 말하는 까닭은 조부모는 아무래도 손자의 어리광을 받아 주기 때문이다. 그러나 오카메는 전혀 달랐다. 깃토미는 굳이 말하자면 이 할머니에게 곱자'ㄱ'자 모양의 자로 얻어맞으며 자랐다.

자신이 나쁜 짓을 하지 않아도, 여관 일을 열심히 도와도, 서당에서 스승에게 칭찬을 받고 돌아와도, 오카메의 기분에 따라 얻어맞았다. 대개는 궁둥이였기 때문에 흉터는 거의 남지 않았지만 딱 한 군데, 오른쪽 팔꿈치에 자세히 보면 눈금까지 읽을 수 있을 만큼 또렷한 곱자 자국이 남아 있다.

한편 후처인 오타케는 깃토미가 여덟 살이 되던 해 초봄에 가메야에 고용살이를 하러 온 하녀였다.

어릴 때부터 고용살이를 전전해 온 고독한 처지인 데다, 어느새 스무 살이 넘어 한창때이기도 했다. 몸을 아끼지 않고 부지런히 일했지만 본인에게는 손해다 싶을 만큼 무뚝뚝하고 말씨가 거칠었다. 얼굴도 예쁘지는 않다. 그러저러해서 좀처럼 한 가게에 오래 있지 못하다 보니, 급료를 왕창 깎을 수 있어서 오카메가 고용한 것이다. 그렇다, 가메야 쪽도 오카메가 급료 주기를 아까워해서 좀처럼 고용살이 일꾼이 오래 붙어 있지 않았다. 이런 것을 그 밥에 그 나물이라고 하던가.

할머니 오카메는 엄격한 노인이지만 겉모습은 야위고 몸집이 작아 심약해 보인다. 그에 비해 신참인 오타케는 덩치가 컸다. 어깨가 두껍고 상박은 동글동글한데다 몸통은 어지간히 허리가 가는 여자의 두 배는 되었다. 살집이 좋아 뚱뚱하다. 좋은 음식을 먹으며 살아왔을 리가 없는데도, 아마 전생에 어지간히 선행을 쌓았나 보다.

당연히 오타케는 힘이 장사였다. 굵은 몸통에서는 굵은 목소리가 나왔다. 그리고 몇 번이나 끈질기게 말하는 것 같지만 무뚝뚝

하고 입이 험했다.

고용살이 첫날. 아침부터 일하기 시작한 오타케는 점심 무렵에 뒷마당의 빨래 너는 곳으로 나갔다가 깃토미를 곱자로 때리려 하는 오카메와 마주쳤다. 근처 서당에 갔던 깃토미는 점심을 먹으러 집에 돌아와 우물가로 가려는 참이었다. 서당에서 친구들과 장난을 치다가 소매에 커다란 먹물 자국을 만들었는데 할머니한테는 비밀로 하고 몰래 빨아 지울 생각이었던 것이다.

하지만 오카메에게 들키고 말았다. 오카메는 띠의 등 부분에 늘 곱자를 끼워 두고 깃토미를 때리려 할 때에는 재빨리 뽑아 든다. 마치 길거리 곡예사의 발도술拔刀術 같았다.

깃토미는 얻어맞는 데 익숙한 엉덩이를 내밀며 체념했다. 어제 저녁때에도 밥공기에 밥알을 하나 남긴 것을 눈치 채지 못하고 밥그릇을 씻으려다가 호되게 얻어맞은 참이라, 사실은 엉덩이를 때리는 것도 좀 봐줬으면 했다. 하지만 어깨나 등을 맞으면 웃어 넘길 수 없을 정도로 부어오르고 정강이를 맞으면 걸을 수 없게 될 정도로 아프다.

나무아미…… 하고 눈을 감으며 긴장한 채로 서 있는데,

"빌어먹을 할망구!"

하고 욕을 하는 굵은 목소리가 들려왔다. 처음 듣는 목소리다. 이어서 오카메가 꽥 하고 소리를 지르며 쓰러지는 기척이 느껴졌다.

"이런 걸로 아이를 때리다니, 당신 미쳤어? 얼마나 아픈지, 당

신도 때려서 알게 해 줄까?"

깃토미는 깜짝 놀라 돌아보았다. 오카메가 다리가 풀려 쓰러져 있고 그 위로 덮치다시피 하며 덩치 큰 여자가 오카메에게서 빼앗은 곱자를 쳐들고 있었다.

"자, 뭐라고 말 좀 해 보시지. 변명을 못 하겠다면 내가 때려 줄까? 엉덩이 껍질이 벗겨져서 피가 날 때까지 때려 줄까?"

굵은 목소리의 주인공인 덩치 큰 여자가 똑바로 오카메를 노려보며, 자 때린다, 하듯이 곱자를 쥔 팔의 팔꿈치를 당겼다.

"죄송해요, 죄송해요."

깃토미는 두 사람 사이에 끼어들었다. 정확하게 말하자면 앞으로 고꾸라지듯이 굴러 들어갔다.

"할머니를 때리지 마세요. 잘못한 건 나니까, 죄송해요, 용서해 주세요."

딸꾹! 분위기에 어울리지 않는 커다란 딸꾹질에 깃토미도 놀랐지만 곱자를 든 커다란 여자도 놀랐다.

딸꾹질을 하고 있는 사람은 오카메다. 눈을 까뒤집고 숨이 막힌 듯 얼굴이 새하얘져서, "딸꾹!"

너무 무서우면 딸꾹질이 날 때도 있는 법이다.

곱자를 들고 있던 커다란 여자가 팔에서 힘을 빼며 흐흥 하고 웃었다. 웃음을 띤 눈매는 상냥했다.

"죄송합니다, 마님."

곱자를 들고 있지 않은 쪽의 팔을 오카메에게 내밀며 오타케는 사과했다.

"일으켜 드릴 테니 붙잡으세요. 너도, 놀라게 해서 미안하구나. 나는 오타케라고 한단다. 오늘부터 가메야에서 고용살이를 하게 되었어."

오카메가 움츠러들어 움직이지 않자 오타케가 안아 일으켜 세웠다. 아기를 다루는 것처럼 가볍게, 아무렇지도 않게. 깃토미는 그 탄탄한 상박의 움직임에도, 남자 같은 말씨를 써도 전혀 이상하지 않은 오타케의 풍채에도 매료되고 말았다.

"앞으로 이건 네가 가지고 있으렴."

오타케는 깃토미의 눈앞에 곱자를 내밀었다. 깃토미는 곱자와 할머니의 얼굴을 번갈아 보았다. 설녀처럼 새하얀 얼굴을 한 오카메는 고집스럽게 곱자에서도 깃토미에게서도 눈을 돌린 채 굳어 있다.

"네가 가까이 두고 매일 밤 자기 전에 오늘 하루는 빌어먹을 할망구한테 이걸로 벌을 받을 만한 나쁜 짓을 하지 않았는지 생각해 보면 돼."

이 대화를, 오카메의 비명에 놀라서 달려온 도모키치와 우연히 그 자리에 있던 이웃 기름가게 주인이 듣고 있었다. 곱자를 받아 든 깃토미를 남겨 두고 오타케가 오카메를 짊어지다시피 하여 빨래 너는 곳에서 부엌으로 돌아가자, 기름가게 주인이 손뼉을 치며 칭찬했다.

"대단하구만. 다들 오카메 씨가 깃토미를 때리는 것을 말리고 싶다고 생각했지만 그럴 만한 배짱이 없었는데."

두 사람 다 오타케보다 몸집이 작은 남자다. 기름가게 주인은 흥분으로 콧등이 붉어져 있었지만, 도모키치 쪽은 얼굴이 경련하며 땀에 흠뻑 젖어 있었다.

오타케는 그대로 가메야에 눌러앉아 하녀로 일했다. 오카메도 도모키치도 허락했기 때문이다. 인근 사람들은 입 밖에 내지 않았을 뿐, 모두 기름가게 주인이 말한 대로 생각했고 그것이 무언의 압력으로 두 사람에게 작용하지 않았나 싶다.

거기까지는 자연스러운 감정으로 이해할 수 있다. 하지만 그다음부터는 조금 이해하기 어려워진다.

오타케가 가메야에 온 지 석 달 하고도 열흘 후에 오카메가 뇌졸중으로 쓰러져 사흘 밤낮을 혼절해 있다가 숨을 거두었다.

그 오카메의 첫 우란분재를 마치자, 도모키치가 오타케를 지저분한 계산대로 불러 자신의 후처가 되어 주었으면 좋겠다며 머리를 숙였다. 승낙해 준다면 하나 더, 남자 같은 말투도 그만둬 주었으면 좋겠다고 덧붙였다.

깃토미로서는 다행스럽게도, 오타케는 도모키치의 제안을 받아들였다. 말투도 점차 바뀌어, 깃토미를 '깃짱'이라고 부르게 되었다.

도모키치와 오타케는 벼룩 부부다. 웃음이 나고 말 정도로 체격 차이가 있다. 그러나 사이는 좋다. 경위를 돌이켜보면 오타케가 놀라게 한 탓에 도모키치 어머니의 수명이 줄었다고 생각할 수도 있지만 도모키치는 오타케를 소중히 여겼고 오타케도 도모 치키를 살뜰히 대했다.

아이였던 깃토미에게 오타케는 뜻밖에 나타난 구세주이고, 기분을 상하게 하거나 나쁜 짓을 하면 오카메 할머니보다 더 엄하게 꾸짖는 염라대왕님이기도 했다.

다만 오카메와 달리 오타케는 자신의 기분에 따라 야단치거나 하지는 않았다. 야단을 칠 때는 반드시 이유가 있고, 아무리 심하게 야단을 쳐도 결코 손을 드는 일은 없었다.

다만 말은 거칠고 입은 험하다.

──네 배 속에는 벌레가 들끓는 게냐!

──그런 것도 못 하겠으면 차라리 죽어. 텅 빈 머리를 잡아 뽑아 줄까!

──말을 안 들으면 목에 밧줄을 매어 대들보에 매달아 주마!

──얼른 안 하면 도끼로 팔을 잘라 버릴 거야!

화가 나면 무서운 말을 아무렇지도 않게 한다. 여기에는 깃토미는 물론이고 도모키치조차 벌벌 떨 때가 있었다.

"우리 집에서 제일 큰 것도, 제일 높은 것도 마누라야."

도모키치는 친한 사람들에게 때로는 몸을 움츠리며, 때로는 자랑스러운 듯이, 때로는 부끄러운 듯 웃으며 말했다.

오타케는 오타케대로 자신의 말이 거칠다는 사실을 똑똑히 자각했고 부끄러워하기도 했다. 가능한 한 큰 목소리를 내지 않으려 말수를 줄이고자 노력했지만 매일 여관 일에 쫓기며 깃토미를 비롯해 세 사내아이의 어머니가 되니 역시 그렇게 우아하게 입을 다물고 있을 수는 없었다. 도로아미타불이 되고는 반성하고, 또 도로아미타불이 되고는 반성한다. 한편으로 직접 피해를 입는 당사자가 아닌 이웃 사람들은 오타케의 욕설 섞인 고함 소리가 들려오면 왔다! 하며 모여들어 유쾌해하거나 며칠씩 술안주로 삼아 즐기곤 했다.

점차 성장해 감에 따라 깃토미는,

──아버지는 이상한 남자.

──어머니는 강한 여자.

라고 이해하게 되었다.

다만 2년쯤 전인가. 동생들의 땀띠가 심해져 마침 여관에 머물던 도야마의 약장수와 상의하여 고약을 받은 오타케가 좋아하고 있자니, 기분이 나빠진 듯한 도모키치가 저녁도 먹지 않은 채 심통을 내며 드러누워 버린 적이 있다.

그날 밤 늦게, 동생들을 재운 이불 옆에서 소곤거리는 부모의 대화를 깃토미는 엿들었다. 안 된다고 생각은 했지만 죄송합니다 죄송합니다 하고 손을 모으며 무더운 복도에 숨어서 듣고 말았다.

도모키치는 오타케에게 전처가 남자와 도망친 사연을 털어놓았다.

오타케는 몰랐다면서, 그럼 당신이 도야마의 약장수를 보고 좋은 기분이 들지 않는 것은 당연하다, 용서해 달라며 사과했다. 아니, 당신 몰랐소? 들은 적 없어요. 어머니한테 못 들었소? 어머님은 나를 무서워했는걸요. 그런 말은 안 하세요.

오타케의 말에 도모키치가 웃음을 터뜨렸다.

──그렇군. 당신, 어머니의 손에서 곱자를 빼앗아 얼마나 아픈지 때려서 알게 해 주겠다고 위협했으니까.

──이제 그 얘기는 하지 마세요. 지금 생각하면 미안해서 죽을 지경이에요.

──아니, 아니, 조금도 미안할 것 없소. 그게 깃토미를 구해 준 거니까.

도모키치는 소곤소곤 말을 이었다.

──깃토미는 도망친 마누라와 얼굴이 닮았거든. 그래서 어머니는 나한테 창피를 주고 사라진 마누라한테 화내는 대신, 코앞에서 마누라를 빼앗긴 멍청한 나한테 화내는 대신, 깃토미한테 화를 내고 꾸짖는 것으로 어떻게 할 수도 없는 울분을 풀고 있었던 거요.

그만두게 해 주어서 다행이오. 그대로 계속했다면 어머니는 정말로 지옥에 떨어질 뻔했어.

──깃짱의 얼굴은 지금도 낳아 준 어머니와 닮았나요?

──신경 쓰이오?

──그야, 깃짱이 불쌍하니까요.

──그렇다면 걱정 마시오. 열 살이 지나니 얼굴이 바뀌어서 지금은 오히려 제 할머니를 닮았소.

──말한 적은 없었지만 깃토미는 좋은 이름이에요.

──우리 아버지가 지어 주었소. 욕심 많은 이름이지.

거기까지 훔쳐듣고 자신의 침상으로 돌아간 깃토미는 이불을 뒤집어쓰고 조금 울었다.

이렇게 가메야는 일가 다섯 명. 이상한 남자인 도모키치와 강한 여자인 오타케와 돌아가신 할머니를 닮은 깃토미와 오타케를 닮아 덩치가 커질 것 같은 동생들이 떠들썩하게 살아왔다.

올해도 우란분이 오고 천천히 여름이 지나간다.

──올해 우란분은 홀몸이지만 내년 우란분 때는 내게도 아내가 있어.

창의 난간에 기대어 깃토미는 저도 모르게 실실 웃었다. 게다가 미인 아내라고!

관리인의 안주인이 가져온 혼담은 깃토미에게 사가초의 숯가게 딸 오유를 아내로 주면 어떨까 하는 것이었다. 이 숯가게는 가메야를 비롯하여 근처의 여관이나 상인 숙소와 교류가 있는 가게로, 이쪽의 사정을 잘 알고 있다.

오유는 깃토미보다 한 살 위, 피부가 희고 갸름한 얼굴에 머리카락이 매끄러운 미인이다. 가게의 장사를 돕느라 숯가루에 범벅이 되어 있어도 오히려 흰 피부가 도드라져 보인다.

깃토미와 오유 사이에는 친분이 없다. 다만 오유와 오타케는 같은 샤미센 스승 밑에서 배우고 있고, 숙모와 조카 정도로 나이 차이가 나는데도 어찌 된 셈인지 죽이 맞는 듯 사이가 좋다. 이번

혼담도 실은 오유가,

"오타케 씨가 시어머니가 되어 준다면 안심하고 시집갈 수 있을 거예요."

라고 한 말이 씨가 되었다. 즉 오유가 한눈에 반한 사람은 오타케이지 깃토미가 아니다.

관리인 부부는, 연습 동무로 사귈 때에는 마음이 맞아도 시어머니와 며느리 사이가 되면 다를 수 있다, 오히려 어려울지도 모른다고 한껏 겁을 주었다고 한다. 그래도 오유는 말을 듣지 않는 모양이다.

오타케가 샤미센을 배우기 시작한 것은 재작년 가을부터다. 싸구려 여관의 안주인인 주제에 무슨 샤미센이냐고 말하는 오타케를, 도모키치가 설득해 다니게 되었다.

——당신은 손이 크고 몸이 튼튼하고 어지간한 여자한테는 없는 힘이 있소. 선생님이, 자루가 굵은 샤미센도 틀림없이 잘 켤 수 있을 테니 가르치고 싶다더군.

샤미센 스승과 도모키치가 사귀고 있어서 가메야의 수입을 사례의 형태로 스승에게 바치고 싶었다——라는 뒷사정 따위는 없다. 이 스승은 주름이 쪼글쪼글한 노파고, 도모키치는 정말로 오타케의 샤미센을 듣고 싶은 마음뿐이었다.

오유는 그런 부부의 모습도 동경하고 있다고 한다.

——물론 깃짱이 성실하고 부지런한 사람이라는 것을 알고 있어서 혼인을 할 거라면 그런 남자가 좋겠다고 하네.

도모키치에게는 굴러 들어온 호박이다. 멍하니 서 있는데 모란 꽃처럼 아름답고 요염한 호박이 머리 위로 떨어져 내렸다는 느낌이 든다.

저도 모르게 흐물흐물해져 실실 웃고 말았다.

그러다가 침을 흘리지는 않았는지 당황하며 입가를 눌렀다. 고마치 춤은 어느새 지나가 버렸다. 이층에서 내려다보이는 가메야 앞의 길에는 지나가는 사람이 없다.

지금 깃토미가 있는 2층 방은 가메야에서 가장 넓다. 여섯 평이나 된다. 물론 객실로서는 많은 사람들을 한데 몰아넣어 쓰기 때문에, 벽장에는 이불과 베개와 머릿병풍이 몇 개나 갖추어져 있다. 우란분 전에는 단체 손님으로 북적여 벽장의 내용물이 엉망이 되므로 정리하려고 계단을 올라왔더니 마침 여자아이들의 노랫소리가 다가온 것이었다.

그런 사정이라 이 방에도 아무도 없다. 깃토미 혼자뿐이다.

그런데도 어디에선가 누군가가 보고 있는 듯한 기분이 든다.

누굴까, 누구냐. 아버지나 어머니인가, 하녀 아주머니들인가. 누구든, 아까의 실실 웃으며 침을 흘릴 뻔한 얼굴을 보았다면.

——깃짱도 참, 벌써 꿈을 꾸는 것 같은 기분이네.

엄청나게 거북하다.

누구냐, 나를 보고 있는 건. 깃토미는 재빨리 돌아보았다. 아무도 없다. 빙글 몸을 돌려 반대쪽을 향했지만 역시 아무도 없다.

기분 탓일까. 넋을 놓고 흥분해서일까. 오유를 생각하니 심장이 두근두근 빨라지고 몸이 뜨겁고 눈이 젖어서.

꼴사납다고, 깃토미 씨.

"그렇게 들떠 있지 마."

깃토미는 소리 내어 스스로에게 타이르고 양손으로 가볍게 뺨을 철썩 때리고는 벽장을 정리하기 시작했다.

그때 등 뒤에서 누군가의 시선이 느껴졌다. 작업을 하면서 한두 번 돌아볼 정도로 확실하게.

뭐야, 아무래도 으스스한데. 깃토미는 소리를 내어 벽장 문을 닫고는 방을 가로질러 복도로 나갔다. 오른쪽으로 나아가면 계단이 있다. 난간이 상해 헐거워져서 세게 움켜쥐면 난간째 1층으로 굴러 떨어질 위험이 있다. 단골손님은 모두 그것을 잘 알고 있다.

그 난간을 붙잡고, 삐걱. 계단 맨 윗단에 발을 내려놓았다.

마침 그때 밥상을 몇 개나 겹쳐 든 오타케가 계단 아래를 지나갔다.

깃토미는 내려다본다. 어머니는 올려다본다.

"아아, 깃짱, 마침 잘됐다. 이 밥상──."

거기에서 오타케의 말이 끊겼다. 깃토미의 계모는 동생을 둘 낳은 지금도 살집이 두텁고 터질 듯한 생기로 넘치는 덩치 큰 여자다. 멈추어 서 있으면 계단 아래의 좁은 한쪽 모퉁이를 다 차지하고 만다.

그런 오타케의 온몸이 부들부들 떨렸다. 그러더니 기세 좋게 밥상을 내던졌다.

"너, 이 빌어먹을 계집!"

내던져진 밥상이 아직 공중을 춤추고 있는 사이에 오타케는 으르렁거리며 계단을 뛰어 올라왔다.

"깃짱한테 무슨 짓을 하려는 거냐, 이년아!"

오타케의 통쾌한 욕설을 잘 알고 있는 깃토미도 혼비백산하고 말았다. 계집? 년? 어? 나를 말하는 건 아니겠지? 어머니, 왜 화가 난 걸까?

뛰어 올라온 오타케는 깃토미를 감싸듯이 아랫단으로 끌어내리고 자신이 위로 나섰다. 기세가 지나쳐 깃토미는 계단에서 밀려 떨어질 뻔했다.

"어머니, 위험해요!"

오타케를 붙잡으면서 오타케를 말린다. 오타케는 계단 위, 방금 전까지 깃토미가 서 있던 곳을 응시하며 당장이라도 물어뜯으려는 듯이 이를 드러내고 있다.

뭐라는 거야?

오타케의 눈을 좇다가, 깃토미는 입에서 혼이 튀어나와 버릴 정도로 놀랐다.

계단을 끝까지 올라간 곳의 천장에, 하얀 가타비라_{안감을 붙이지 않}고 명주실이나 삼베로 지은 홑옷를 입은 여자가, 엎드려 달라붙어 있다. 머리만 쳐들고 이쪽을 보고 있는데, 거꾸로 된 얼굴을 반쯤 덮으며 흐트러진 긴 머리카락이 흘러 떨어지고 있었다.

한순간 그 머리카락 틈으로 빛나고 있는 눈이 깃토미의 눈과 딱 마주쳤다.

"깃짱, 깃짱, 정신 차려!"

오타케의 굵은 팔에 안긴 깃토미는 멋지게 거품을 물고 실신했다.

"이 나이까지 모든 부끄러움을 아무렇지도 않게 여기며 살아온 저지만."

다시 접은 수건을 이마 위에 가볍게 올려놓고 깃토미는 매우 진지한 얼굴로 말을 이었다.

"게처럼 거품을 뿜으며 쓰러져 꼴사나운 모습을 보인 적은 그때 한 번뿐이었습니다."

기절했다가 깨어나니 아버지, 어머니, 두 동생과 매일 장사를 하러 오는 멜대 생선 행상 아저씨가 깃토미를 둘러싸고 앉아서 내려다보고 있었다.

"묘하게 비린내가 나서 이게 무슨 냄새인가 싶었는데 멜대 행상 아저씨가 무릎베개를 해 주고 있더군요."

여자 귀신과 눈이 마주친 대목에서는 무섭다고 생각했지만 이야기꾼의 말씨가 가볍고 재미있어서 도미지로는 저도 모르게 미소를 짓고 말았다.

"왜 어머니의 무릎베개가 아닌가 했더니 어머니에게는 좌우에서 동생들이 달라붙어 있었어요. 둘 다, 죽어도 떨어지지 않겠다는 표정으로 말이지요."

"무슨 일이 있었는지, 오타케 씨가 사람들에게 이야기한 모양이로군요."

"예. 어머니 본인은 거북한 얼굴로 풀이 죽어 있고, 아버지는 술을 데울 때 쓰는 술병처럼 머리에서 김을 피워 올리고 있었습니다."

"예? 화가 나 있었던 겁니까?"

도미지로의 물음에 깃토미는 쓴웃음을 지으며 뺨을 누그러뜨렸다.

"아까 말씀드렸다시피 아버지와 저는 귀신 운운하며 말다툼을 한 지 얼마 되지 않았으니까요."

──내가 하는 말은 농담으로 여기고 바보 취급한 주제에, 이번에는 뭐냐, 여자 귀신을 보았다는 소리나 하고.

"아하, 도모키치 씨는 깃토미 씨가 장난을 치는 거라고 여겼군요."

"예, 제가 야단스러운 이야기를 지어낸 거라고 굳게 믿고 있었습니다."

"오타케 씨도 보았는데……."

"그렇긴 합니다만. 우리 아버지는 좋은 아버지였지만 좀 특이한 사람이었으니까요. 기분파에, 뭔가 굳게 믿고 우기기 시작하면 남의 말은 듣지 않을 때도 많았습니다."

남의 말을 듣지 않는 사람이기 때문에 주위에서는 꽤나 반대했을 텐데도 오타케를 후처로 들일 수 있었던 거겠지만.

"그렇게 되어 버리면, 시간이 지나 본인도 지치고 자연스럽게 기분이 나아질 때까지 누가 무슨 짓을 해도 소용이 없었어요."

착한 사람이지만 다루기 어려울 때도 있는 남자라는 사실을 잘 알고 있기 때문에, 둘 사이에 낀 오타케도 얌전히 풀이 죽어 있었던 것이다.

"하녀 아주머니들은 마침 밖에 나가 있었는지 모습이 보이지 않았어요. 멜대 행상 아저씨가 들러 주어서 다행이었지요. 가족들밖에 없었다면 아버지가 점점 더 화를 내서 감당할 수 없게 되었을 테니까."

하지만――하며 깃토미는 눈을 가늘게 떴다.

"깃짱, 여관 장사에 귀신 이야기는 지장이 된다. 너도 후계자이니 장난치지 마, 하고 아저씨한테 설교를 들은 건 지금 다시 생각해도 화가 치밉니다."

깃토미는 정말로 여자 귀신을 보았고 기절할 정도로 무서웠는데. 똑같이 무서웠을 텐데도 깃토미를 지키려고 해 주었던 계모 오타케가 눈앞에서 야단 맞는 모습을 지켜보는 것도 분했으리라.

"재미없는 장난을 친 벌로 아버지는 제게 오늘 밤에는 봉오도리_{우란분이 7월 13일부터 16일에 걸쳐 죽은 사람을 맞이하고 그 혼을 달래기 위해 여러 사람이 노래에 맞추어 추는 춤}에 가지 말고 혼자서 집을 보라고 명령했습니다."

그날 가메야의 투숙객은 한 명밖에 없었기 때문에 하녀 아주머니들이 고향에 가 버려도 여관을 지킬 사람은 한 명이면 충분했다.

"하지만 자이모쿠초의 무대를 둘러싸고 추는 춤에는, 그……
제 혼담 상대인 오유도 올 터인데,"

그야 보고 싶었겠지.

"아버지도 이미 알고 제게 봉오도리에 가지 말라고 명령한 것
이라 저는 조바심이 났지요."

"화가 난 나머지 도모키치 씨가 깃토미 씨의 혼담을 거절해 버
릴지도 모른다거나?"

"잘 아시는군요, 도련님."

깃토미 할아버지의 얼굴에 젊은이였을 무렵의 싱그러운 표정
이 한순간 스친다.

"기우라고 웃으려면 웃어도 되지만 저는 살아 있는 것 같은 기
분이 아니었어요."

무슨 말인지 알았지만 도미지로는 즐겁게 웃었다. 깃토미도 목
을 움츠리고 웃으며,

"뭐, 그 투숙객 덕분에, 말장난이 아니라 정말로 살아 있는 것
같은 기분이 들지 않는 것을 찬찬히 만나 뵙는 처지가 되었지만
말이지요."

싸구려 여관을 '장작값 숙소'라고 부르는 까닭은 음식이나 침구
등 숙박에 필요한 것은 손님이 직접 가져오고 숙소 측에서는 장
작값 정도만 받기 때문이다.

숙소에 따라 다르기는 하지만 엄격하게 통행증을 검사하는 등

의 수고는 들이지 않는 곳이 많다. 이런 싸구려 숙소에 묵는 사람은 여러 곳에서 에도 시중으로 오는 행상인들로, 대개는 단골이 되어 주기 때문이다. 숙소 쪽도 손님이 부탁하면 이것저것 융통을 해 준다. 싸구려 장사지만 숙소와 손님 사이의 관계로 성립하는 것이다.

하지만 그해의 우란분 중에 딱 한 사람 가메야에 묵고 있던 남자 손님은 드물게도 완전히 처음 보는 얼굴이었다.

그는 깃토미가 아버지에게 벌을 받기 전날, 그러니까 14일 해질 녘에 갑자기 묵고 가겠다고 청해 왔다.

이 손님은 매우 보기 드문 풍채를 하고 있었다. 키는 보통이지만 말랐다기보다 차라리 뼈와 가죽만 남은 듯했다. 얼굴과 팔다리는 구석구석까지 볕에 그을렸고, 머리카락을 짧게 깎았다. 이마는 주발 밑바닥처럼 튀어나와 있고 콧날도 오뚝하지만, 무엇보다 하얀 이가 몹시 눈에 띈다. 행상인 같은 짐은 짊어지고 있지 않고 봇짐 하나만 멘 가벼운 몸이었다.

그렇다 보니 나이도 생업도 짐작이 가지 않고 왠지 모르게 수상해 보여서 오타케가 아니라 도모키치가 상대했다. 그로서는 보기 드물게 딱딱한 말투로 "통행증 있으십니까" 하고 물으니 "예, 여기" 하며 볕에 그을린 남자가 품에서 꺼내 보인 것은 두루마리로 몇 겹이나 접어 봉한 한 통의 문서였다. 복잡한 문양이 도드라진, 붉은 밀랍으로 봉해져 있다.

"이래서는 열어 볼 수가 없는데요. 혹시 파수꾼 대기소에서 뭔가 물으면 성가셔질지도 몰라요."

"알고 있습니다."

손님은 새하얀 이를 보이며 싱긋 웃고는 머리를 숙였다.

"보시다시피 저는 아무것도 가져오지 못했습니다. 돈은 낼 테니까 음식과 침상을 좀 마련해 주실 수 없겠습니까."

목소리를 듣고서야 젊다는 사실을 알 수 있었다. 고작해야 이십 대 중반, 상쾌한 목소리다.

깃토미는 손님이 발을 씻을 대야를 내 주기 위해 바로 옆에서 대기하고 있었다. 그래서 목소리가 똑똑히 귀에 들어왔다.

──어, 이 사람 뭐지.

바싹 탄 것처럼 야위고 새까맣게 그을어 있는데 목소리만 배우 같다.

도모키치도 놀랐는지 손님의 얼굴을 새삼 뚫어져라 바라보았다.

"그건 상관없지만 손님, 돈이 있다면 더 좋은 숙소로 가면 되지 않습니까?"

"그렇게 사치를 할 수 있는 신분은 아닙니다. 사실은 에도에서 묵을 생각도 없었지만 상태가 안 좋아져서요."

"아프십니까?"

"아니요, 저는 밤소경이라."

"아아, 그거 불편하시겠군요."

밤소경은 어두워지면 눈이 잘 보이지 않게 되는 병을 말한다.

제대로 먹지 못한 탓에 생기는지라 에도 시중에는 좀처럼 없지만 지방에 가면 드물지도 않다. 손님인 행상인들로부터 각 지방과 해당 지역의 여러 풍물을 선물 대신 듣는 일도 여관 장사의 즐거움이라 도모키치는 그럭저럭 견문이 넓었다.

"그리고 제 머리가 수상해 보이시겠지만."

볕에 그을린 남자는 상투도 살쩍도 없는 머리를 자신의 손으로 쓸어 올려 보였다.

"요전의 여행 때 묵었던 숙소에서 이가 옮아서요. 좀처럼 퇴치가 되지 않아 머리카락을 밀어 버렸습니다. 간신히 이만큼 자란 참이지요."

"우리 여관에는 이는 없어요." 도모키치는 무뚝뚝하게 말했다. "그럼 손님은 아래층 방이 좋겠군요."

볕에 그을린 남자는 물었다. "이 여관에는 동숙객은 없겠지요."

"예?"

"달리 묵고 있는 손님은 없겠지요. 방은 전부 비어 있겠지요?"

"우란분이니 이제부터 손님이 올지도 몰라요. 평소 같으면 반은 찹니다."

도모키치의 말이 완전히 거짓은 아니지만 반쯤은 과장이다.

"그렇군요. 기분 상하셨다면 죄송합니다."

볕에 그을린 남자는 이번에는 웃음을 거두고 정중하게 머리를 숙였다.

"저는 성가신 성격이라 동숙객이 있으면 잠을 못 잡니다. 그래서 이 여관에 들른 거지요. 지금부터 새로운 손님이 올 것 같으면 가능한 한 떨어져 있고 싶습니다. 좁고 더러워도 상관없으니 어딘가 구석진 방을 주십시오."

솔직하고 기특한 말투라 도모키치도 독기가 빠진 기색이다. 아버지의 안색이라면, 깃토미는 옆방에서 정도가 아니라 반 정쯤 떨어진 곳에서도 읽어낼 수 있다.

"아버지, 그럼 소나무방으로 하지요."

깃토미는 대야를 들고 앞으로 나섰다.

"제가 안내할게요. 손님, 각반을 풀고 발 먼저 씻으시지요."

소나무방이라는 그럴싸한 이름의 방은 없다. 북쪽의 한 평 반 짜리, 축축해서 쓸모가 없는 빈 방을 말한다. 작년 장마 때 어디에선가 빗물이 스며들어 회반죽을 바른 벽에 커다란 얼룩이 생겼다. 한데 얼룩의 모양이 가지를 멋지게 뻗은 소나무처럼 보여서 가족들 사이의 우스갯소리로 '소나무방'이라고 부르고 있을 뿐이다.

볕에 그을린 남자는 그런 한 평 반짜리 방에 기분이 상했다는 기색도 없이, 이거라면 차분하게 잘 수 있겠다며 기뻐했다. 깃토미에게도 정중했다.

"갑자기 찾아와서 제멋대로 구는 무례한 놈이지만 시치노스케라는 그럴싸한 이름이 붙어 있답니다."

말씨에는 어미가 내려가는 독특한 사투리가 있지만 신경 쓰일 정도는 아니었다. 오히려 말씨에 품위가 있어 느낌이 좋다.

꼬치꼬치 캐묻는 기색으로 비치지 않도록 빙 둘러 생업을 물어 보니 선선히 가르쳐 주었다.

"저는 붓가게의 대행수입니다."

고향은 붓의 명산지라고 한다. 그렇다, 이때 시치노스케는 '고향'이라고 했고 지방이나 번의 이름은 말하지 않았다. 이어지는 대화에서도 마찬가지였다.

"에도의 저택에서 정실 마님이나 도련님, 아가씨들이 글씨 연습에 사용하시는 붓은 오래도록 우리 가게에서 직접 납품하고 있어서요, 1년에 몇 번 가져다 드리러 갑니다."

지금은 배달을 마치고 돌아가는 길이라 빈손이라고 한다. 이번에는 '우리 가게'다. 가게 이름을 말하지 않았다.

행상인이나 장사 때문에 여행을 하는 상인도 제각각이라 숙소에서 요란하게 선전하며 장사를 하려는 자가 있는가 하면, 주의 깊고 입이 무거운 자도 있다. 시치노스케는 입이 무거운 축에 속하겠지만, 그렇다면 에도 번저에 물건을 납품하러 갔다 왔다는 말을 하는 것은 경솔하다.

──사실이 아니겠지.

깃토미도 아내를 맞이하려는 나이다. 싸구려 여관 일도 꽤 오랫동안 해 왔다. 이 정도는 느낌이 딱 온다. 애당초 통행증을 요구했을 때 보여준 문서도 미심쩍고, 눈치가 빠른지 어떤지를 따지기 이전에 시치노스케라는 이름도 본명인지 수상하다.

혹시 성가신 일이 생기지나 않을까 싶어서 깃토미는 걱정이 되었다.

"그럼 내일 떠나십니까?"

"그럴 생각이었는데 눈이 좀 불안해서요……."

자세히 물어보니 시치노스케는 늘 밤눈이 어두운 것은 아니고 밤소경이 되어 버릴 때는 낮에도 눈의 상태가 좋지 않다고 한다. 사물이 이중으로 보이거나 흐릿하거나 원근을 알 수 없게 된다나.

"이렇다 할 약도 없어서 나을 때까지 쉬는 방법뿐입니다. 몇 박 더 신세를 지게 될 것 같으면 일찌감치 말씀드리겠습니다."

눈의 상태는 진짜인가 보다. 실제로 긴 복도를 구불구불 걸어 소나무방에 다다를 때까지 시치노스케는 손으로 벽을 더듬거나 단차 때문에 넘어질 뻔하기도 했다.

"그런 일이라면 걱정하실 필요도 없습니다. 손님이 여기라도 좋으시다면 얼마든지 묵고 가십시오."

"고맙군요. 그래도 된다면 감사한 일입니다."

"한데 손님, 오늘 중에는 다른 손님이 없다는 걸 어떻게 알았습니까?"

새삼 묻는 말에 놀란 모양이다. 시치노스케는 비딱한 눈으로 깃토미의 얼굴을 보았다.

──와, 검은자위가 커!

가까이서 들여다보니 본인의 말과는 반대로 엄청나게 잘 보일 것 같은 눈알이다.

하얀 이를 보이며 시치노스케는 대답했다.

"빨랫대에도 창문의 난간에도 빨래가 걸려 있지 않았으니까요."

수건 한 장 널려 있지 않았다고.

"그래서 어림짐작으로 말씀드려 봤습니다."

그런가. 그랬던가. 깃토미는 일부러 밖에 나가 확인해 보았다. 확실히 가메야의 정면에는 빨래가 보이지 않았다. 처마 끝의 백지 등롱이 엄청나게 위세를 떨치고 있다.

——어림짐작, 이라.

이 또한 사실이라는 느낌이 들지 않는 것이 스스로도 묘하게 여겨졌다.

그로부터 하룻밤이 지나도 가메야에 새로운 손님은 오지 않았다. 시치노스케는 이름만 소나무방인 한 평 반짜리 방에서 쉬고 있었고,

"좀 더 바람이 잘 통하는 방으로 옮기시겠습니까? 밝은 곳에 있는 편이 눈에도 좋지 않을까요?"

조반을 낼 때 깃토미가 그렇게 권해도,

"여기가 제가 바라는 방입니다" 하고 싱글벙글 웃으며 움직이지 않았다.

"그러신가요? 그럼, 마음이 바뀌면 말씀해 주세요."

여기 한 평 반짜리 방, 평소에도 축축하다는 건 알고 있었지만 이렇게까지 싸늘했던가. 의아하게 여기면서 깃토미는 물러났다.

시치노스케는 조반을 깨끗이 먹어 치웠고 이후로도 앓아누워 있진 않았다. 갠 침구에 기대어 앉아 눈을 감고 꾸벅꾸벅 졸고 있다. 옆에는 봇짐과 여행용 삿갓뿐. 손등싸개와 각반은 더러웠기 때문에 오타케가 맡아다가 빨아서 말렸다. 새것을 사면 좋을 텐데 하고 생각했을 만큼 낡아 있었다.

오후에는 오타케가 감주를 가져다주면서 저녁으로 뭔가 먹고 싶은 음식이 있는지 물어보았다.

"이렇게 잘해 주셔서……." 시치노스케는 또 머리를 숙였다.

"그만한 돈을 받았으니까요. 대단한 음식은 낼 수 없지만 여기는 강기슭 옆이라 생선이나 조개는 맛있답니다."

뼈와 가죽만 남은 시치노스케와 통나무 같은 팔을 가진 커다란 오타케의 조합은 미소를 자아내기도 하고 우스꽝스럽기도 하다.

"에도의 이 부근은 후카가와라고 불리는 곳이지요. 후카가와에서, 특별히 우란분에 먹는 음식이 있을까요?"

있을지도 모르지만 오타케는 모른다. 도모키치에게서도, 오카메에게서도 배운 적이 없었다.

"우란분 때만 먹는 건 아니지만 여름에는 국을 부은 밥을 자주 먹지요."

"국을 부은 밥? 국물에는 어떤 재료가 들어갑니까?"

"대개는 조개지요. 바지락이나 명주조개. 우리 집에서 만들 때는 유부를 잘게 다져서 같이 끓이고, 먹을 때 파를 섞어요."

그거 아주 맛나겠다며 시치노스케는 군침이 돈다는 표정으로 물었다.

"그럼 그 국을 부은 밥을 부탁드려도 될까요?"

"네, 별것도 아닌데요."

오타케는 곧 바지락 어시장에 조개를 사러 갔다. 가족에게도, 저녁때 봉오도리에 나가기 전에 우리 식구들도 국을 부은 밥을 먹을 수 있도록 준비해 두겠다고 이야기했다.

이때 "저기, 깃짱" 하고 부르더니 오타케가 말했다.

"그 한 평 반짜리 방, 그렇게 싸늘했던가? 아침에는 어땠니?"

깃토미는 곧 고개를 끄덕였다. "저도 깜짝 놀랐어요. 묘하게 싸늘해서."

"소나무방이라고 장난삼아 불러도 상관은 없지만 그 벽의 얼룩, 내버려 두면 좋지 않을지도 모르겠구나."

"손님의 몸에 안 좋을까요?"

"당장 어떻게 되지는 않겠지만……."

"제가 나중에 한 번 더 상태를 보러 갔다 올게요."

"부탁한다, 깃짱."

두 사람의 대화가 있고 나서 오후 시간이 지나고 사랑스러운 고마치 춤이 지나가는가 싶더니 여자 귀신 소동이 일어나 가메야 일가 사이는 어색하고 험악해졌다.

봉오도리에 가고 싶다는 마음이 있는 한편, 깃토미도 괜히 동생들을 겁에 질리게 하고 싶지는 않았다. 만일 여자 귀신이 이번에는 동생들 앞에 나타나면 어쩌나——하고 불안하기는 불안하다. 오타케도 마찬가지다. 부엌 화덕에서 밥을 짓는 깃토미와 풍로에 올린 냄비로 국을 만드는 오타케, 둘 다 가슴이 답답했다.

그때 시치노스케가 다가왔다.

"죄송하지만 물을 한 잔 얻을 수 있을까요."

한 손으로 문을 붙잡고 서 있다. 아직 해는 지지 않았기 때문에 안개가 낀 것처럼 흐린 시치노스케의 검은자위가 깃토미에게는 잘 보였다.

"눈 상태가 좋지 않으세요?"

"곤란하게 되었어요……."

시치노스케는 빈 손을 들어 올려 자신의 얼굴 앞에서 움직여 보였다.

"이렇게 해도 살짝 어두워질 뿐입니다. 제 손가락의 개수도 모르겠어요."

말하면서도 풀 죽은 기색은 없다. 시치노스케는 코를 벌름거리면서 오타케가 쪼그리고 앉아 있는 풍로 쪽으로 얼굴을 향했다.

"맛있는 냄새가 나는군요."

"오늘은 실한 바지락이 있어서 좋은 육수가 나올 거예요."

깃토미는 물병에서 잔에 물을 한 잔 따라 시치노스케 옆으로 다가갔다. "여기."

"아아, 고맙습니다."

문을 붙잡은 채 시치노스케는 목구멍을 울리며 물을 다 마셨다. 깃토미는 그 모습을 지켜보고 있었다. 오타케는 냄비 옆을 떠나 파를 자르려고 일어섰다.

그때 갑자기 한 줄기 차가운 바람이 부엌에 불어 들어와 굴뚝을 통해 밖으로 나갔다. 연기가 아니라 바람인데도 움직임이 눈에 보인 듯해서 깃토미는 깜짝 놀랐다. 방금 그거, 뭐지.

정신이 들어 보니 어깨띠로 소매를 걷어 올린 팔에 소름이 가득 돋아 있다.

오타케는 어떤가 보니, 일어서려던 엉거주춤한 자세 그대로 굳어 있었다. 양손을 가슴에 꼭 대고 있다.

"아아…… 곤란하군."

시치노스케가 어깨를 축 늘어뜨리고 잔을 든 손을 얼굴에 대며 눈을 감았다.

"죄송합니다. 하필이면 우란분 때 밖에 나와 있는 제 눈이 이렇게 되어 버리는 바람에 여러 가지로 불편한 일이 일어나 버렸군요."

으음? 이 사람, 무슨 말을 하는 걸까.

"두 분 다 한기가 들었지요? 하지만 그건 나쁜 게 아닙니다. 우란분이니까요, 가메야와 인연이 있는 혼 님이었을지도 몰라요."

혼 님?

"영혼 말입니다. 망혼亡魂이라고 하면 알기 쉬우려나요. 우란분 때 저세상에서 돌아오는."

시치노스케는 깃토미의 손에 잔을 돌려주고는 갑자기 등을 펴고 섰다.

"언젠가는 우리 모두 저세상에 가서 망혼이 되지요. 이 세상에 있는 지금의 모습은 일시적인 상태에 지나지 않아요."

깃토미는 오타케의 얼굴을 보았다. 오타케는 삼킬 듯이 시치노스케를 바라보다가 양손을 가슴에 꼭 댄 채 낮게 억누른 목소리로 말했다.

"아까 한기가 들었을 때 제 귀에는 돌아가신 시어머니의 목소리가 들렸는데요."

"그렇습니까, 역시 이 집의 혼 님이었군요. 뭐라고 하던가요?"

사, 사, 사. 오타케는 말을 더듬었다. "사치스럽다고."

"호오, 뭐가 말입니까?"

"아마, 국에 바지락을 많이 넣으려고, 해서."

시치노스케의 입이 웃음을 지었다. "엄한 시어머니였나요."

"네. 엄청나게…… 지옥의 옥졸처럼 무서운 시어머니였어요. 하지만 저보다."

오타케가 말하는 도중에, 시치노스케는 목을 빙글 돌려 깃토미 쪽을 보았다. 눈동자가 흐린데도 눈빛은 강하다. 깃토미는 압도되었다.

"뭐, 뭐, 뭐예요."

"깃토미 씨가 얻어맞았군요."

오타케가 목을 졸린 것처럼 헐떡였다.

"어떻게 그걸?"

시치노스케는 침착하게 말을 이었다. "아까 그 혼은 뭔가……

채찍인지, 아니면 곱자인가? 그런 걸 손에 들고 이렇게, 쳐들고 있는 듯한 모습이었으니까요."

고, 고, 고, 곱자.

"보이나요?"

그렇게 물으며 오타케가 비실비실 주저앉았다.

"보이고, 들립니다" 하고 시치노스케는 대답했다. "그게 제 생업이라서요. 이 댁을 소란스럽게 만들어서 정말 죄송합니다."

캐묻고 싶은 말이 산더미처럼 많았지만 우선 깃토미의 머리에 떠오른 건 딱 하나였다.

"당신, 누구야."

깃토미의 얼굴에서도, 주저앉아 있는 오타케에게서도, 시치노스케는 눈을 피했다. 그리고 말했다. "아까 고마치 춤이 지나간 후에 두 분을 놀라게 한 것은 제 일행입니다."

으엑. 그 여자 귀신이?

"여자아이들의 노래와 춤에 끌려 나와 버린 거지요. 아니, 평소에는 절대로 이런 일은 없습니다. 제가 약해져 있지만 않으면, 일행은 봉인이 깨지지 않거든요."

깨지지 않아요, 네, 절대로. 되풀이해서 하는 말에 오히려 의심이 든다. 어떤 봉인인지 모르겠지만.

"지금은 눈이 이렇고, 게다가 우란분이라 노상 다른 혼에 정신이 흐트러져서, 제 염念이 어지러워지고 봉인의 고리가 끊어져 버린 게 문제예요."

확실히, 오카메의 망혼이 곱자를 들고 있는 모습을 본다면 깃토미도 정신이 흐트러지고 말리라. 오줌을 지릴지도 모른다. 하지만 시치노스케의 정신이 흐트러지는 것과는 다르겠지.

깃토미의 마음의 동요에 아랑곳하지 않고 웃음 띤 눈빛을 되찾은 시치노스케는 오타케에게 말했다.

"오늘 밤에는 모두 봉오도리에 나가시겠군요. 마침 잘되었습니다. 저와 일행만 있게 해 주시면 어떻게든 타일러서 봉인을 고치고 더 이상 폐를 끼치지 않도록 하겠습니다."

깃토미와 오타케는 얼굴을 마주 보며 서로의 눈이 흔들리고 있음을 확인했다.

"어, 어, 어머님은요?" 오타케가 물었다. "어머님의 망혼이 곱자를 든 채 짐승처럼 우리 집 안을 뛰어다니고 있으면 곤란해요. 이제 와서 때려죽일 수도 없고."

시치노스케가 깜짝 놀라며 턱을 당겼다. "마님, 위험한 말을 하시는군요. 당신이 시어머니를 때려 죽였나요?"

"그런 건 아무래도 상관없잖아요. 할머니의 망혼을 어떻게 좀 해 주세요."

"아무래도 상관없지는 않아요."

시치노스케는 갑자기 위압적인 얼굴을 했다.

"그 혼이 당신들 중 누군가에게 원한을 품고 있다면 이야기는 전혀 달라지니까요."

"할머니는 뇌졸중으로 죽었어요. 어머니는 마지막까지 간병했고. 원한을 살 이유는 없어요!"

깃토미는 오타케를 위해 큰 소리로 말했다.

"어머나, 그래요?"

시치노스케는 오야마가부키에서 여자 역을 하는 남자 배우처럼 나긋하게,

"그렇다면 걱정할 필요 없어요. 제 일행이 얌전해지면 그 혼도 그냥 화혼和魂 부드럽고 평화로운 혼으로 돌아갈 테니까요. 지금은 제 일행 때문에 신경이 곤두서 버린 셈입니다. 역시나 미안한 일이지요."

뭐가 뭔지 모르겠다! 아니, 알 듯도 한데 알아 버려도 되는지 모르겠다는 편이 더 맞으려나.

"어쨌든 해가 지면 여러분은 나가십시오. 집을 비우신 동안 정리해 둘 테니까요."

"그럴 수는 없어요."

정신이 들어 보니 깃토미는 그렇게 대꾸하고 있었다.

오타케가 눈을 부릅뜨고 이쪽을 돌아본다. "깃짱, 무슨 말을 하는 거야."

"집을 비운 동안 이 사람이 제멋대로 굴면 곤란하잖아요. 뭘 할지 모르겠지만 나는 지켜보고 있을래요."

"하지만 얘, 또 그런 무서운 걸 마주하다니……."

"이제 무섭지 않아요. 이 사람의 일행이잖아요? 그렇게 위협을 당했으니 나도 인사를 하지 않으면 속이 후련하지 않고요."

깃토미는 센 척하고 있었다. 객기였다. 깃토미에게도 도모키치

로부터 물려받은, 한 번 말을 꺼내면 고집을 피우는 면이 있는 것이다. 안 그러면 좋을 텐데, 고집을 부리며 뒤로 물러나지 않는 부분이.

"그렇습니까. 그럼 감사하지요, 깃토미 씨는 남아서 저를 도와주십시오."

시치노스케의 말투는 여전히 정중했지만 살짝 재미있어하는 기색이었다.

"사실, 일행이 저렇게 밖으로 나온 이유도 깃토미 씨에게 흥미를 가졌기 때문인 듯하니까요. 당신이 도와준다면 이야기가 빠를지도 몰라요."

막상 시치노스케의 말을 들으니 풀려 버릴 것만 같은 다리에 깃토미는 힘을 주어 딱 버텼다.

"좋아요."

덤벼라! 하며 시치미를 뗐지만 저녁으로 나온 국을 부은 밥은 탱글탱글한 조갯살이 듬뿍 들어 있었는데도 아무런 맛이 나지 않았다.

그리하여 마침내 때가 되었다. 끝까지 내키지 않아 하던 오타케도 동생들 옆에 있어 달라고 깃토미가 부탁하자 마지못해 나갔다.

혼자서 가메야를 지킨다. 우리 여관과 집을, 가무잡잡한 남자와 여자 귀신이라는 기묘한 일행으로부터 지키기 위해 깃토미는 이름만 소나무방인 곳으로 향했다.

복도에 면해 있는, 여닫이가 맞지 않는 당지문을 연 순간, 내쉬는 숨이 새하얗게 얼었다.

한겨울보다 춥다. 우와아.

"깃토미 씨인가요? 안으로 들어오십시오."

기다리고 있었다──는 시치노스케의 목소리가 들린다. 왠지한 평 반짜리 방의 한가운데에 의미심장하게 와등이 하나 놓여있다. 노란 빛의 테두리가 생겨 있지만 그 주위는 캄캄하다.

문지방을 넘어 한 발짝 들여놓고, 두 발짝 들여놓고, 깃토미는우뚝 멈추어 섰다.

벌써 등 뒤를 빼앗겼다.

뒤에서 새하얀 여자의 팔이 뻗어 와 깃토미의 몸에 감겼다. 어깨 너머로 왠지 백단 향이 나고.

"깃토미, 좋은 이름이네. 누가 지어 준 거지?"

긴 흑발을 늘어뜨린 하얀 여자의 얼굴이 어둠을 헤엄치듯이 눈앞에 나타났다.

그 검은 눈은 바늘 끝처럼 작다. 흰자위가 그윽하게 빛난다. 흘러내린 머리카락은 바닥을 쓸 정도로 길다. 목도 길다. 아무리 생각해도 정상적인 길이가 아니다.

"나는 미나모水面라고 해. 물의 표면이라고 쓰고 미나모라고 읽지."

달콤한 목소리가 깃토미의 귓가에 속삭였다. 그 입에서는 무덤의 흙냄새가 났다.

한 평 반짜리 방의 벽 쪽에서는 시치노스케가 웃음을 참으며 내려다보고 있다. 대머리의 그림자가 소나무 가지 얼룩이 떠올라 있는 회반죽 벽에 비친다. 바다도깨비_{해상에 나타나 뱃길을 방해한다고 하는} _{귀신. 중대가리 모습이라고 한다}처럼 동그랗게.

분하다──고 이를 갈 힘조차 빠지고, 이번에는 거품을 뿜지 않고, 목소리를 내지 않고, 깃토미는 기절했다.

──나, 꿈을 꾸고 있어.

깃토미는 어린 시절 자신의 모습을 바라보고 있다. 여섯 살 정도일까. 키가 작고 팔도 가늘고 팔꿈치의 뼈가 뾰족하다.

어린 깃토미는 부엌 화덕에 피운 작은 불씨에 대나무 대롱으로 바람을 불어 크게 불을 피우려 하고 있다. 불은 좀처럼 커지지 않는다. 초조해져서 후우후우 불다가 불씨를 꺼뜨리고 말았다.

이 녀석, 깃토미, 아직도 꾸물거리고 있느냐!

천둥 같은 노성이 울린다. 꿈을 꾸고 있는 깃토미의 귓가에서 고함친 것처럼 들린다. 꿈속의 작고 마른 깃토미는 그 노성만 듣고도 움츠러들었다.

──아아, 가엾게도.

생각한 순간, 눈이 떠졌다. 깨어나서도 마음은 꿈속의 일에 붙들린 채 술렁거리고 있다. 숨이 가쁘다.

꿈에서 맞닥뜨린 장면은 아직 오타케가 가메야에 오기 전으로, 깃토미를 지켜 주는 사람이 없었던 무렵의 기억이다. 깃토미는 하루 종일 뭔가 일을 하라는 명령을 받아 쫓겨 다녔고, 잘 해내지 못하면 오카메에게 곱자로 얻어맞았다. 철썩!

도모키치도 지금 같은 아버지는 아니었다. 마누라가 손님과 도망쳐 버렸으니, 배신당한 마음의 아픔을 안고 매일을 살아가는 것만으로도 힘에 겨워 깃토미에게 신경을 써 줄 여유가 없었기 때문이다.

──나, 용케 목숨이 붙어 있었구나.

도망친 아내를 원망하는 도모키치의 마음처럼, 아들의 아내를 원망하며 화가 난 마음이 오카메에게도 있었다. 어찌 보면 당연한 이야기다. 그러니 깃토미가 집안의 후계를 이을 장남이어도, 제아무리 길한 이름을 가지고 있어도, 오카메에게는 미운 며느리가 남긴 선물로밖에 보이지 않았으리라.

흐릿하고 노란 빛의 테두리 안에서, 깃토미는 천장을 보고 누워 있었다. 뺨이 젖어 있다. 나, 울고 있는 걸까.

"무서운 꿈을 꾸었구나."

우아하고 아름다운 백단 향기. 달콤하지만 잔물결 같은 떨림을 머금은 여자의 목소리.

깃토미 바로 오른쪽에, 미나모라고 자신을 소개했던 여자 귀신이 바싹 붙어 있었다. 지금 길고 하얀 손가락을 뻗어 깃토미의 눈가에 달린 눈물을 닦으려 하고 있다.

우와, 제발. 깃토미는 숨을 멈추었다. 여자 귀신이 목을 뻗어와, 그 부자연스럽게 붉은 입술이 깃토미의 뺨에 닿으려 한다.

"······목이 긴 여자 귀신을, 세간에서는 흔히 로쿠로쿠비ろくろ首라고 부르지만."

깃토미의 발치에서 시치노스케의 목소리가 들린다.

"미나모는 로쿠로쿠비를 알고 있어서 지금과 같은 모습이 된 건 아니에요. 뱀띠도 아니고. 이런 화신化身의 결정에는 수수께끼가 많아서 우리 같은 영혼 마을의 뱃사람도 아직 모르는 게 더 많지요."

영혼 마을. 뱃사람.

"뱃사람이라면 선원을 말하는 거잖아. 그래서 당신, 가무잡잡했던 거로군."

깃토미는 몸을 일으키려고 했다. 목과 어깨에 미나모의 손가락이 엉켜 온다.

"괘, 괜찮아. 혼자 일어날 수 있어."

흐늘흐늘한 손가락을 밀어내려다가 깨달았다. 미나모의 두 눈은 양쪽 다 흰자위뿐이고 검은자위는 바늘 끝처럼 작다. 그 눈에 살짝 눈물이 고여 있다.

어라, 뭐지, 이 기분. 미나모에게서 상냥함이 전해져 오는 듯한 기분이 든다. 아아, 가엾게도. 아까 내가 꿈속의 어린 나에게 품었던 기분이 미나모 안에도 있는 것 같은——.

"깃짱, 꿈을 꾸면서 가위눌리고 있었어."

미나모는 깃토미를 '깃짱'이라고 부르며 그의 곤혹을 눈치 챈 듯이 앞질러 가르쳐 주었다.

"할머니, 미안해요, 하면서."

사과하며, 자신의 몸을 지키려 하고 있었다.

"괴로웠지. 뭣하면 이 여관에 있는 동안 내가 깃짱네 할머니의 혼을 먹어 치워 줄까?"

"미나모, 함부로 그런 말 하지 마라."

온화한 목소리로 타이르며 시치노스케가 빛의 테두리 안으로 들어왔다.

"깃토미 씨, 어디 아픈 데는 없나요?"

"예? 아아, 다치지는 않았어요."

"다행이군요. 미나모, 좀 뒤로 물러나 다오. 너는 냉기를 두르고 있으니 너무 바싹 붙으면 깃토미 씨가 얼어 버려."

냉기를 두르고 있다? 소나무방의 추위는 미나모 때문이었나.

"겁을 줘서 미안했어요. 깃토미 씨."

거친 대머리의 시치노스케는 수행 중인 스님처럼 얌전하게 앉은 자세를 고쳤다.

"놀릴 생각은 아니었어요. 다만, 미안한 얘긴데 깃토미 씨가 너무 소질이 좋아서 시험해 보고 싶어져서요."

상대가 깃토미밖에 없으니 시치노스케의 말투도 허물이 없어진다.

"나를 시험한다고요?"

시치노스케는 턱을 약간 당기며 새삼 깃토미의 얼굴을 뚫어져라 살폈다.

"혼견魂見의 상相은 없어. 깃토미 씨뿐만 아니라, 이 집 사람은 아무도 상을 갖고 있지 않아요. 그런데 깃토미 씨도 안주인도, 갑자기 미나모의 모습을 안각眼覺했단 말이지요."

계단 있는 데서 오타케와 깃토미가 제일 처음 미나모를 보았을 때를 말하는 것일까.

"미나모는 깃토미 씨를 만질 수 있고, 깃토미 씨는 미나모가 만진 것을 알 수 있어요. 게다가 지금, 깃토미 씨는 미나모의 손가락을 만졌지요."

이는 매우 드문 일이라고 한다.

"지금껏 20여 년 동안 전국을 여행해 왔지만 아무런 단련도 하지 않고 이만한 일을 할 수 있는 분을 만난 건 처음이에요."

시치노스케는 매우 감탄하고 있다. 가만 보니 미나모도 그 말에 고개를 끄덕이는 기색이다. 하지만 깃토미는 무슨 말인지 알아들을 수가 없다.

"좀 더 알기 쉽게 이야기해 주시겠습니까."

"음, 그렇군요. 이거 거듭 미안합니다."

시치노스케는 어깨를 움츠리더니 거북한 듯이 대머리를 긁적였다.

"저한테는 당연한 일이고, 동료들 사이에서도 새삼 이야기할 일은 아니에요. 마을 밖의 사람들에게는 숨겨 두는 일이 더 많고요. 그래서 잘 이야기할 수 있을지 어떨지 자신이 없지만……."

그러자 미나모가 달콤한 목소리로 끼어들었다.

"우리한테 들려줄 때랑 똑같이 얘기하면 되지 않을까?"

그렇게 말하며 깃토미에게 웃음을 지었다. 안심해도 돼. 내가, 이해할 수 있게 해 줄게.

"우리 마을에 가까이 오는 혼은 모두 혼견이 설명해 주는 도리를 들어야, 형태를 만들고 안정이 돼. 우리가 미혼迷魂 저승으로 가지 못하고 떠도는 영혼이나 애혼哀魂으로 끝날지, 노혼怒魂이나 원혼怨魂이 되어 버릴지, 그것도 혼견의 설교와, 그리고 뱃사람의 보살핌에 달려 있지."

아니, 알 수 없는 말이 더 늘었다. 미혼 · 애혼 · 노혼 · 원혼?

"다, 당신은 어떤 혼인데요?"

떠오르는 대로 물어보니 미나모는 갑자기 웃음을 지우고 거북한 듯이 얼굴을 돌렸다.

"나는 노혼이야. 그래서 이렇게, 모습도 괴물이지."

"노, 라는 건."

"화났다는 뜻이에요." 시치노스케가 대답했다.

"화난 망혼亡魂…… 자세히 말하자면 자신은 누군가에게, 또는 무언가에 몹시 화가 나서 성불하지 못하고 있다――는 걸 깨달은 망혼이지요."

뭐? 알 것 같기도 하고 모를 것 같기도 하고.

마음대로 이야기하게 두면 복잡해질 뿐이라 깃토미 쪽에서 하나하나 물어보기로 했다.

"잠깐만요. 마을이라는 건 어디에 있는 마을이에요? 시치노스케 씨의 고향이라는 게 지금 사는 곳이지요?"

"음."

"어디에 있어요? 에도에서 멀어요?"

"음…… 아니, 멀지는 않은, 가?"

어떻다는 거야.

"미안하지만 깃토미 씨가 얘기하는 의미의 멀다거나 가깝다거나, 그런 말로는 올바르게 표현할 수 없어요."

"그럼 하코네 산 이쪽인지 저쪽인지."

"그것도, 글쎄요. 이쪽이라면 이쪽, 저쪽이라면 저쪽."

수수께끼보다 더 어렵다.

"우선 말해 두겠는데 우리 마을은 천령天領이에요."

천령이란 막부의 직할지다.

"그래서 막부에서는 다이칸代官이 배치되어 영지 내를 다스리고 있지만, 마을의 가장 중요한 역할인 혼지기에게 관리들은 아무도 개입하지 않지요. 할 수가 없거든. 혼지기에게는 혼지기의 정사政事가 있고 혼지기만의 질서가 있으니까요."

그런 특별한 방식이 허용되는 땅.

"우리 마을에는 이름도 없어. 붙일 필요가 없거든. 영혼 마을이라고 하면 우리 마을뿐이야. 뭐, 바다 건너 이국에는 또 그 나라의 영혼 마을이 있을지도 모르지만."

그럼 영혼 마을이란 무엇인가.

"저세상에 가지 못하고 현세에 남아 버린 혼이 모이는 곳이야."

저세상에 가지 못한 혼들이 자연스럽게 모이는 곳이다.

"사람은 죽으면 모두 혼만 남아 저세상으로 올라가요. 죽은 사람의 혼, 망혼은 각각의 인생의 기억은 갖고 있지만 선악의 이치에서는 벗어나 있지요."

선도 악도 없다. 모든 것이 허락되고 해방되어 저세상으로 올라간다.

"저세상으로 올라간 혼은 그 후로 현세로는 돌아가지 않는 경우도 있고, 우란분이나 피안彼岸 춘분, 추분의 전후 3일씩 7일간이 되면 자손의 곁으로 돌아가는 경우도 있어요."

마침 지금, 곱자를 든 오카메가 가메야로 돌아와 있는 것처럼.

"이때의 돌아오고 돌아오지 않고에도 선이나 악은 없어요. 공양이 충분하니까 돌아가지 않는다거나 그 반대도 아니에요. 즉, 죽은 사람도 산 사람도 그렇게 쉽게 서로를 잊지는 않지만, 결코 잊지 못하는 것도 아니라는 거예요."

돌아가지 않아도 잊히지 못하는가 하면, 계속 돌아가더라도 지나가는 세월에 거스르지 못하여 잊혀 가기도 한다.

"다만······ 극히 드물게 죽은 자의 혼이 저세상에 가지 못하고 그대로 현세에서 헤매고 말 때가 있어요."

왜 그런 방황이 일어나는 걸까.

"왜 그런 방황이 일어나는지 우리 마을 사람들도 아직 확실히는 몰라요. 다만 길을 잃고 영혼 마을이라는 곳에 모여 드는 망혼은 반드시 이름도 기억도 잃은 상태지요."

자신이 어디 살던 누구였는지. 누구의 자식이고, 누구의 남편이나 아내이고, 누구의 주인이고, 누구를 모시고 있었는지. 무엇을 생업으로 삼고, 어떤 생활을 하고, 무엇을 소중히 여기고 있었는지.

"왜 죽었는지, 그것조차 잊지요. 기억이란 기억이 모두 벗겨져 나가는 거예요."

가족의 기억도 잃었기 때문에 누군가가 명복을 빌어 주고 있어도 알 수 없다. 정중하게 극락왕생을 빌어 주어도 전혀 느낄 수가 없다.

"혼지기는 마을에 모여든 그런 불운한 망혼을 발견하고, 하나하나와 대화를 나누고, 그 혼의 본래 기억을 되찾아 주는 역할을 맡고 있어요."

혼지기가 되려면, 우선 망혼을 보지 못하면 이야기가 안 된다. 이때 '보는' 것을 '안각眼覺'이라고 부르며, 안각의 힘이 있으면 관상으로 나타나기 때문에 그런 얼굴을 '혼견의 상'이라고 칭한다.

"우리 마을에서 태어나고 자라서 지금껏 살고 있는 자들이라도 모두가 좋은 혼견의 상을 갖고 있는 건 아니에요. 열 명에 한 명 정도이려나."

강한 상을 가지고 우수한 혼지기로 일하는 자의 자손이 전혀 상을 갖고 있지 않을 때도 있다. 그런가 하면 대대로 전혀 상을 갖고 있지 않았는데 어느 날 갑자기 강한 상을 가진 혼지기가 나타나 그 대부터 우수한 혼견이 이어질 때도 있다.

"아까도 말했지만 깃토미 씨도 안주인도 전혀 혼견의 상이 아닌데 미나모의 모습을 안각했잖아요? 그런 일은 정말 드물어요."

깃토미로서는 드물지 않은 쪽이 더 좋았을 텐데.

"어째서 내게도 어머니에게도 보인 걸까요."

곁눈질로 미나모의 모습을 살피니 벽 쪽으로 물러나 단정치 못하게 다리를 옆으로 하고 앉아 있다. 이쪽에 옆얼굴을 향하고, 뱀처럼 꿈틀거리는 손가락으로 긴 머리카락을 천천히 빗고 있었다.

똑똑히 보인다. 충분히 무섭다. 요괴다. 하지만 지금은 별로…… 무섭지 않을 리는 없지만, 무시무시하지는 않다. 눈물을 닦아 주고 웃음을 지어 주었기 때문일까.

"미나모, 얌전하구나."

시치노스케는 온화하게 말을 걸었다. 미나모는 힐끗 이쪽을 보고는 다시 머리카락을 빗는다.

"깃토미 씨는, 미나모가 잘 따랐을 정도이니 관상 같은 것과는 상관없이 원래 혼을 끌어당기는 기를 갖고 있는 거겠지요."

혼을 끌어당기는 기 덕분에 미나모를 만질 수 있고 미나모가 깃토미를 만질 수 있다.

"안주인도 깃토미 씨의 어머니이니 체질이 닮은 게지요."

아니, 그럴 리 없다.

"어머니는…… 우리 가게의 안주인인 오타케 씨는 내 생모가 아니에요."

깃토미가 말하자, 시치노스케는 "호오" 하며 눈을 크게 떴다.

덕분에 와등의 불안한 빛의 테두리 안에서도 깃토미는 알아볼 수 있었다.

시치노스케의 왼쪽 눈이 미나모의 눈과 똑같아져 있었다. 흰자위만 남고 검은자위가 바늘 끝만 한 크기로 줄어든 것이다. 오른쪽 눈은 그렇게 극단적이지 않지만 흰자위가 대부분을 차지하고 검은자위는 작아졌다.

──그래서 눈이 안 보이는구나.

깃토미는 저도 모르게 "아" 하며 놀라고 말았다. 시치노스케는 눈치 챈 듯 한쪽 손을 차양처럼 만들어 자신의 눈을 가렸다.

"놀라게 해서 미안합니다."

"아니, 나야말로."

"뱃사람은, 오랫동안 하다 보면 여러 가지로 몸에 지장이 생겨요. 아무래도 이 세상 것이 아닌 존재와 어울리다 보면 말이지요."

자, 그럼 그 '뱃사람'이란 무엇일까.

"마을에서는 혼견 다음으로 중요한 역할인데……."

기분 탓일까. 시치노스케는 어느새 자랑스러워하는 듯한 말투가 되었다.

"이야기하기 전에 깃토미 씨한테 한 가지 물어보지요."

살아 있었을 때의 기억이란 기억을 모두 잃고, 이름조차 잊은 혼들이 혼견과의 대화를 통해 조금씩 조금씩 기억을 되찾아 갈 때, 과연 무엇을 바랄까. 무엇을 하고 싶어 할까.

그 물음에 깃토미는 별로 망설이지 않고 대답했다.

"집으로 돌아가고 싶어 하나요, 고향에?"

시치노스케는 소리 내어 "호오" 하며 감탄했다.

"정답입니다."

"누구라도 같은 생각을 하지 않을까요."

이름도 집도 잊고 모르는 땅에 흘러 들어가 쓸쓸하고 불안하다. 생각이 났다면 고향을 그리워하는 마음이 들지 않을까.

"그런 혼들을 가고 싶은 곳으로 데려가 주는 것이 뱃사람의 역할이랍니다."

뱃길 안내도 하고, 짐도 져 준다. 불안한 혼들을 배에 태워 목적지로 데려간다. 친근하게 다가가 힘을 빌려준다——.

깃토미는 얌전히 벽 쪽으로 물러나 있는 미나모 쪽을 슬쩍 살폈다. 긴 목을 똬리 틀고, 눈을 반쯤 감고, 붉은 입술을 살짝 열고, 손가락은 가지런히 모아 무릎 위에 두고 있다.

미혼은 떠올린 현세에 대한 미련을 끊기 어려워 저세상에 가기를 망설인다.

애혼은 자신이 이미 목숨을 잃었다는 사실이 슬퍼서 비탄에 빠진 나머지 저세상으로 떠나지 못한다.

"미혼과 애혼은, 사람으로서는 오히려 자연스럽다고 볼 수 있겠지요. 이름을 떠올리고, 자신을 애도해 준 사람들의 얼굴을 떠올리고, 죽음을 받아들여 감에 따라 점점 안정되어 자연스럽게 화혼이 되어 주는 법이니까요."

어려운 것은 노혼이나 원혼이 되어 버린 경우다.

"기억을 되찾고 보니 부조리하게 원한을 품고 죽었거나, 누군가에게 살해되었거나, 참혹한 죽음에 내몰렸거나……."

그런 사실을 알았을 때, 노혼이나 원혼은 화신化身하고 만다.

"미나모 씨도 그런 거예요?"

깃토미는 목소리를 낮추어 물었다.

벽 쪽에 있는 미나모의 손가락도 머리카락도 움직이지 않는다. 혹시 잠이 들었나.

"씨를 붙여 불러 주시는군요. 고맙습니다."

시치노스케도 목소리를 낮추어 속삭였다.

"솔직히, 꽤 벅찬 노혼이에요. 제 눈의 상태가 갑자기 나빠진 까닭도 지금까지 미나모의 뱃사람을 맡아 오면서 피로가 쌓여 버렸기 때문인 모양인데."

그리고 미나모와 마찬가지로, 말하자면 망혼의 눈이 되어 버렸기 때문에.

"저는 혼견의 상이 약해서 본래는 그런 일이 있을 리가 없지만."

우란분 중에는 평범하게 현세로 돌아온 화혼이 엄청나게 많이 보이고 말아, 시치노스케의 정신이 흐트러진 것이 더욱 좋지 않다, 고 한다.

"미나모 씨는 봉해져 있다고 했었지요?"

"네. 죽통에 넣고 지승紙繩 종이로 꼰 노끈을 둥글게 둘러서 봉해 두었는데 테두리가 끊어져 버렸어요."

죽통이라. 혼이니, 술이나 기름 따위를 담는 작은 통에도 봉해 넣을 수 있는 것이다.

"……잠들어 버린 걸까요?"

두 사람이 이야기하고 있는 동안에도 미나모는 움직이지 않는다.

"혼은 자지 않아요. 다만 화신한 노혼이나 원혼도 늘 요괴 같은 무서운 모습을 유지하고 있을 수는 없거든요. 특히 살아 있는 사람과 관련되면 힘을 쓰게 되니까."

시치노스케가 갑자기 손가락을 세우며 말했다.

"보고 계십시오."

깃토미는 숨을 죽이고 미나모를 바라보았다.

어느 순간부터 미나모의 몸이 전체적으로 흐릿해지기 시작했다. 쪼그라들어 간다고 할까, 엷어져 간다고 할까, 윤곽이 무너지고, 뒤의 벽과의 경계가 애매해지고, 흑발과 붉은 입술에서 색이 빠지고, 어깨가 둥글어지고, 팔이 보이지 않게 되더니,

"와아……."

수박만 한 크기의 반투명한 구슬이 되고 말았다. 소나무방의 바닥에서 살짝 떠올라 둥실, 둥실 흔들리고 있다.

"이제 편하게 봉인할 수 있겠어요."

시치노스케는 품에 손을 넣더니 길이도 굵기도 딱 검지 정도인 작은 죽통을 꺼냈다.

딱. 소리가 나고 죽통은 한가운데에서 부러져 둘로 나뉘었다. 이음새 장치를 보니 다시 하나로 끼울 수 있는 모양이다.

그 한쪽을 미나모 쪽으로 향하고 남은 한쪽을 피리를 불듯이 입가에 댄 시치노스케가 빠른 말투로 중얼거렸다.

"하얀 뱀이 잇은 곳, 수면이 평평한 곳, 뱃사람인 나와 가기로 약속한 곳, 돌아가라, 머물러라."

순간 반투명한 구슬이 죽통 중 한쪽으로 향하더니 맥없이 빨려 들어가고 말았다.

딱. 죽통이 다시 하나로 합쳐졌다. 시치노스케는 한 손으로 죽통을 꽉 움켜쥐고 빈손으로 이번에는 진홍색 지승을 꺼냈다. 이로 지승의 끝을 물어 단단히 당기며 죽통에 감고,

"후우."

매듭에 숨을 불고는 품에 도로 넣었다.

시치노스케는 태연한 얼굴을 하고 있지만 지켜보고 있던 깃토미의 이마에는 땀이 배어 나왔다.

"깃토미 씨, 이제 괜찮으니 봉오도리에 다녀오세요. 소란을 피운 데 대한 사과의 뜻으로 제가 집을 볼 테니까."

시치노스케의 말이 신호가 된 것처럼 깃토미의 귀에 여관 바깥의 소리가 들렸다. 자이모쿠초 방향에서 들려오는, 무대에서 치는 북 소리와 명랑한 노랫소리. 사람들의 술렁거림, 많은 사람들의 발소리.

방금 전까지 잊고 있었다. 귀에 들어오지 않았다.

봉오도리에는 분명 오유가 와 있을 텐데. 오늘 밤, 그 미인과 만나 봉오도리 안에서 손을 마주 잡을 수 있다면 얼마나 소중한 추억이 될까――.

그렇게 생각하고 있었을 텐데. 가슴이 두근거렸을 텐데.

왠지 지금 깃토미의 마음에는 미나모의 흰자위만 눈에 띄는 두 눈과, 뱀처럼 꿈틀거리는 손가락의 차가운 감촉만이 선명했다.

"봉오도리가 끝나고 어머니가 돌아오자 제일 먼저 저한테 와서 커다란 손으로 제 어깨를 움켜쥐고 정말 다행이라는 얼굴을 하더 군요."

――깃짱, 무사하구나. 소나무방의 손님은 어떻게 됐니?

흑백의 방에 있는 지금의 깃토미는 나이를 먹어 거북의 등딱지 보다 두꺼운 인덕을 몸에 두르고, 그 온기가 마주 앉아 있는 도미 지로에게까지 전해져 오는 것 같은 노인이다.

하지만 옛날이야기를 하다가 거기에 피를 나누지 않은 어머니 오타케가 등장하면 깃토미의 눈가와 입가는 어머니를 그리워하는 열 살 남짓의 사내아이처럼 된다. 열다섯이 아니라 '열 살 남짓'이 라는 것이 중요하다. 이런 얼굴을 그림으로 그릴 수 있다면 좋겠 구나, 하고 도미지로는 생각했다.

"어머니에게 자세한 이야기는 하지 않았습니다."

영혼 마을이나 혼견이나 뱃사람 같은 말은 자신의 가슴에만 담 아 두자――.

"어째서인지 모르겠지만 그 편이 좋겠다는 기분이 들어서요."

도미지로는 고개를 끄덕였다. "그런 감에는 따르는 편이 좋겠지요."

깃토미가 다소 미안하다는 표정을 지었다. 물론 도미지로를 향해서가 아니라 추억 속의 오타케를 향한 감정이리라.

"어머니에게 제대로 전할 자신도 없었고요. 괜찮다, 가타비라를 입은 여자는 이제 나오지 않는다, 시치노스케 씨도 푹 자고 있다, 그렇게만 말하고 저도 얼른 잠들었습니다."

그러나 꿰맨 흔적이 가득한 모기장 안에서 깃짱은 잠을 설쳤다고 한다.

"소나무방 쪽은 계속 조용했으니 안심이었지만,"

하룻밤이 지나고 야부이리 날 아침 일찍 깃토미는 뜨거운 물을 담은 질주전자와 찻잔을 쟁반에 받쳐 들고 소나무방으로 향했다.

"자고 일어나 보니 시치노스케 씨의 눈이 엄청 걱정되어서요."

"미나모 씨와 꼭 닮은 눈이 되어 있었으니까요."

"그대로라면 함부로 밖에 나갈 수도 없고요."

소나무방은 입구의 당지가 손바닥 폭만큼 열려 있었다. 들여다보니 이불 위에 시치노스케가 앉아 있다. 깃토미를 알아채고 이쪽을 향한 얼굴에는 그 검은자위가 커다란 눈알이 돌아와 있었다.

"그래서 진심으로 안도했지만 잠깐의 대화만으로도 시치노스케 씨가 거북해한다는 걸 알 수 있었습니다."

어제의 시치노스케는, 어쩌다 보니 깃토미와 오타케를 상대로 이것저것 너무 많이 이야기하고 말았다. 하룻밤이 지나고 나서야 너무 많이 보여주었음을 깨닫고 거북해졌으리라.

고백이란 대개 그런 법이다. 그러니 오타케에게 주절주절 털어놓지 않았던 깃토미는 옳은 선택을 한 셈이다.

"게다가 저한테 안녕히 주무셨느냐고 말하는 순간 콜록콜록 기침을 하더군요. 어제는 그런 일이 없었는데."

——죄송합니다. 바보나 걸린다는 여름 감기에 걸린 모양이에요.

깃토미가 느끼기에 소나무방의 냉기는 꽤 나아져 있었다. 냉기의 원천인 미나모가 그 이상한 죽통 속에 봉인되어서일 테다. 하지만 살아 있는 사람인 시치노스케의 몸에는 냉기가 배어 버렸고 여행의 피로도 겹쳐서 감기를 불러들이고 만 것이리라.

——그 후로 미나모 씨는.

——얌전히 있습니다.

"그렇다면 걱정 없지요. 시치노스케 씨는 푹 쉬면 됩니다. 감기는 만병의 근원이지만 영양가 있는 음식을 먹고 쉬면 나으니까. 이불을 꺼내고 식은땀이 밴 유카타를 갈아입히고 저는 부지런히 그 사람을 돌보았습니다. 그 김에,"

——우리 같은 장사에서는 손님한테 들은 이야기도 숙박비에 들어가니 제가 받은 이야기는 품에 집어넣고 꺼내지 않습니다. 마음 쓰지 마십시오.

"그렇게 말했더니 얽힌 실이 풀린 것처럼 시치노스케 씨가 안도하는 얼굴이 되어서 저도 기뻤지요."

손님의 이야기도 숙박비에 들어가니 품에 넣으면 꺼내지 않는다. 참으로 멋진 말이다. 열다섯 살 때부터, 깃짱에게는 나이를 먹으면 멋있는 할아버지가 될 소질이 있었던 것이리라. 기지와 배려와 재치가.

"어머니도 제가 이러쿵저러쿵 말을 하지 않는 이유를 잘 알고 있었어요. 여름 감기는 만만치 않다며 시치노스케 씨의 간병에는 정성을 다했지만 그 이상은 캐물으려고 하지 않았습니다."

깃짱의 어머니도 현명한 사람이었다.

"다만……."

이야기하는 깃토미의 뺨이 갑자기 느슨해졌다. 이마의 깊은 주름도, 눈가의 자글자글한 주름도 미소를 지은 것처럼 보였다.

"한 가지만은 어머니에게 들려주고 싶었습니다."

시치노스케가 오타케와 깃토미를 친모자지간으로 알았고, 그래서 체질이 닮은 거라 단언했고, 피를 나누지 않았음을 알자 깜짝 놀라 눈을 크게 떴던 사실이다.

"이야기하셨군요."

"예. 부엌에서, 어머니가 시치노스케 씨에게 먹일 달걀죽을 만들고 있을 때."

오타케는 눈물을 글썽였다고 한다.

"죽의 김이 눈에 들어갔다고 얼버무렸지만."

깃토미가 아득한 추억을 아끼듯이 눈을 가늘게 뜬다.

"제가 어머니를 닮은 까닭은 당신의 좋은 점이 전부 전해지도록 배웠기 때문입니다. 어머니를 칭찬하는 열 사람이 다, 그것만은 곤란하다고 했던 난폭한 말씨도요."

──때려 죽여 버리겠다!

"그것도, 여차할 때에 도움이 되었으니까요."

고향에 돌아간 하녀 두 사람 몫과, 점점 기침이 심해질 뿐만 아니라 열까지 나기 시작한 시치노스케의 간병에 매달려 있는 오타케의 몫도 합해서, 그날의 깃토미는 네 사람 몫의 일을 했다.

빗자루와 쓰레받기를 손에 들고 여관 바깥 주위를 쓸며 물을 뿌리는데 무릎이 떨리기 시작했다. 더위를 먹은 탓일까. 아니, 배가 고파서임을 깨달은 것은 우란분의 해님이 살짝 서쪽으로 향했을 무렵이었다.

무언가 입에 넣지 않으면 움직일 수 없게 된다. 목에 두른 수건도 땀으로 젖어 기분 나쁘다. 뒷문을 통해 안으로 들어가려고 가메야 옆으로 돌아 들어갔을 때 이웃집 생울타리 쪽에서 누군가 말을 걸었다.

"깃짱."

깃토미의 몸 안에서 텅 빈 위가 펄쩍 뛰어오르고 목젖에 부딪혔다가 원래 자리로 떨어졌다. 꾸르륵, 하는 목소리가 나왔다.

"세상에, 개구리 흉내를 낸 거야?"

오유였다. 남색 바탕에 솔잎을 넣은 독특한 귀갑이 연결된 줄무늬 유카타를 입고, 담갈색과 짙은 보라색의 다키지마굵은 줄에서 점점 가늘어지는 세로 줄무늬로 된 폭 절반짜리 띠를 매고 있다. 이것은 오타케와 오유가 배우고 있는 샤미센의 스승이 올해 봉오도리 무대에서 샤미센을 켜는 제자들을 위해 맞춰 준 의상이다.

이 부근의 봉오도리에서 마을 사람들이 모여 큰북과 샤미센에 맞춰 떠들썩하게 춤추는 것은 14, 15일 이틀간뿐이다. 우란분재가 시작되는 13일과 우란분이 끝나는 16일은 무대 주위에 화톳불을 배치하고, 사람들이 해자 가장자리나 다리 위에서 무카에비迎え火 우란분 첫날 저녁에 조상의 혼을 맞이하기 위해 피우는 불나 오쿠리비送り火 우란분 마지막 날에 조상의 혼을 보내기 위해 피우는 불를 피워 망혼을 안내하는 것을 지켜볼 뿐이다.

그런데 왜 지금 오유는 맞춘 의상을 입고 있을까.

"스승님 댁에서 복습이 있었어?"

깃토미의 물음에 오유는 부끄러워하며 고개를 끄덕였다. 틀어올린 머리에 꽂은 작은 꽃 화잠 장식이 흔들린다.

"응. 오타케 씨도 올 수 있으면 좋았을 텐데."

샤미센 스승은 꽤 엄하여 제자들이 이런 고비고비마다 실력을 보일 때 사전 연습도 단단히 시키지만 사후 복습도 빼먹지 않는다.

"우리 어머니는 아직 남들 앞에서 켤 수 있을 정도의 실력은 아니래."

실제로 그렇지만, 만일 실력이 향상되어 스승으로부터 허락이 떨어져도 오타케가 많은 사람들 앞에서 샤미센을 켜는 일은 없으리라.

——이런 못생기고 덩치 큰 여자가, 부끄럽게. 게다가 우리 바깥양반이 좋아하지 않아.

여전히 전 마누라가 도망친 일로 받은 상처를 간직하고 있는 도모키치는, 두 번째 아내에 대해서도 질투가 많다. 반한다는 것은 그런 거지.

오유는 아침이슬에 젖은 나팔꽃처럼 촉촉하고 청초한 매력을 풍기고 있었다.

"깃짱, 어젯밤에는 봉오도리에 오지 않았지?"

"손님이 있었어."

"나, 독주한 부분이 있는데."

"어, 그건 굉장한데!"

오유는 뺨을 붉혔다. "고마워. 스승님한테도 칭찬받았어. 그래서 이걸 받았으니까, 깃짱한테 줄게."

유카타 소맷자락에 손을 넣어 무언가를 꺼냈다. 작은 비단보자기다. 열었더니 여름 해를 받아 내용물이 반짝 빛났다.

염주였다. 까마귀의 깃털처럼 반들반들한 검은 구슬과, 잉걸불처럼 둔하게 빛나는 붉은 구슬을 엮은 것이다.

"술 장식이 달려 있지 않고 고리가 작지? 팔목에 두르는 염주래. 평소에 팔목에 끼워 두면 마를 쫓아 줄 거야."

깃짱네 집에는 여러 손님들이 오니까——하고 말하며 오유는 생긋 웃었다.

"고마워…… 하지만 스승님은 오유 씨네 아버지한테 드리라고 준 거 아니야?"

이 구슬의 거친 감촉은 분명히 남자용 염주다.

"아니." 또 꽃 장식이 흔들리고 가벼운 소리가 난다. "스승님은 우리 혼담을 알고 계셔. 그래서."

깃토미도 귀가 뜨거워졌다. "그, 그래?"

"그래서 이건 스승님이 깃짱한테 주는 우란분 선물이래. 앞으로도 나를 스승님 교실에 보내 달라는."

깃토미와 오유를 놀리면서 축하해 주고 있다. 어지간히 성질이 급하시구나.

"그렇다면 나도 사양 않고 받아 둘게."

"응."

오유의 호흡이 가빠지고, 결 좋은 하얀 피부에 예쁜 땀방울이 맺힌다. 깃토미는 자신과 비슷할 정도로 상대도 흥분하고 있고, 위가 부풀어 몸이 통째로 허공에 떠오를 것 같다고 느꼈다.

오유와는 양쪽 집안의 장사를 통해 알고 있을 뿐이다. 단둘이서 이야기한 적도 없고, 바깥을 다닌 적도 없다. 연인 사이와는 거리가 멀다.

그런데도 혼담이 나온 순간 이런 감정을 느끼다니. 서로 마음이 맞는다는 뜻일까.

"그럼 또 봐, 깃토미 씨."

오유는 상기된 뺨을 한 채 빙글 발길을 돌려 잔걸음으로 달려 갔다. 옷자락 사이로 슬쩍슬쩍 가냘픈 발목이 보인다. 발목이 가 늘면 좋은 여자라던데.

깃토미는 너무 흥분해서 눈앞이 어질어질했다. 오유가 '깃짱'이 라고 부른 까닭은 오타케가 그렇게 부르기 때문이다. 하지만 '깃 토미 씨'라고 부르면 의미가 달라진다. 그것은 거의 '여보'에 가깝 지 않나, 하고 깃토미는 멋대로 생각했다.

헤실헤실 웃고 있자니 정말로 다리가 풀리고 말았다. 배가 고 파서 뭔가 먹어야겠다고 생각한 일도 잊고 있었던 것이다.

해 질 녘이 되자 시치노스케의 열은 더욱 올랐다. 이마에 손을 대면 깜짝 놀랄 정도로 뜨거웠다. 장작값밖에 받지 않는 싸구려 여관이라도, 가메야는 친절한 여관이라 열을 내리는 약과 상처에 바르는 약 정도는 준비되어 있다. 도모키치와 이것저것 상의하여 오타케가 쇠주전자로 달이기 시작한 생약은 냄새만 맡아도 입 안 이 쓰게 느껴졌지만,

"그래서 잘 듣는 거야. 이건 내가 보고 있을 테니, 당신은 아이 들을 데리고 오쿠리비에 다녀오시오."

도모키치의 재촉에 오타케는 등롱에 불을 켜고 동생들에게 가 지로 만든 수레며 공물을 들려 주었다.

"곱자 영혼님, 일 잘하는 며느리와 귀여운 손자들이 배웅해 드

립니다."

깃토미는 오타케에게만 들리도록 그렇게 말하고, 남몰래 둘이 웃음을 나누며 세 사람을 보냈다.

"뭐야, 너는 안 가는 게냐?"

"시치노스케 씨가 어떤지 보고 올게요."

"──그래?"

쇠주전자를 올려놓은 풍로 옆에 쪼그려 앉아 있던 도모키치가 살짝 눈썹을 찌푸렸다.

"아버지, 왜 그러세요?"

"그 손님, 아무래도 마음에 안 드는데."

목소리를 낮추어, 그러나 위협적으로 도모키치는 말했다.

깃토미는 애써 부드럽게 대꾸했다.

"수상해도 쫓아낼 수는 없어요. 환자고요."

"아무도 쫓아내겠다고는 하지 않았다. 아니, 나는 마음에 안 들지만. 그 녀석이 갖고 있던 문서 말이야."

몇 겹으로 접혀 있고 붉은 봉인에는 복잡한 무늬가 도드라져 있었다.

"낮에 파수꾼 초소를 들여다보니 마침 사가미야의 어르신이 와 있기에."

사가미야는 이세자키초에 있는 향과 불구佛具를 취급하는 가게로 에도 여기저기에 셋집을 가지고 있는 지주이기도 하다. 어르신은 일흔이 넘었지만 허리와 다리가 튼튼하고 정신도 또렷해,

산책하는 길에 파수꾼 초소에 들러서는 차를 마시며 이야기를 하는 것이 습관인 사람이었다. 뭐, 이 근처의 명물 할아버지다.

"아는 게 많은 어르신이라서 물어보았지. 여행 통행증 대신 문서를 내미는 손님이 와 있다, 지금까지 본 적도 없는 무늬의 붉은 봉랍이 되어 있는 문서인데, 하고."

──어르신, 기억이 있으십니까? 저는, 혹시라도 숙박비를 떼어먹히지 않을까 싶어서 말이죠.

확실히 시치노스케는 통행증 대신 문서를 내놓았다. 깃토미는 신경 쓰지 않았으나 도모키치는 내내 초조해하고 있었던 모양이다.

깃토미도 목소리를 낮추었다. "어르신이 뭐라고 하시던가요?"

도모키치는 한층 더 얼굴을 찌푸렸다.

"봉랍의 무늬는 어땠냐고 꼬치꼬치 물으시더라. 그래서 기억하는 한 다 말씀드렸더니."

──아아, 그건 건드리지 않는 게 좋겠네.

"어째서요?"

"어째서인지, 이유는 가르쳐 주지 않았어. 다만 그 봉랍이 되어 있는 문서라면 가짜나 사기는 아니라는구나. 어떤 여행 통행증보다 확실한 통행증이니 손님을 정중하게 대하는 편이 좋겠다고 하시면서."

도모키치는 손으로 코를 마구 문질러 콧등이 새빨개졌다.

"여관뿐만 아니라 관문에서도, 하코네 관문에서도 그 문서에는 이러쿵저러쿵하지 않을 거라더라. 그렇다기보다, 나처럼 못 배우고 글도 못 쓰는 싸구려 여관의 주인에게는 오히려 통하지 않지만, 내놓을 곳에 내놓으면 누구나 황공해할 문서라는 거야, 그건."

깃토미는 그 말에야말로 속은 것 같은 기분이 들었다. 시치노스케 씨가? 그런 아까운 문서를 여행 통행증으로 쓰고 있다고? 야위고 가무잡잡하고, 풍채만 보면 수상하기 짝이 없고, 하지만 목소리가 좋고, 좋은 얼굴로 웃는.

──영혼 마을에서 온 뱃사람이다.

깃토미네 가족처럼 지극히 평범한 사람은 헤아릴 수 없는, 이상한 역할을 짊어지고 있는 사람이다.

새삼스럽게 깃토미는 숨을 삼켰다.

──영혼 마을은 천령이라고 했었지.

이쪽에서 물어보지도 않았는데 시치노스케는 제일 먼저 그 말을 입에 담았다.

천령이라면 그 영지민이 받는 여행 통행증은 쇼군이 직접 주시는 여행 통행증이라는 뜻이 되지 않을까. 그렇다면 확실히 이러쿵저러쿵할 필요는 없고, 섣불리 헐뜯으면 이쪽의 목이 위험하다. 시치노스케는 그런 냄새를 풍기려고 한 것이 아닐까.

"아버지, 어르신의 말대로 해요."

깃토미는 도모키치의 팔을 가볍게 잡았다. 살집이 좋은, 일하는 남자의 팔이다.

"그 사람은 제가 잘 살펴볼게요. 오늘 밤에도 눈을 떼지 않을 거고요. 아버지는 너무 신경 쓰지 마세요. 내일부터는 또 단골손님들이 와서 바빠질 거예요."

"알겠다."

도모키치는 자신의 팔을 잡고 있는 아들의 손을 가볍게 두드렸다. 일하는 남자의, 기름기가 없는 두툼한 손바닥으로.

"그건 그렇고, 탕약이 슬슬 다 되지 않았나?"

쇠주전자를 풍로에서 내리고 부글부글 끓고 있는 뜨거운 탕약을 그릇에 담아 깃토미는 소나무방으로 향했다.

쓰디쓴 김을 들이마시면서 복도를 걸어갔는데 소나무의 당지문 앞에 서니 백단 향기가 느껴졌다.

깜짝 놀랐다. 실로 고귀하고 우아하고 아름다운 향기다. 어제도 몇 번인가 맡았다. 미나모가 가까이 다가왔을 때다. 그 요괴의 입에서는 무덤의 흙냄새가 나는데 몸은 백단의 향기로운 향을 두르고 있는 듯했다.

설마 또 봉인이 풀렸나?

——맙소사!

일단 그릇을 복도에 놓고 양손으로 천천히 당지문을 열자 이쪽에 등을 돌리고 몸을 웅크린 채 잠들어 있는 시치노스케와, 그의 발치에 나긋나긋하게 앉아 있는 목이 긴 여자의 모습이 보였다.

"깃짱."

떨어져 있어도 바로 귓가에 다가와 속삭이는 것 같은 달콤한 목소리.

"이 사람의 열이 내리지 않아. 어쩌지?"

검은자위가 점 같고 흰자위만 빛나고 있다. 미나모는 요괴고 귀신이다. 화신해 버린 노혼이다.

그런데 어째서 이렇게 불안해 보일까. 내 기분 탓일까. 벌써 요괴에게 홀리고 말았나.

"야, 약을 달여 왔어요."

깃토미는 소나무방에 들어가 당지문을 꼭 닫았다. 사방등도 와등도 켜져 있지 않고, 좁고 답답한 한 평 반짜리 방은 달빛도 비쳐 들지 않는다.

그런데도 전체적으로 희푸른 빛이 내리쬐어 주위의 사물이 잘 보인다. 미나모의 몸이 빛나고 있기 때문이다.

"또 죽통에서 나와 버렸군요."

"……이 사람이 약해지면 봉인도 약해지니까."

미나모의 똬리를 튼 긴 목 위에 작은 머리가 얹혀 있다. 그 머리가 약간 앞으로 기울었다.

"이 사람이 목숨을 잃어버리면 나는 여기에서 길 잃은 노혼이 되고 말아. 너무 걱정이 되어서, 조금만 더 있다가 깃짱을 부르러 가려던 참이었어."

깃토미는 간담이 서늘해졌다. "이제 괜찮아요. 오늘 밤에는 내가 내내 여기에 있을게요."

미나모는 천천히 고개를 돌리더니 깃토미 쪽을 향했다. "그게 탕약이야?"

그릇에서 아직 김이 피어오르고 있다.

"네. 열을 내리는 데 잘 듣는 약이에요."

"좀 더 식히지 않으면 먹일 수 없어. 먼저 이 사람의 땀을 좀 닦아 줄래?"

깃토미는 능숙하게 병자를 돌보았다. 시치노스케의 몸은 쇠주전자처럼 뜨거운데 이부자리를 벗겨내고 피부를 닦으려고 하니 소름이 주욱 돋는다.

"괜찮아…… 이제 괜찮아……."

시치노스케는 눈을 감고 옆으로 누운 채 중얼중얼 잠꼬대를 했다. 괴로운 듯한 말투고, 미간에 주름까지 짓고 있다.

"싫은 꿈을 꾸는 걸까."

깃토미가 작은 목소리로 말하자, 미나모는 앉은 자세를 고치고 바닥에 손을 짚더니 목만 쑤욱 뻗어 깃토미 옆에 얼굴을 나란히 했다.

"이 사람, 내내 고생했으니까."

백단 향기가 코끝을 간질였다. 하지만 이상하다. 바로 옆에 있는데 향기는 아까보다 옅어졌다.

"왜 그래?" 미나모의 점 같은 검은자위가 빙글 움직였다.

"아니, 좋은 냄새구나 싶어서. 미나모 씨한테서 나는 거지요?"

미나모는 재빨리 눈을 깜박였다. 그것은 아무리 봐도 사람 같지 않고 뱀이나 도마뱀 같은 깜박임이지만 이제 새삼 무섭지는 않다.

"이거, 깃짱도 알겠어?"

"네. 어젯밤부터 맡았는데요."

"그래……."

머리와 목은 그대로 둔 채 미나모의 몸 쪽이 이불자락에서 일어나 깃토미 옆으로 그대로 옮겨 왔다.

목이 아니라 하얀 팔과 손가락을 뻗어 시치노스케의 등을 쓸기 시작한다. 상냥한 손놀림으로, 위로하듯이. 그러자 시치노스케가 잠든 채로 후우 하고 숨을 내쉬었다.

"영혼 마을에서는 지금의 나처럼 마을을 떠나 여행을 하고 있는 혼을 위해서 하루에 몇 번 향을 피워 줘."

백단 향. 깃짱의 팔꿈치에서 손끝 정도 되는 길이의 향.

"그 향이 내게도 전해져 오는 거야. 떠나 있는 혼을 위로하기 위한 향이니까, 살아 있는 사람의 코로는 맡을 수 없어. 뱃사람도 상당히 숙련된 사람이 아니면 느낄 수 없는데 깃짱은 맡을 수 있구나."

너, 난사람이야. 미나모가 그렇게 말하며 웃음을 짓는다. 웃음이 아름답고, 생각지도 못할 만큼 다정해서 깃토미는 감동했다.

이런 영혼이 왜 요괴가 되었을까. 무엇이 잘못된 걸까.

"이 사람도 옛날부터 야위고 볕에 그을려 있었던 건 아니야."

천천히 시치노스케의 등을 쓸면서 미나모는 말했다.

"내 전에, 어느 선원의 영혼을 고향으로 데리고 돌아가는 임무를 맡았대."

거기에서 입을 다물어 버린다. 좀처럼 다음 말이 이어지지 않는다. 깃토미는 초조해졌다. 무언가 재치 있는 맞장구를 쳐야 할 텐데.

"그, 그 영혼이 볕에 그을리고 야위는 바람에, 시치노스케 씨도 닮아 버린 건가요?"

"그런 건 아니야."

미나모는 곧바로 대답했다. 달콤하지만 차가운 말투. 흰자위에 점 같은 검은자위가 웃고 있는 듯 보이는 것은 깃토미의 착각일까.

"있지, 깃짱. 내가 도와줄 테니까 이 사람 옷 갈아입히자. 축축한 잠옷을 그대로 입고 있으면 좋지 않아. 깨끗한 걸 가져다 줘."

시키는 대로 깃토미는 빨래 말리는 곳으로 달려갔다. 널어 두었던 유카타와 수건, 속옷 등을 긁어모아서 소나무방으로 돌아오니, 시치노스케는 이불 위에 천장을 향해 눕혀져 있고 미나모가 그 머리 바로 위에 앉아 있었다. 오타케가 병자용으로 대어 둔 부드러운 메밀베개는 옆으로 치워져 있다.

미나모는 구불구불 비틀리듯이 움직이는 하얀 손가락을 모아, 열을 내리는 약이 든 그릇을 받쳐 들고 있었다. 깃토미는 한순간 미나모가 시치노스케의 머리 위에서 탕약을 냅다 뿌리려는 건가 생각했지만, 물론 그럴 리는 없다. 하지만 그것과 비슷할 정도로 의외의 행동을, 미나모는 했다.

그릇에 입을 대고 달인 약을 마시기 시작한 것이다. 꿀꺽꿀꺽 마시더니 그릇의 바닥을 천장으로 향하며 완전히 비워 버렸다.

깜짝 놀라 지켜보는 깃토미의 눈앞에서 미나모는 부웅 하고 부풀더니 목이 긴 여자의 모습에서 몸통이 한아름은 돼 보이는 커다란 구렁이로 변했다.

새하얀 구렁이다. 비늘은 투명하고 몸통 안쪽이 하얗게 비치는데, 그 하얀 살 속을 방금 다 마신 탕약이 검은 줄기가 되어 돌고 있다.

구렁이가 입을 크게 벌리더니 이번에는 머리에서부터 시치노스케를 통째로 삼켰다.

깃토미는 소변을 지릴 뻔했다.

시치노스케를 삼킨 구렁이 안에서 열을 내리는 탕약의 흐름이 격렬해지더니 점차 시치노스케 쪽으로 향하기 시작했다. 그러고는 점점 사라져 간다. 시치노스케의 몸으로 빨려 들어가는 것이다.

곧 구렁이 안쪽에서 탕약이 사라졌다. 구렁이는 부르르 떨고는 다시 입을 크게 벌려 시치노스케를 토해 냈다.

팽팽해졌다가 느슨하게 형태를 누그러뜨린 구렁이가 끝 쪽에서부터 천천히 천을 짜 올리듯이 목이 긴 여자의 모습으로 돌아갔다.

"열이 심해."

미나모는 그렇게 중얼거리고 고개를 스르륵 돌려 깃토미를 보았다.

"약을 먹이는 김에 조금 식혀 주긴 했는데. 깃짱, 깨끗한 잠옷 가져왔어?"

미나모에게 이가 딱딱 부딪히고 있는 모습을 들키지 않으려고 깃토미는 입을 굳게 다물고 있었다.

친절하고 상냥하고 환자를 돌보는 손놀림은 오타케와 비슷할 정도로 제법이어도 역시 미나모는 살아 있는 인간이 가까이 할 수 없는 괴물이다.

그 생각이 뼛속까지 파고들어와 무섭다고 생각하는 한편으로 깃토미는 깊은 슬픔을 느꼈다. 시치노스케의 머리 밑에 메밀베개를 대어 주고 원래와 같은 자세로 눕힌 후 어깨 위까지 이불을 덮어 줄 무렵에는 이가 딱딱 울리는 것을 막기 위해서가 아니라 울상을 짓지 않으려고 입을 시옷자로 구부리고 있었다.

"……아까 하던 이야기를 계속할까."

한 번 긴 목을 뻗었다가 천천히 다시 감으면서 미나모가 말했다.

"선원의 영혼은 무사히 고향으로 돌아갔지만."

시치노스케의 안내로 돌아가고 싶었던 고향에 돌아갔지만,

"거기에서 날뛰고 말았어."

커다란 괴어怪魚에 사람의 팔다리를 붙인 꼴사납고 무서운 모습의 괴물이 되어 어촌의 건물과 배를 부수고, 그물을 찢고, 노인과 여자, 아이들까지 구별 없이 습격한 끝에,

"어부들에게 작살이며 횃불에 쫓기다가 마지막에는 바다에 뛰어들어서 깊은 곳으로 가라앉아 사라졌대."

바다의 그 부근에는 이후로 1년이 넘도록 물고기가 전혀 가까이 오지 않았다고 한다.

"그 선원의 혼은 노혼도 원혼도 아니었어."

달콤한 목소리로 말하면서 미나모는 긴 팔로 자신의 몸을 껴안았다.

"지금의 나 같은 이형의 모습을 하고 있지는 않았어. 배가 난파되어 목숨을 잃고, 살아 있었을 때의 일을 잊어버려 영혼 마을에 오게 되었고, 혼지기의 신세를 지고."

다친 사람이나 병자가 요양을 하듯이 조금씩 조금씩 자신을 되찾고 죽어 버린 자신의 신세를 슬퍼하면서도,

"고향으로 돌아가고 싶다. 사랑하는 아내와 갓 태어난 아기 곁으로. 한 번만이라도 얼굴을 보며 작별을 고하고 저세상으로 가고 싶다. 그렇게 바라는 영혼이었어."

그래서 시치노스케도 안심하고 있었다. 방심하고 있었다. 선원의 혼이 선량하고 말에 거짓이 없고 처자식에 대한 마음이 눈물겨울 정도로 한결같아서.

이 녀석이라면 받아들일 수 있을 거라고 믿었다.

하지만 착각이었다.

"고향 마을에 돌아가 보니 사랑하는 아내는 이미 다른 남자의 아내가 되어 있고 아기도 새 아빠를 잘 따르더라는 사실을 알게

된 순간 선원의 혼은 분노와 슬픔의 고함을 질렀어."

뱃사람, 당신은 이걸 알고 있었나? 알면서 나를 이 마을까지 데려온 건가?

알고 싶지 않았어 보고 싶지 않았어 이런 거 이런 거. 나는 죽고 싶지 않았어. 죽어 버렸다는 이유만으로 이렇게 심하게 배신을 당하다니.

용서할 것 같으냐.

──하지만 벌써 3년이나 지났는데!

"사랑하는 아내가 그렇게 소리치며 겁을 먹고 뒷걸음질 치는 걸 본 순간 선원의 혼은 괴물이 되었어."

더 이상 시치노스케의 말도 통하지 않았다. 거칠어진 괴물은 날뛰면 날뛸수록 사람의 마음을 잃어 간다. 사람의 피를 뒤집어쓰면 뒤집어쓴 만큼 더러워지고 거칠어져 간다.

"한 번이라도 살아 있는 사람을 다치게 해 버리면, 이 세상에서 해를 끼쳤기 때문에,"

괴물에서 영혼으로 돌아갈 수는 없다. 괴물로서 사람들의 두려움의 대상이 되고 어둠에 숨어 이 세상에 계속 존재하다가 언젠가는 퇴치당할 뿐이다.

시치노스케의 짧은 생각이 선원의 혼을 그런 어둠으로 몰아넣고 말았다.

"선원의 혼에 담긴 마음의 무게…… 거기에 어느 정도의 슬픔이나 체념이 있는지, 얼마만한 집착과 분노가 남아 있는지, 이 사람은 잘못 보고 말았어."

사람의 마음은 헤아리기 어렵다. 사람의 생각은 변하기 쉽다. 혼이 되어도 사람은 약하다.

시치노스케는 열 때문에 호흡이 빠르다. 그 얼굴을 바라보며 미나모가 말을 잇는다.

"뱃사람으로서는 목숨을 내놓아도 모자랄 정도의 실책이었지."

그날부터 몇 년 동안이나 시치노스케는 십곡十穀을 끊었다. 쌀도 보리도 밤도 피도 먹지 않는다. 비가 오는 날에도 바람 부는 날에도 눈이 많이 내려도 타는 듯한 햇빛 아래에서도 삿갓을 쓰지 않고 도롱이도 입지 않았다.

"그래서 저렇게 야위고 볕에 그을린 자국이 피부에 배어 버린 거래."

시치노스케는 돌이킬 수 없는 실책의 벌을 몸에 새긴 것이다.

"스스로 벌을 준 셈이라서 그동안에는 뱃사람으로서의 역할에서도 떠나 있었어. 이 사람한테 나는 오랜만의 영혼이야."

한숨처럼 희미한 미나모의 중얼거림을 들으면서 깃토미는 입을 시옷자로 다문 채 시치노스케에게서 벗긴 잠옷과 땀을 닦은 수건을 갰다. 그렇게 하면서 울음이 터질 것 같은 얼굴을 미나모에게서 숨겼다.

미나모는 하얀 손가락을 꿈틀거리며 자신의 검은 머리카락을 매만졌다.

"그런데 나도 이 사람을 애먹이고 있어."

손가락 사이에 낀 검은 머리카락이 몽땅 빠지고 먼지처럼 흩어져 사라졌다.

정신이 들어 보니 무릎 언저리가 투명해져 맞은편에 마루 판자가 보인다. 오른쪽 귀는 이미 형태를 이루지 못하고 있다.

살아 있는 사람과 관련되면 영혼은 힘을 쓰고 말아서, 화신을 했어도 그 모습을 유지할 수 없게 된다고 한다. 미나모는 소모되고 있는 것이다.

"이 사람은 선원의 영혼에 대해서 정말로 깊이 후회하고 있으니까 내가 아무리 강하고 제멋대로인 노혼이라도 결코 버리지 않겠다고 말했어."

──반드시 화혼이 되게 할 것이다.

"화신해도 좋다. 아무리 해도 견딜 수 없어서 괴물이 되어 버려도 좋다. 다만 사람을 다치게 하지만 않으면, 이 세상에서 해를 입히지 않으면 화혼이 될 수 있는 길은 남아 있으니까."

──이번만은 실수하지 않아.

"미, 미나모 씨는."

말을 해 보니 깃토미의 목소리는 한심하게 떨리고 있었다.

"아까부터, 시, 시치노스케 씨의 이름을 부르지 않네요."

미나모는 살짝 미소를 지었다. 얼굴의 오른쪽 절반이 반투명해졌다. 절반뿐인, 상냥한 웃음.

"뱃사람은 가는 곳마다 다른 이름을 쓰니까. 진짜 이름은 나도 몰라."

혼지기도 뱃사람도, 영혼에게는 자신의 진짜 이름을 가르쳐 주지 않는다. 영혼 마을의 규칙이라고 한다.

"아마도 몸을 지키기 위한 궁리 중 하나겠지."

미소가 흐르던 얼굴의 아래쪽 절반이 주르륵 무너진다. 똬리를 틀고 있는 목도, 단정하게 모으고 있는 무릎도 반투명해져 미즈만주水饅頭 기후 현 오가키 시의 명물 간식. 투명한 물방울 모양의 화과자이다처럼 흐물흐물하게 흔들린다.

"길게 이야기해 버려서…… 나도 슬슬, 쉬어야 해."

어젯밤과 똑같이 반쯤 투명한 구슬로 변해 간다. 둥실둥실할 뿐인 구슬. 쉬고 있는 혼을 감싼 껍데기다.

"——깃짱, 아까 그 여자는 깃짱이 좋아하는 사람이야?"

미나모의 입술이 그렇게 물었다.

깃토미는 대답을 할 수가 없었다. 미나모의 입술이 반투명한 구슬 속에서 한 마리 붉은 나비처럼 팔랑팔랑 움직인다.

"나도 그 여자처럼 살고 싶었어. 부러,"

부러워. 거기까지 다 말하지 못하고 붉은 나비는 구슬 속으로 녹아들었다.

깃토미는 빨랫감을 가슴에 껴안은 채 비틀비틀 일어섰다. 시치노스케가 누워 있는 이불을 돌아, 둥실, 둥실 떠 있는 반투명한 구슬 옆으로 가서 바싹 다가앉듯이 바닥에 앉았다.

무릎을 껴안자 견디다 못한 눈물이 넘쳐났다.

약이 효과가 있었는지 시치노스케의 열은 하룻밤 만에 내렸다. 하지만 몸에 힘이 돌아오고 눈이 완전히 보이게 되기까지는 아직 시간이 더 필요해 보였다.

깃토미는 오타케와 둘이서 시치노스케를 보살폈다. 시치노스케가 혼자 일어나 측간에 갈 수 있게 될 때까지는, 밤 동안에는 반드시 깃토미가 붙어 있었고 오타케는 소화가 잘되고 영양이 있는 밥을 준비하기 위해 여러 가지로 신경을 쓰며 궁리를 했다.

당연히 여관의 숙박비인 '장작값만'보다 돈도 든다. 게다가 예상외로 오래 머물게 되자 속을 태우던 시치노스케는 도모키치에게 돈을 싸서 건넸다. 이러쿵저러쿵하지 않고 받아 들었다가 계산대에서 꾸러미를 풀어 보고 깜짝 놀란 도모키치는 한동안 딸꾹질이 멈추지 않았다.

"사가미야의 어르신이 말씀하셨던 대로야. 수상쩍은 손님이지만 소중히 대해야겠구나."

시치노스케가 미음이며 죽과 작별하고 평범한 밥을 먹을 수 있게 되기를 기다렸던 도모키치는 그 돈으로 장어구이를 사 왔다.

먹음직스럽게 구운 두툼한 장어구이를 깃토미는 소나무방에서 시치노스케와 둘이서 먹었다. 부엌 쪽에서 동생들의 "장어다!" 하고 떠들어 대는 목소리가 내내 들렸는데, "잘 먹겠습니다" 이후로는 먹는 데 열중했기 때문인지 무덤처럼 조용해져서 웃기기도 하고 부끄럽기도 하고.

"죄송합니다, 좀처럼 먹을 수 없는 음식이라."

"활기차고 즐겁네요."

많이 회복되기는 했지만 애초에 막대처럼 야위었던 사람이다. 앓아눕고 나서는 수염도 덥수룩하게 길었고 이를 퇴치하기 위해 짧게 깎았던 머리도 어중간하게 자랐다. 풍채는 더욱더 수상해졌다. 그러나 커다란 검은자위에는 침착하고 다정한 빛이 돌아와 있었다.

"시치노스케 씨도 많이 드세요." 깃토미는 밝게 말했다. "내일은 이발사를 불러 수염을 깎아 달라고 하지요. 머리카락도, 이제부터 기른다 해도 한 번은 다듬는 편이 좋으려나요."

"아니, 저는 이대로 대머리로 있을 생각이에요. 차라리 깨끗하게 밀어 달라고 할까요."

머리를 더 깎겠다니. 깃토미는 미나모에게서 들은 이야기를 떠올렸다. 시치노스케의 후회와, 스스로에게 부과한 엄한 벌을.

와구와구와구. 양념이 밴 밥을 입에 그러넣고 맛보면서, 자신의 뱃속에 있는 생각도 다시 맛보았다. 어떻게 할까, 깃토미. 발을 들여놓을래? 아니면 잠자코 지켜볼래.

"요즘 미나모 씨도 안 보이는데."

"신경 써서 봉인을 유지하고 있으니 깃토미 씨네 앞에는 나타나지 않을 뿐이에요. 본래는 그래야 하고."

맛있는 장어구이와 양념밥인데 시치노스케의 말투는 씁쓸하다.

"제가 한심하고 약하고 가볍게 술술 말해 버리는 바람에 깃토미 씨는 몰라도 되는 것을 알고 걱정하지 않아도 되는 것까지 걱정하는 처지가 되고 말았군요."

그 씁쓸함이 깃토미의 마음을 움직이고 결심하도록 만들었다. 지금이 그때다, 말을 꺼내자. 발을 들여놓자.

"시치노스케 씨가 자고 있는 사이에, 나 미나모 씨한테서 들었어요."

시치노스케는 시선을 들었다. "무엇을 말입니까?"

"미나모 씨는 시치노스케 씨가 안내하는 오랜만의 영혼이라는 얘기나, 요전의 영혼 때문에 실수했다는 얘기, 시치노스케 씨가 그걸 굉장히 고통스럽게 여기고 있다는 걸 알면서도 자신도 애먹게 하고 있다고, 미나모 씨가 풀이 죽어서 말했어요."

시치노스케의 입가에 경련하는 듯한 웃음이 떠올랐다.

"역시 깃토미 씨의 조상 중에는 영혼 마을 사람이 있는 게 틀림없어요."

그렇지 않다면 설명이 되지 않는다고 한다.

"처음부터 미나모를 안각하고, 서로 만질 수 있었던 데다가, 결국에는 나를 빼고 친하게 이야기까지 하다니요. 깃토미 씨의 몸에는 뛰어난 혼견이나 뱃사람의 피가 흐르고 있다는 뜻이겠지요."

그럴까? 꼭 그렇지만은 않을 거라고 깃토미는 생각한다.

"우리 집에서 미나모 씨를 안각할 수 있었던 건 나랑, 친어머니도 아닌 오타케 씨뿐이에요. 핏줄이라고 하기에는 이상한데요."

시치노스케가 노골적으로 불쾌한 얼굴을 짓는다.

"그렇다면 어째서."

깃토미는 그 얼굴에 손가락을 들이대며 웃었다.

"맞아요, 가끔은 그런 얼굴을 해도 돼요. 시치노스케 씨, 오랫동안 참아 오기만 했잖아요."

어? 하는 입 모양을 한 채 시치노스케는 굳고 말았다.

"몸을 망쳐 가며 참고 비밀을 지키고, 불평은 물론이거니와 자랑도 못 하지요. 계속 그런 생활을 해 왔다면 아무리 강한 남자라도 지칠걸요."

시치노스케는 지칠 대로 지쳐서 가메야에 왔다. 영혼 마을의 비밀에도, 자신이 저지른 죄의 무게에도 짓눌린 채로. 본인은 이제 아슬아슬한 데까지 와 있음을 자각하지 못했다는 점 또한 구제불능이었다.

"꽉꽉 가득 차서, 시치노스케 씨는 자기도 모르는 사이에 주위에 도움을 청하고 있었겠지요. 그래서 스스로는 깨닫지 못했겠지만 바로 옆에 있는 우리한테 시치노스케 씨가 갖고 있는 힘이 작용한 게 아닐까요."

즉, 오타케와 깃토미는 뛰어난 뱃사람인 시치노스케로부터 영향을 받았을 따름이다. 저녁 해에 얼굴이 물들듯이. 모닥불에서 피어오른 연기 냄새가 고소데에 배어들듯이.

"시치노스케 씨가 다른 곳으로 가 버리면 우리도 원래대로 돌아올 거예요. 그러니 전혀 걱정하지 않아도 돼요. 하지만 나는 걱정돼 죽겠어요."

이제부터 시치노스케가 어떻게 할지. 미나모가 어떻게 될지.

"우리 여관에서 이렇게 오래 묵을 예정은 아니었지요? 둘이서 후카가와에 온 까닭은 미나모 씨와 인연이 있는 장소가 근처이기 때문인가요? 아니면 여기는 그냥 지나가는 장소일 뿐이었나요?"

시치노스케는 잠시 멍하니 있었다. 깃토미가 한 말을 곱씹는 모양이다. 이윽고, 아직 절반쯤 밥이 남아 있는 그릇을 밥상 위에 내려놓고 젓가락도 나란히 놓았다.

"제…… 힘이…… 그런, 아니야."

그러더니 빈 손으로 얼굴을 문질렀다.

"만일 그런 거라면, 더욱 폐를 끼쳐 버렸군요."

"폐라고는 생각하지 않아요. 그런 뜻으로 한 말이 아니에요!"

깃토미는 소리를 질렀다. 시치노스케가 심약하게 눈을 깜박인다. 두 사람은 얼굴을 마주 보았다.

"못 당하겠군요."

시치노스케가 한숨을 쉬더니 표정을 약간 누그러뜨리며 말했다. "후카가와는 그냥 지나갈 작정이었습니다."

그들은 14일 오후에 기사라즈 쪽에서 배를 타고 왔다. 합승 여객선이 아니라 간장배를 타고.

"물론 미나모가 많은 사람들과 섞이지 않길 바랐기 때문입니다."

시치노스케의 눈 상태는 그 전날쯤부터 이미 이상했다고 한다.

밤소경 기미가 생기고 낮에도 먼 곳이 흐릿해 보였다.

"그래도 14일 당일 안에 에도를 가로질러 요쓰야의 관문을 나가 버리거나, 그 부근에서 머물 수 있는 숙소를 찾을 생각이었어요."

그러나 예상보다 배가 훨씬 더 많이 흔들렸던 데다가 간장 냄새에 푹 절여져서, 오나기가와·고혼마쓰 옆 선창에 도착했을 때 시치노스케는 완전히 속이 나빠져 있었다. 당장은 걸을 수도 없었다.

"별 수 없이 제방길에서 쉬고 있노라니 기분은 나아졌지만 왠지 귀찮아져 버려서요. 오늘은 부근에서 숙소를 잡자고 생각했지요."

후카가와에는 처음 오는지라 역참에 연줄은 없었다.

"여비에는 여유가 있고 제가 갖고 있는 문서, 그건 '영혼 통행증'이라고 불리는데, 막부에서 영혼 마을의 뱃사람에게만 내리는 특별한 통행증이거든요. 그것만 내밀면 아무런 사양도 거리낌도 없이 어디든 마음에 드는 곳에 묵을 수 있으니 불안도 불편도 없었지만."

까다로운 일행인 미나모가 문제였다.

"제가 이렇게 약해진 이상 봉인이 약해졌을 때도 염두에 두어야 하니 신중해져서 꽤 찾아다니고 말았어요."

새삼스러운 이야기지만 깃토미는 기가 막혔다. "그런데 하필이면 왜 우리 가게로 온 건가요?"

시치노스케는 미소를 지으며 고개를 끄덕였다. "깃토미 씨네 집에 하나같이 좋은 색깔의 기가 보였으니까요."

안심하고 몸을 맡길 수 있겠다고 생각했다.

"깃토미 씨도 알고 있지요? 제 눈은 미나모의 눈과 똑같아질 때가 있어요. 이 세상에 남아 있는 망혼의 눈과."

망혼의 눈은 동료인 영혼을 볼 수 있을 뿐만 아니라 살아 있는 사람의 생명의 반짝임인 인기人氣도 볼 수 있다.

"그때 제가, 가메야에 다른 손님이 없음을 알아챌 수 있었던 까닭은 손님이 머무는 방 쪽으로 전혀 인기가 보이지 않았기 때문이에요."

한편 바쁘게 일하고 있는 깃토미네 가족들의 인기는 희미한 벚꽃색이나, 예쁜 풀색이나, 길이 잘 든 도구 같은 강철의 반짝임을 띠고 있었다고 한다.

"강철의 반짝임…… 아버지인가?"

"저도 당시에는 그리 짐작했지만 지금은 생각이 달라요. 아마 오타케 씨일 겁니다. 가장 큰 기였고요."

비꼬거나 놀리는 투가 아니라 존경스럽다는 기색이다.

"그러고 보니 미나모는 계단 있는 데서 처음 깃토미 씨와 오타케 씨를 만난 후, 새파랗게 질려 야단치는 저를 곁눈질하며 이렇게 말했어요."

──아무리 덩치가 커도 여자고, 저 사람 내가 무서웠을 텐데, 조금도 물러서지 않고 남자아이를 지키려고 했어.

"좋은 걸 보았네, 라면서."

깃토미는 시치노스케의 품 언저리를 바라보았다.

"미나모 씨, 거기에 있나요?"

"아니, 지금은 죽통째 짐 속에 넣어 두었어요. 왜요?"

"그 죽통 안에 있어도 우리가 나누는 이야기가 미나모 씨한테 들리나요?"

"들리면 어떤데요?"

깃토미는 양손을 통 모양으로 만들어 입을 대고 속삭이듯이 부드럽게 불렀다. "미나모 씨~. 그런 말을 해 주어서 우리 어머니는 엄청 기뻐할 거예요. 고마워요."

시치노스케는 아주 조금 몸을 비딱하게 틀며, 뭔가 어려운 대상을 측량하려는 듯한 표정으로 찬찬히 깃토미를 바라보았다.

"……어째서 미나모한테 다정하게 대하는 거지요?"

깃토미는 어깨를 으쓱했다. "나는 다정한 남자니까."

"장난치지 말아요. 깃토미 씨, 당신 혼담이 결정되려고 하지 않습니까."

"예?"

깃토미는 반쯤 무의식적으로 자신의 품을 손으로 감싸고 말았다. 오유한테 받은 팔목 염주를 숨겨둔 곳이다. 절대로 잃어버리지 않도록 소중히 하면서 몸에서 떼어놓지 않고 가지고 다니려면 그게 제일이니까.

"그런 걸 시치노스케 씨가 어떻게 아세요?"

"여기 조용히 누워 있으면 길에 서서 이야기하는 게 잘 들려요. 어제 저녁이었나, 본인들끼리도 마음이 있는 모양이니 얼른 진행하자고, 도모키치 씨와 걸걸한 목소리의 할머니가 말씀하시더군요."

정말이지 뭘 숨길 수가 없는 동네다.

"나한테 혼담이 있는 게 뭐가 어떤데요?"

"뭐가 어떻기는요."

시치노스케의 목소리가 거칠어졌다. 짧지만 특이하고 진한 사귐 속에서 그가 진심으로 화를 낸 것은 이게 처음이다.

"이제 아내를 맞이하려는 남자가, 왜 다른 여자한테 다정하게 대하는데요. 미나모도 여자예요. 노혼이 되어 버려서 화신했어도 여자이니, 깃토미 씨가 정을 주면 마음이 간다고요. 오히려 불쌍하다고는 생각하지 않습니까?"

깃토미는 할 말을 잃었다. 오히려 불쌍하다. 그렇게 생각하지는 않았다.

──나도 그 여자처럼 살고 싶었어.

약하게 날갯짓하는 작고 붉은 나비처럼 미나모의 입술은 움직여 그렇게 말했다.

살 수 있어. 내세에는 그렇게 살 수 있게 하자. 그러려면 괴물이 되어 이 세상을 방황해선 안 돼.

"가르쳐 주세요."

두 사람은 어디로 가려는 것일까. 미나모가 떠올린 곳. 그곳은 그리운 고향이나 집이면서 동시에 원한이 배어 있는 곳일까.

"앞으로 당신들은 어떻게 할 생각인가요?"

깃토미의 물음에 시치노스케는 평탄하고 낮은 목소리로 대답했다.

"······산천유람을 갈 리도 없지 않습니까. 노혼과 원혼에 대해서는 전에도 이야기했지요."

깃토미는 입을 시웃자로 다물고 고개를 끄덕여 보였다. 미나모가 향하는 목적지는 거의 틀림없이 노혼의 분노의 원천이 있는 곳이다. 미나모를 부조리하게 죽음으로 내몬 자. 미나모를 죽인 자. 심한 일을 당하게 한 자.

"그리워서 돌아가는 게 아니에요. 다정한 가족을 만나러 가는 길도 아니고. 미나모는 원한을 풀러 가고 싶어 하는 거예요."

시치노스케의 볕에 그을린 얼굴이 고통으로 일그러졌다.

"영혼이 가고 싶어 하는 곳으로 안내하는 게 뱃사람의 할 일이에요. 하지만 저는 미나모에게 그런 무서운 짓을 시키고 싶지 않아서."

이전의 실책을 후회하고 있으니까. 노혼도 원혼도 아니었던 망혼을 영원히 성불할 수 없는 괴물로 만들어 버린──.

"여행을 하면서 계속 시간을 벌어 왔어요. 미나모에게 세상의 다른 사람들이 어떻게 사는지 보여 주고, 들려 주고, 가르쳐 주고."

원한을 버리고 저세상으로 가자. 영혼은 승천하여 언젠간 윤회의 이치에 따라 다음 생을 받는다. 그 길을 선택하자. 이번 생의 원한을 풀어 마음이 후련해져도 그러한 대가로 괴물이 되어 이 세상에 못박혀 버리는 것은 너무 수지가 맞지 않는다.

"미나모의 강한 분노와 원한과 제 설득, 어느 쪽이 이길지, 일진일퇴. 그러다가 저는 지치고 심신이 약해져 망자에 가까워지고 말아서 여기에 이러고 있는 겁니다."

뼈가 불거진 양손으로 머리를 끌어안고 시치노스케는 신음했다.

"아아, 아까 깃토미 씨가 했던 말이 정답인지도 모르겠군요. 망자에 물들어 버린 저는, 다음에는 깃토미 씨와 안주인을 물들여 동료로 삼으려 움직이고 있어요."

그런 짓을 하는 자신은 뱃사람으로서는 이제 틀렸다. 그 실패로 충분하니 역할을 반납해야 했다. 죽어도 좋으니 미나모를 화혼으로 되돌려 주고 싶은데 자신에게는 이제 그럴 만한 힘이 없다. 그저 혼란을 일으킬 뿐이다——.

깃토미는 말했다. "내가 도울게요."

스쳐 지나가는 인연이라도, 인연은 인연이다. 내버려 둘 수 없다. 결연하게 단언했다.

"미나모 씨를, 오히려 불쌍하게 만들지는 않을 거예요. 그럴 수는 없어. 화혼이 되어서 성불하게 해 줄 거예요."

시치노스케는 거의 자포자기라고 해도 좋을 법한 건조한 웃음소리를 냈다.

"깃토미 씨가 뭘 할 수 있다는 겁니까."

"할 수 있어요. 원수가 어디에 사는 어떤 놈이고, 미나모 씨한 테 어떤 심한 짓을 했는지 가르쳐 주세요. 내가 원수를 갚아 줄게 요."

깃토미가 대신하면 된다. 미운 원수에게, 미나모가 직접 손을 대지만 않으면.

"무슨 바보 같은 말을——."

"피를 흘린다거나 때리거나 차거나 베겠다는 말이 아니에요. 그러지 않아도, 방법은 있어요."

나도 망자에 물들었나? 그렇다면 그런 대로 좋다. 망자의 힘을 받으면 되지.

"미나모 씨가 가는 곳은, 말이지요."

이야기 속에 또렷하게 떠올라 있던 젊은 날의 깃토미가, 특이 한 귀갑무늬가 연결된 줄무늬 유카타를 입은 멋있는 노인으로 바 뀐다. 세월은 소리도 없이 지나가며 깃토미의 얼굴에서 젊음과 생기를 조금씩 가져가고 대신 지혜와 재치와 차분함을 두고 갔 다.

——이렇게 나이를 먹고 싶다.

그런 생각을 하며 도미지로는 대단원으로 향하는 이야기에 귀 를 기울였다.

"요쓰야의 관문에서 하치오지까지 가는 길목의 어딘가. 그렇게 말씀드려 두지요."

도미지로가 웃으며 고개를 끄덕인다. "예, 그걸로 충분하지만 장소의 이름이 있는 편이 이야기하기 쉽지 않겠습니까?"

"으~음, 그런가요."

"후타시마二島 마을로 하지요."

깃토미 노인은 얼굴 전체의 주름을 생생하게 움직여 웃었다.

"앗핫하, 미시마三島로 하면 시건방지니까요."

애송이였던 깃토미는 미나모에게서 직접, 대체 어떤 심한 일을 당해 목숨을 잃었는지 들을 수는 없었다고 한다. 자신이 괴롭다 기보다, 미나모의 괴로움을 생각하면 그럴 수 없었다.

그래서 자세한 이야기는 시치노스케에게 들었다. 들을수록 속이 뒤집히고, 분노로 배알이 틀리고, 구역질이 나고 말아, 뺨을 태울 듯한 눈물을 흘렸다. 조금 진정되고 나서 자신의 손을 보니 좌우의 손바닥에 손톱자국이 깊이 남아 있었다. 그만큼 세게 주먹을 움켜쥐고 있었던 것이다.

깃토미는 주먹으로 얼굴의 눈물을 닦고 해야 할 일을 생각하며 마음을 다졌다. 그러자 화가 난 만큼, 토한 만큼, 눈물을 흘린 만큼 지혜와 담력이 샘솟는 듯한 기분이 들었다.

뜻을 정하고 마음을 정하고 준비가 되자 도모키치와 오타케에게 이야기했다. 시치노스케는 이제 괜찮으니 떠나겠다고 말했지만 지금의 야윈 몸으로 언제 또 쓰러질지 알 수 없다.

──목적지인 후타시마 마을이라는 곳까지는 제 다리로도 당

일치기로 다녀올 수 있는 거리예요. 걸려 봐야 1박으로 끝날 테니 데려다 주고 싶어요.

도모키치는 내키지 않아 했지만, 오타케가 중재해 주었다. 깃토미만큼 자세한 사정을 알지는 못하는 오타케지만, 아들의 얼굴과 매끈매끈하게 머리를 깎은 시치노스케의 얼굴을 번갈아 바라보며 깨달은 바가 있었으리라.

"저는 어머니에게 몰래 한 가지를 빌렸습니다. 당신께서는 깊이 캐묻지 않고 들어 주시더군요."

──깃짱이 하는 말이니 뭔가 이유가 있겠지.

마침내 떠나는 날. 오타케는 깃토미의 눈을 바라보며 이렇게 말했다.

──오유를 울리는 짓만은 해선 안 된다.

친모가 아닌 어머니는 그 커다란 몸을 굽히고 친자식이 아닌 아들의 손을 잡았다.

──만일 그 애를 울린다면, 나는 너를 지옥 끝까지 쫓아가서 우두마두牛頭馬頭 사람의 몸에 소와 말의 머리가 달린 지옥의 옥졸한테서 빌린 창으로 엉덩이부터 꼬치처럼 꿰어 집까지 질질 끌고 와 줄 테니까.

변함없이 엄청난 말을 하는 어머니다. 깃토미는 그 말을 귀에 새겼다.

"그리고 나중에 그걸 그대로 흉내 냈지요."

멋있는 깃토미 노인은 그리운 듯이 눈을 가늘게 뜨며 말했다.

어리둥절해진 도미지로는 고개를 갸웃하며 물었다. "무슨, 말씀이신지.”

“아니, 그러니까요. 미나모 씨의 원수에게 천둥 같은 커다란 목소리로 얼굴을 맞대고 그렇게 말해 주었거든요. 후타시마 마을 사람들이 많이 모여 있는 눈앞에서.”

후타시마 마을은 풍요로운 곳이었다. 흙이 비옥하고 물이 좋아서 질 좋은 푸성귀와 과일이 자란다. 그것들은 에도에서 비싼 값에 팔려 지주의 배를 불렸다. 도매상을 통하지 않고 봇짐장사를 나가는 농가에는 귀중한 현금을 주었다.

“혹시 도련님은 아십니까? 돈놀이라는 것은 돈이 없는 곳에서는 번성하지 않아요. 돈이 있는 곳에서야말로 활개를 치지요.”

후타시마 마을의 돈놀이꾼은 나누시와 촌장의 집과 처마를 나란히 하며, 마을 한가운데에 가게와 집을 두고 있었다. 옥호는 아오바야라고 한다.

“순수한 돈놀이꾼이에요. 원래는 채소 도매상이었지만, 당장 쓸 돈이 없어 곤란한 손님에게 융통을 해 주다가 그쪽이 본업이 되어 버렸다더군요.”

돈이 잘 도는 후타시마 마을 같은 곳에는 이런 역할을 하는 상가가 하나는 필요하다. 따라서 아오바야는 결코 마을 사람들에게 미움 받고 있지는 않았다.

“미나모 씨는 아오바야의 외동딸이었어요.”

이름은 아오이'아오이'는 '접시꽃'이라는 뜻. 이름 못지않은 아름다운 딸이었다고 한다.

"재작년 초봄에 정원 앞에서 갑자기 모습을 감추더니 그 후로 돌아오지 않았다, 행방불명되었다는 소문이었는데."

아오이의 죽음이 파악되지 않았던 것이다. 당연히 독경 하나 바쳐지지 않았다.

"그래서 길을 잃고 영혼 마을에 들어가게 된 거로군요."

도미지로의 중얼거림에 고개를 끄덕이고 깃토미 노인은 말을 이었다.

"시치노스케 씨에게는 마을 앞에서 숨어 있어 달라고 하고 저는 혼자서 여행 중인 애송이인 척하며 여러 가지를 묻고 다녔는데 다들 잘 이야기해 주었습니다."

마을 사람들에게 아오이의 행방불명은 아직 어제의 일 같았기 때문이다. 무섭기도 하고 이해가 안 가기도 하여 여전히 화젯거리였다.

"사실은 행방불명이 아니라, 아오이 씨는 집에서 끌려나와 심한 일을 당하고 목숨을 빼앗겨 산 속에 묻혀 있다며 고함칠 뻔한 것을 참고, 혼자 여행하느라 마음이 불안한 아이인 척하며 어슬렁어슬렁 걷다가 우연히 지나친다는 기색으로 슬쩍 아오바야의 포렴 안쪽을 들여다보았습니다."

증오스러운 원수의 얼굴을 확인한 깃토미는 밭의 논두렁길을 지나서 일단 마을을 나왔다.

"미나모 씨는 자신이 목 졸려 죽고 그 시체가 묻힌 장소를 똑똑히 떠올린 상태였어요."

마을 변두리의 잡목림 안, 사용하지 않게 된 도구 헛간의 썩어 가는 바닥 판자 아래.

"중요한 증거가 될 테니 제가 멋대로 어지럽힐 수는 없었지요. 오는 길에 꺾어 온 들꽃을 바치고 손을 모으고."

또다시 넘쳐나는 비탄의 눈물을 삼키며 깃토미는 시치노스케와 만나 해 질 녘이 되기를 기다렸다.

"……미나모 씨는 이무기가 될 수 있어요."

이무기가 되어 시치노스케를 삼키고 탕약을 주는 모습을 깃토미는 자세히 보았다.

"그것과 똑같은 일을 내게도 해 달라고 했습니다."

──나를 삼켜 주세요. 미나모 씨가 가지고 있는 망자의 힘을, 내 피와 살에 스며들게 해 주세요.

"그러면 이 깃토미도 괴물처럼 강해질 수 있지요."

잠시 동안이라도 상관없다. 그 잠시 동안에,

"충분히 날뛰고, 어머니에게 배운 엄청난 말로 고함치고, 모여든 마을 사람들 앞에서 아오이 씨를 죽인 놈들이 둔갑하고 있는 껍데기를 벗겨 버리겠다고."

말하는 깃토미의 목소리에는 지금도 분노가 담겨 있다.

도미지로는 물었다. "미나모 씨가 승낙해 주었군요?"

입을 한일자로 다물고 깃토미는 고개를 끄덕였다.

"쉽게 되지는 않았지만요."

해 질 녘의 덤불이 흔들리고 서쪽 하늘에 남은 저녁놀이 한 줄기 피처럼 보인다. 어둑어둑한 가운데 깃토미는 미나모를 설득했다.

"말을 꺼내기 전에 저는 미나모 씨에게 어머니께 부탁하여 빌려 온 물건을 보여 주었습니다."

오타케에게서 빌려 온 물건. "아까 말씀하신, 몰래 빌린 것 말이군요."

"예, 유카타입니다."

그 해 여름의 봉오도리를 위해 오타케와 오유의 샤미센 스승이 제자들에게 맞춰 준 유카타다. 솔잎을 넣은 특이한 귀갑무늬. 대담하고 선명한 색깔이다.

"저에게 팔목 염주를 주었을 때 오유가 입고 있었지요. 어머니도 같은 것을 가지고 있었어요."

──원수는 내가 갚아 줄게요. 미나모 씨는 여기에서 움직이면 안 돼요.

"전부 끝나면 곧장 성불하는 거예요. 이 유카타를 입고 가세요. 나는 열심히 설득했어요. 그때 미나모 씨의 얼굴은──,"

잘 생각나지 않는다. 박꽃처럼 희고, 달처럼 밝았다. 봄비처럼 깃토미의 손등을 적신 것은 미나모의 눈물이었다.

──나를 해친 살인범의 얼굴은 기억하고 있어.

돈으로 고용된 불한당이었다. 추하고 냄새 나는 남자들이었다.

──그놈들을 고용해서 나를 납치하게 하고, 나를 욕보이고, 나를 죽이게 한 사람이 누구인지도, 생각났으니까 알아.

어머니.

"아오이 씨 아버지의 후처라고 했어요."

아오바야의 주인은 일찍 아내를 잃고 외동딸 아오이와 살다가 아오이가 철이 들자 후처를 맞이했다. 후처는 게이샤 출신의 요염한 여자로 겉모습은 보살 같았지만 정체는 야차였다.

"원래 눈에 띄지 않게 아오이 씨를 괴롭히는 음험한 여자였다고 하는데, 자신이 사내아이를 낳자 더욱 아오이 씨를 눈엣가시로 여겼던 거예요."

전처가 남긴 외동딸이 아오바야의 재산을 조금이라도 가져가는 게 밉다며 이를 갈 정도로 욕심 많은 여자이기도 했다.

"그래서 옛날의 연줄을 더듬어 불한당을 사서……."

떠올리면, 입에 담으면, 노인이 된 지금도 가슴이 에이는 모양이다. 한순간 깃토미는 침묵했다. 그러다가 입을 열었을 때에는 침을 뱉을 듯한 기세로 단숨에 말을 쏟아냈다.

"그놈들이 아오이 씨를 희롱하고 죽였어요. 실컷 즐기고 나면 팔아넘겨 돈으로 바꿀 생각이었는데 너무 지나쳐서 죽이고 말았다며, 그 빌어먹을 놈들이 웃는 목소리가, 미나모 씨가 아오이로서 들은 이 세상의 마지막 목소리였어요."

사람이 할 짓이 아니다. 짐승이 할 짓도 아니다. 사람도 아니다. 그렇게밖에 말할 수가 없다.

──미안해, 깃짱. 친모가 아닌 어머니와 사이가 좋은 깃짱에게는 더더욱 역겨운 이야기겠지.

미나모의 말을 되살리는 깃토미의 눈에 살짝 눈물이 고였다.

"그 말을 들었다면, 이제 충분했습니다."

하고 말겠다.

"저는 원수를 갚기 위해 괴물이 되기로 결심했습니다. 때문에 더더욱 마가 파고들면 안 된다 여기고, 오유가 준 염주를 품에서 꺼내 왼쪽 손목에 끼웠습니다."

망자의 힘이여, 나를 채워라.

미나모는 구렁이로 모습을 바꾸었다. 그 커다란 입 안에 스르륵 들어간 순간 깃토미는 온몸의 피가 끓는 것을 느꼈다.

"점점 고양되고, 팔다리에 힘이 넘치고, 콧김이 뜨거워지고."

불구슬처럼 되어 구렁이 안에서 굴러 나오자 한달음에 나무 꼭대기까지 날아오르고 말았다.

──이것이 노혼의 힘이다. 분노의 힘이다.

"다녀올게요! 후타시마 마을을 향해 날아가면서 스스로는 그런 말을 남기려고 했지만 제대로 말이 되어 나왔는지, 지금에 와서는 확실하지 않습니다."

고개를 돌려 일별한 시치노스케의 대머리에는 저녁 해의 마지막 빛이 내리쬐고 있었다. 깃토미에게 힘을 옮긴 미나모는 벌써 미즈만주 같은 구슬로 변하기 시작했고, 시치노스케가 오타케의 유카타로 그것을 폭 감싸더니 아기를 안듯이 꽉 껴안았다.

거기까지만 지켜보고, 깃토미는 어둑어둑한 어둠 속을 날아갔다. 가지에서 가지로, 나무에서 나무로 건너가, 큰 소리로 으르렁

대면서. 옷자락을 깃발처럼 펄럭이며, 바람을 가르고.

"저는 원숭이가 되어 있었어요. 새까맣고 부숭부숭한 털에 덮인, 팔다리가 긴 원숭이가."

미나모는 구렁이였는데, 왜 자신은 원숭이일까.

"간지干支인걸까, 하고 하늘을 날면서 생각하니 웃음이 멈추지 않더군요."

"아아, 미나모 씨는 뱀띠고 깃토미 씨는 원숭이띠라는 의미인가요——."

"예."

그런 웃기는 이야기여도 되는 것일까. 깃토미 노인은 껄껄 웃고는 먼 곳을 바라보는 듯한 눈을 한다.

"유쾌해서 웃고 있는데 귀에 들려오는 자신의 목소리는 마치 짐승 소리 같았어요. 사람과 같은 키에, 새까만 털에 덮인 원숭이가 고함을 지르며 후타시마 마을로 쫓아가는 거지요!"

마을 쪽에서도 고함 소리를 알아챘다. 짐승이 덮쳐 오는 것일까. 어슴푸레한 초저녁, 초롱불이며 등롱을 손에 든 남자들이 대체 무슨 일인가 하고 우왕좌왕하고 있었다.

"그 한가운데로, 저는 뛰어내렸어요."

유쾌한 웃음을 분노와 증오가 대신했다.

"사람도 아닌 놈이 사는 후타시마 마을은 여기냐!"

한 마디 외치고 힘차게 날아 가까운 억새지붕 위로 옮겨 가 울부짖으며 계속해서 고함쳤다.

왔다, 응보의 때가 왔다. 지옥을 보고 싶은 자는 누구냐. 보여 주마, 가르쳐 주마, 데려가 주마.

"지붕에서 뛰어내린 곳에 수레가 한 대 있어서 손잡이를 부러 뜨리고 양손으로 움켜쥐어 돌리니 손잡이가 끝에서부터 연기를 내뿜으며 순식간에 새까맣게 타더군요."

지옥의 옥졸이 짚어지고 있는 창처럼. 신불이 아니라 악귀를 모시는 승려의 석장처럼.

"그것을 붕! 하고 휘두르니, 재미있게도 불구슬이 튀어나왔습 니다."

차례차례 생겨나는 불구슬은 살아 있는 것처럼 마을 곳곳으로 날아간다. 저쪽에서는 지푸라기의 산이 불타오르고 이쪽에서는 판자벽에 불이 붙는다.

"한 번 더 높이 뛰어올라 저는 아오바야의 지붕 위로 올라갔습 니다. 손에 들고 있던 수레 손잡이를 억새지붕에 꽂고, 뿜어져 나 오는 불꽃을 피해 공중제비를 돌았지요. 웃고, 욕하고, 계속 고함 을 질렀어요."

아오이를 괴롭히고, 죽이고, 그 시체를 쓰레기처럼 내버린 자 들을 용서하지 않겠다.

"후처의 이름을 부르고 고용되었던 쓰레기 놈들의 이름도 폭로 하고."

네놈들에게는 죗값을 치를 때가 왔지만 체념해도 이미 늦었다. 이 업화를 보아라. 이 목소리를 들어라.

지옥으로 가자. 감싸는 놈이 있다면, 배짱이 좋구나, 모두 길동무로 삼아 주마——.

"그 엉덩이에서부터 이 창을 찔러 넣고 꼬치처럼 꿰어 끌고 다녀 주마, 하고."

도미지로는 웃고 말았다. 이야기하는 깃토미도 웃고 있다.

"어머니의 욕설이 정말로 도움이 되었습니다. 아무리 화가 났다고 해도 그렇게 거친 말은 어지간해서는 생각나지 않았을 테니까요."

배 속에 벌레가 들끓는 악인 놈들아, 머리를 뽑아 주마. 팔다리를 산산조각 내어 뼈까지 탈 정도로 구워 주마. 그것이 싫다면,

"바쳐라, 끌어내라, 아오이를 죽인 사람도 아닌 놈을!"

아오바야의 건물에 불길이 돈다. 집안사람들도 고용살이 일꾼들도 밖으로 도망쳐 나오고 있다.

"아오바야의 후처는 훨씬 호의호식하고 있었나 보지요. 게이샤 출신의 색기도 잃은, 뚱뚱한 노파였습니다."

아오바야의 주인이 새파랗게 질려 다그쳐 묻고 있다. 마을 사람들은 멀리서 둘러싸고, 악귀를 만난 것처럼 창백해져 있다.

"원숭이 괴물이 된 저보다도 후처를 더 무서워하고 싫어하더군요."

자, 마지막으로 한 번만 더 하면 된다. 깃토미는 아오바야의 지붕에서 뛰어내려, 후처의 틀어 올린 머리를 낚아챘다.

"그대로, 살아 있는 여자를 정말로 질질 끌고 한달음에 마을 밖

으로 달려갔어요."

흙먼지를 일으키며 잡목림 속을 빠져나가 가지에 걸리던 나무 뿌리에 부딪히든 상관하지 않고. 처음에는 들리던 후처의 비명도 곧 끊어졌다.

"아오이 씨의 시체가 묻혀 있는 헛간까지, 달리고 뛰고 뛰어 오르며."

마지막으로 다시 한 번 온몸의 힘을 끌어 모아 옆에 있는 떡갈 나무 꼭대기까지 날아오른 뒤에,

"가지에 띠를 걸어 후처를 거꾸로 매달고 저는 도망쳤습니다."

그 무렵에는 미나모에게서 받은 망자의 힘을 다 쓰고 깃토미는 평범한 사람으로 돌아가기 시작하고 있었다.

"팔이 매끈매끈해지고, 발바닥에 땅의 찬 기운이 느껴지고, 점점 제정신이 들었습니다."

옷은 찢어져 넝마를 걸친 듯한 꼴이 되어 있었다. 팔목 염주는 잃어버리지 않았다. 왼쪽 손목에 틀림없이 채워져 있다. 다만 모든 구슬이 흐려져 빛을 잃고 있었다.

해가 완전히 진 하늘에 별이 빛난다. 후타시마 마을 쪽에서 흘러오는 연기가 가끔 그 별을 가린다. 깃토미는 다리를 질질 끌며 걸었다. 마을 사람들에게 들키지 않도록, 덤불 깊은 곳을 기다시 피 나아갈 때도 있었다. 온몸이 상처투성이였다.

"돌아가 보니 시치노스케 씨 혼자 있었습니다."

──미나모는 성불했어요.

그렇게 말하며 시치노스케가 오타케의 유카타를 돌려주었다. 밤공기를 머금어 축축하고 싸늘한 유카타에서 희미하게 백단 향기가 났다.

"유카타를 껴안았을 때, 뚝 하고 새된 소리가 나고——."

오유가 준 팔목 염주가 산산이 깨어져 발치에 흩어졌다. 별처럼. 눈물처럼.

이걸로 끝났다. 끝나고 말았다. 깃토미는 울었다.

"그렇게 흐느껴 운 것도 인생에서 그때뿐이었습니다."

도미지로는 깊이 숨을 쉬고, 가슴 깊은 곳에서 끓어오르는 갖가지 색깔의 마음을 곱씹었다.

깃토미를 초대하고 유쾌한 유카타 이야기를 주고받고 그 사람 됨됨이에 크게 호감을 느끼며 이야기를 계속 들었다. 설마 이야기가 이렇게 커지리라고는 예상하지 못했다. 이야기꾼 본인이 요괴가 되어 크게 날뛰다니, 거참 놀라웠다.

깃토미도 안심한 듯이 한숨을 쉬더니 가까이 있던 찻잔에 손을 뻗었다. 비어 있다. 도미지로는 얼른 몸을 일으켰다.

"이거 실례했습니다. 이번에는 뜨거운 것으로 다시 끓이지요."

도미지로가 차통에서 새 엽차를 꺼내고 쇠주전자의 뜨거운 물을 붓자,

"아아, 향이 좋군요" 하며 깃토미는 미소를 지었다.

"이런 사치스러운 자리에서 이야기할 수 있게 해 주셔서, 정말

고맙습니다."

흑백의 방의 조용한 풍취를 새삼 둘러보며 눈을 가늘게 뜬다.

"제 인생에서 영혼 마을에 얽힌 경험만큼 강렬한 기억은 없었습니다. 거의 대부분이 잔잔한 바다……라기보다, 개펄의 조개잡이에 안성맞춤인 넓은 모래사장 같은 일들이었지요."

평평한 개펄에 튀어나온 바위는 없고, 파도가 거칠어지는 일도 없고, 이상한 것이 떠내려 오는 일도 없었다.

"부모님으로부터 가메야를 물려받으셨지요?"

"물론 그럴 생각이었지만 제가 열여덟 살 되던 해 겨울, 가메야는 화재가 옮겨 붙어 불타고 말았습니다."

다행히 가족들은 모두 무사했지만 여관 장사를 계속해 나가기 위한 그릇은 사라지고 말았다.

"그걸 계기로 저는 아내인 오유의…… 뭐, 무사히 부부가 되었기 때문에 그 사람의 친정 장사를 거들게 되었지요."

"숯가게였던가요."

"예. 오유에게는 오라비가 하나 있고 훌륭한 후계자였지만 이 사람이 아무래도 몸이 약해서요. 앓아누웠다 일어나기를 반복하다가 스물다섯에 저세상으로 가 버려서 별 수 없이 제가 어름어름 데릴사위로 들어간 모양새가 되어……."

차분해졌던 깃토미의 눈빛에 살짝 잔물결이 일었다.

"어머니는 저와 오유가 좋다면 그래도 된다며 기뻐해 주었지만, 아버지는 말이지요. 자신의 집은 불타 버렸지, 장남은 며느리의 친정에 빼앗겨 버렸지, 화가 치밀었나 봅니다. 술로 도망치게 되었어요."

깃토미와 오유는 자식복이 있어서 차례차례 건강한 아기를 얻었으나 도모키치는 손자를 귀여워하는 일도 없이 가메야의 뒤를 쫓듯이 뇌졸중으로 죽었다고 한다.

"어머니는 과부가 되었다고 해서 풀이 죽는 일은 일절 없었어요. 동생들이 제 몫을 하게 될 때까지 몸을 아끼지 않고 여러 가지 일을 찾으며 건강하게 열심히 일하셨습니다."

깃토미의 동생들은 오유의 친정이 가진 연줄로 고용살이할 곳을 찾고 조그만 장사를 시작할 수도 있었다. 오유의 친정이 동생들에게까지 신경을 써 준 까닭은 사위인 깃토미가 부지런하고 진실된 인물이었기 때문이리라.

"아버지가 돌아가시고 나자 어머니는 샤미센을 본격적으로 시작했는데, 역시 재능이 있었나 보지요. 스승님이 뒷배가 되어 준 덕도 있어서 죽기 전 10년 정도는 그쪽 일만 해서 먹고살 수 있었어요."

지금도 그립네요――하고 깃토미는 부드러운 목소리로 말했다.

"좋은 어머니였습니다. 자루가 굵은 샤미센으로 배 밑바닥에 울릴 것 같은 좋은 소리를 낼 수 있는 훌륭한 사람이었고요."

시치노스케와 그 신기하고도 무서운 일행에 대해서는 이후로 오타케가 화제로 꺼내는 일이 없었다. 깃토미도 말하지 않았고 오타케에게 물으려고 생각하지도 않았다.

"속세의 삶이 시끌벅적하고 바빠서 그럴 정신도 없었지요. 게다가 지나고 나니 정말로 있었던 일일까, 꿈이 아니었을까 하는 의심도 생겨서 말이죠."

너무나도 속세와 동떨어진 경험이었으니까.

다만 세월이 지나 오타케의 몸이 조금씩 쇠약해지고 어느 해 초봄에 감기로 앓아눕고 말았을 때, 참으로 별일이 다 있다고 부끄러워하면서,

——나에게도 슬슬 마중이 오려나.

불안한 말을 했기 때문에 딱 한 번 이야기를 나눈 적이 있다고 한다.

——깃짱, 한참 예전 일이긴 한데 우란분 중에 가메야에 묵었던 손님 기억하니? 죽은 사람의 혼이 보인다면서 밤소경을 앓은.

"네, 기억해요. 어머니도 기억하고 계셨군요, 하며 살짝 털어놓았지요."

——나, 그때는 비밀로 했었지만 시치노스케 씨라는 사람이랑 꽤 친해져서 깜짝 놀랄 만한 일을 겪었어요.

——역시 그랬구나. 실은 나도 눈치 채고 있었어. 엄청 걱정했지만 깃짱이라면 괜찮겠지 싶어서 아무 말도 하지 않았던 거야.

오타케는 오카메의 망혼이 곱자를 들고 가메야 안을 날아다니고 있었던 것을 잊을 수 없다, 고 말했다고 한다.

——사람은 죽으면 그렇게 되는 거로구나. 나는 난폭하고 입이

험하고 상스러운 여자이니 망혼이 되어도 시끄러워서 깃짱이나 오유한테 폐를 끼칠지도 모르겠다. 먼저 사과해 두마.

"무슨 폐가 된다는 말이세요, 샤미센을 울리면서 나와 주세요. 하지만 재수 없는 이야기니까 그만하지요, 하고 말해 주었습니다."

깃토미가 또 눈을 가늘게 뜨자 눈꼬리에서 뭔가가 희미하게 반짝인다.

"그로부터 겨우 이삼일이었습니다. 밤중에 기침이 멈추지 않더니 끝내 피를 토하셔서."

날이 밝기 전에 세상을 떠나고 말았다.

"어머니는 살아 있는 동안에 산처럼 덕을 쌓았던 분이에요. 곧장, 눈이 어질어질할 기세로 극락을 향해 날아가실 게 분명하다, 저는 그렇게 굳게 믿고 있었지만."

만에 하나, 라는 경우도 있다. 운도 있을 것이다.

"그래서, 만일 어머니의 혼이 길을 잃고 헤매게 된다면 혼지기 님, 뱃사람 님, 잘 부탁드립니다, 하고 손을 모아 빌려고 했지요. 하지만 도련님. 기가 막히게도, 저는 영혼 마을이 어느 쪽 방향에 있는지조차 모르고 있었습니다."

시치노스케에게 확실한 얘기를 듣지 못했다. 짐작해 보자면 그도 일부러 애매하게 이야기하지 않았을까.

"참으로 아까운 짓을 했지요. 그래서 생각했어요. 이제 가메야는 없다. 나는 여관 주인이 아니고 동생들도 아무도 여관 일로 밥을 벌어먹고 있지는 않다."

즉, 몸이 가벼워졌다.

"매일 여관에서 밥을 먹고 살 때는 장사에 지장이 생길 것 같은 일은 알아볼 수 없었어요. 자연히 입을 다물고 가슴에 담아 두고 있었지만 이제는 그럴 필요가 없지요."

영혼 마을에 대해서 조금만 알아보자. 그런 생각이 들었다.

단순한 호기심이 아니다. 그랬다면 벌써 옛날에 난리를 피웠을 것이다. 오타케의 영혼이 가게 될 곳──오타케의 명복을 바라기 때문에 더더욱 깃토미의 마음도 움직였다.

"……아니, 도련님께 말하다 보니 방금 깨달았습니다. 저는 아버지에 대해서는 꽤 차갑지요?"

익살스럽게 고개를 갸웃거리는 깃토미 앞에서 도미지로는 그만 웃음을 터뜨리고 말았다.

깃토미도 웃는다. "아버지에게는 불효자식이에요. 하지만 그 사람은 전처에게 배신당한 만큼 어머니 오타케 씨가 정성을 다해 주었던 행복한 사람이었어요. 그걸로 만족했겠지요."

도미지로는 생각했다. 깃토미와 오유도 분명 행복한 부부일 것이다. 그 실감이 있기 때문에, 돌아가신 아버지와 그 후처를 향하는 지금의 말이 있는 것일 거라고.

"그래서, 새삼 물어보고 다니는 동안 영혼 마을에 대해 뭔가 알아내셨습니까?"

도미지로는 이야기의 방향을 되돌려 주었다.

"이런, 그쪽이 본론이었지요."

깃토미는 목을 움츠렸다.

"시치노스케 씨가 왔을 때도, 근처에 사는 명물 할아버지가 영혼 통행증에 대해서 알고 있어서 아버지에게 가르쳐 주었으니까요. 그리 어렵지도 않을 거라고 생각했지만……."

의외로 곧 사방이 꽉 막혀 거의 아무것도 알아낼 수 없었다.

"대부분의 사람은 그게 무슨 소리냐며 이상하다는 얼굴을 했어요. 정말로 모르는 겁니다. 딱 한 사람, 무언가 알고 있는 듯한 사람이 있었어요."

같은 동네에 있는 전당포의 대행수로 나이는 깃토미와 비슷한 정도인데,

"훌륭한 대머리였지요. 그 머리를 이렇게 번쩍이면서 제게 설교를 하더군요."

──깃토미 씨, 쓸데없는 걸 묻고 다니면 안 돼요.

"영혼 마을에 대해서도, 영혼 통행증에 대해서도, 용무가 있는 자의 귀에밖에 들어가지 않고 용무가 끝나면 모두 곧 잊어요. 세상에는 그런 것도 있는 법입니다. 그렇게 알고 얌전히 있는 편이 좋아요, 라며."

세상에는 그런 것도 있다. 필요한 자의 귀에만 들어가는 지식. 대부분의 사람들은 모른 채 불편도 없이 살아가는 비밀.

"깃토미 씨는 충고를 받아들였군요."

깃토미는 공손히 무릎에 손을 얹고 머리를 숙였다. "예, 얌전하

게."

그때가 마지막이었다.

"염낭 끈을 잡아당겨 묶고 단단히 매듭을 지었지요."

오늘 이곳에서 이야기하기 전까지는 한 번도 푸는 일이 없었다. 이야기를 마치면 다시 묶고, 이번에는 두 번 다시 풀지 않을 작정이다.

"그렇다면 저도 그 전에 한 가지만 어림짐작을 입에 담아도 되겠습니까."

"예, 무엇인지요?"

"영혼 마을이 천령에 있고, 영혼 통행증은 막부에서 특별한 배려로 주신다고 하셨지요. 막부가 그토록 친밀하게 뒷배가 되어주는 까닭은 쇼군 님이나 3대 가문도쿠가와 쇼군의 가문인 오와리(尾張), 기슈(紀州), 미토(水戶)의 세 가문이나, 아무튼 높으신 분들 중에서도 때로는 노혼이나 원혼이 생겨 취급하기가 곤란하다는 역사가 있었기 때문이 아닐까요?"

흑백의 방에 한 호흡의 침묵이 흘렀다. 화기花器 속의 기린초도 시치미 떼는 얼굴을 하고 있다.

"아래에서든 위에서든, 사람이 하는 일에 큰 차이는 없는 법이지요."

그렇게 말하고 깃토미는 씨익 웃었다.

"자, 단단히 매듭을 짓지요. 도련님, 오랫동안 이야기를 들어주셔서 고맙습니다."

"저야말로 고맙습니다."

"유카타는 그대로 받아 주십시오. 잘 어울리시는군요."

인사가 끝나자 깃토미는 일어서려고 했다. 정말로 마지막이다. 하지만 도미지로는 저도 모르게 그를 붙들며 묻고 말았다.

"깃토미 씨."

수건이 이마 위에서 약간 비뚤어지고, 한쪽 무릎을 세운 멋있는 노인에게.

"어째서 이 특이한 괴담 자리에 와 주신 겁니까?"

필요 없는 것은 묻지 않는다. 필요 없는 것은 이야기하지 않는다. 이 노인은 그런 사람일 텐데.

또 한 호흡의 침묵. 기린초도 이번에는 귀를 기울이고 있다.

"아직, 가끔이지만."

깃토미는 온화한 목소리로 말했다.

"저도 어머니 오타케 씨와 마찬가지로, 기침을 하면 피를 토할 때가 있습니다."

그래서 늦기 전에 이야기해 두자고 생각했다.

"아아, 제 오랜 마누라, 오유는 건강하답니다. 증손주를 쫓아다니고 있을 정도니까요. 가업도 평안하고, 걱정할 일이 전혀 없어요."

다만 제 수명이 다하고 있다는 것일 뿐입니다——.

"도련님, 미시마야의 이 특이한 괴담 자리는, 저처럼 일생에 한 번밖에 이야기할 수 없는 이야기꾼에게 그릇이 되어 주는 훌륭한 취향입니다. 오랫동안 계속해 주십시오."

도미지로는 앉은 자세를 바로 하고 손가락을 짚으며 깊이 절을 했다.

"고마운 말씀. 그리하겠습니다."

아무리 오타미가 단속해도 미시마야 안은 역시 오치카의 경사로 들떠서 모두가 술렁거린다. 머릿속이 출타 중이라 대행수 야소스케는 또 허리를 다치고, 사환 신타는 사다리에서 떨어져 이마에 혹이 생겼다. 오시마는 밥을 짓다가 작은 화상을 입었다.

──일생일대의 실수예요!

──일생일대의 실수百年の不作 평생에 걸쳐 후회할 일. 결혼에 실패해 악처를 얻은 슬픔이라는 의미의 관용구는 다른 걸 말하는 거 아닌가? 악처를 얻으면 안 된다는 말이잖아.

이헤에도 회합 날짜를 착각하는 실수를 했고, 마침내 오타미조차도 오치카의 친정 가와사키 역참의 여관 '마루센丸千'에 축하 편지를 쓰려다가 몇 번이나 잘못 썼는데 가까스로 깨끗하게 잘 썼다 싶어서 오카쓰에게 보여 주었더니,

"마님, '마루센丸仙'이라고 쓰셨어요."

"뭐!"

와중에 도미지로는 깃토미의 이야기를 그림으로 완성하는 데 몰두하며 어떻게든 난을 피하고 있었다.

곱자를 그릴까. 팔목 염주로 할까. 미나모가 조용해졌을 때의

둥실둥실한 영혼 덩어리를 그려 볼까. 아니만 새까만 털에 덮인 원숭이의 팔을…….

이것저것 고민하기를 이틀째, 간신히 생각이 정리되어 밑그림을 그렸을 때는 벌써 초가을 해가 질 무렵이었다.

──단숨에 완성해 버리고 싶군.

저녁을 먹고 나서 밤에 하자. 흑백의 방에 사방등을 켜고 그리자.

오타미는 평소 직인이나 바느질하는 이들에게, 아직 해가 긴데 굳이 밤일을 하는 것은 등유 낭비라고 타이르곤 한다. 그래서 도련님인 도미지로도 이렇게 제멋대로 굴 때는 사전에 허락을 받아 두어야 하지만,

"효탄코도에 헌 유카타가 그렇게 많을 것 같지는 않은데요."

"일터에 쌓여 있는 헌옷 중에는 유카타가 거의 없으니까. 지금부터 그걸 생각하고 모아 두어야 해."

"배내옷과 포대기는 마님이 직접 지어 주실 거지요? 기저귀는 저와 오시마 씨가 꿰맬게요."

다행히도 오타미는 오시마와 오카쓰와 셋이서 오치카의 출산 준비 이야기에 꽃을 피우고 있었다.

──괜찮은 건가, 그거야말로 성질이 너무 급한 거 아닙니까?

도미지로 따위는 잊은 것 같았다. 고마운 일이다. 몰래 흑백의 방에 들어간 도미지로는 이때다 하고 사방등의 심지를 길게 돋우어 밝게 한 후 책상을 향해 앉아 먹을 갈았다.

싸구려 여관 '가메야'의 간판을 그리자. 그렇게 결정했다.

자백하자면 가장 그리고 싶은 것은 분노의 고함을 지르는 원숭이의 얼굴이다. 미나모의 원수를 갚는 분노의 화신. 모습은 원숭이지만 마음은 깃토미다. 그것을 원숭이의 눈의 반짝임으로 표현하고 싶다.

그러나 도미지로의 역량으로는 평범한 원숭이조차 잘 그리기가 어렵다. 뜻만 높아 봐야 손이 따라가지 않으면 한심하다. 포기하고 생각을 바꾸었다.

가메야는 이제 깃토미네 가족의 추억 속에서만 존재한다. 그 간판을 그림으로 그려 『기이한 이야기책』에 넣는 것도 결말로는 나쁘지 않다.

가메야가 어떤 간판을 내걸고 있었는지 깃토미의 이야기에는 자세히 나오지 않았다. 그러니 마음대로 그릴 수 있지만, 그럴듯하게 그리고 싶었다. 도미지로가 시중에서 보아 알고 있는 바대로라면, 작은 장작값 숙소는 차양 간판이나 상자 간판이 아니라 걸이 간판과 걸이등으로 끝내는 곳이 많다. 통 모양이나 어묵 모양, 상자 모양으로, 종이 부분에 옥호를 적고 그림 무늬를 그린 것도 있다. 걸이등의 경우 안쪽에 등이 들어가면 글씨나 그림이 밝게 도드라져 작아도 꽤 눈에 띈다. 다만 가메야는 건물이 크고 넓은 게 장점이었다고 하니, 가게 앞에 놓아두는 상자 간판이나 간판 등롱이 있어도 이상하지 않을 것이다.

흑백의 방의 사방등은 촛대 모양이다. 밝은 불빛의 테두리가 책상을 완전히 감싸 주도록 옆에 끌어당겨 두고 반지를 펼친다. 이야기를 그림으로 그릴 때 도미지로는 좋은 종이를 쓰지 않는다. 들고 버리기 위해 그리는 것이니 반지면 된다.

붓 끝을 가지런히 하고 있자니 복도 쪽의 당지문을 톡톡 두드리는 소리가 나고 오카쓰가 웃는 얼굴을 내밀었다. 모깃불이 들어 있는 질그릇을 손에 들고 있다. 좋은 향이 났다.

"아직 여름의 자취인 풀모기가 성가시니까요."

어쨌거나 눈치가 빠른 사람이다. 오카쓰의 눈은 속일 수 없다.

"고마워."

"이쪽 덧문과 장지는 어떻게 할까요?"

흑백의 방은 세 평짜리 방에 도코노마와 툇마루가 딸린 구조다. 툇마루와 방 사이에는 덧문과 장지문이 다섯 장 늘어서 있다. 도미지로는 딱히 신경을 쓰지 않아 덧문은 내놓지 않고, 유키미장지雪見障子 장지문의 일부를 유리로 만들고 그 부분에 오르락내리락하는 작은 장지를 끼워, 방에서 바깥 경치를 볼 수 있도록 한 장지문만 닫아 두었으나, 모깃불도 왔고 하니 조금 통풍을 좋게 해도 될 것이다.

"덧문은 좌우 한 장씩 두껍닫이에서 내놓고, 장지는 한가운데의 한 장을 반만 열고 거기에 이 모깃불을 두면 어떨까요?"

"오카쓰 씨한테 맡겨 두면 걱정할 일이 없군."

오카쓰는 척척 움직여 모깃불을 두더니

"마님은 저희들과 지금부터 목욕을 하러 갈 참이에요. 느긋하게 계셔요."

다정한 말을 남기고 나갔다.

도미지로는 혼자서 가메야의 간판을 그리는 데 몰두했다.

흔히 있는 간판 등롱은 토대 부분이 받침대 모양으로 되어 있고, 그 위에 상자 형태의 등롱이 올려져 있다. 이 등롱에 거북이나 병을 그리면 확실히 여관의 간판 같은 모습이 되지만 재미가 없다. 차라리 촛대등롱의 둥근 부분을 거북 등껍질로 보이게 그려 보면 어떨까. 유감스럽게도 이 그림을 깃토미에게 보여 줄 수는 없지만 만약 본다면 "이거 재미있군요" 하고 기뻐해 줄 만한 그림으로 그리고 싶지 않은가.

이것저것 생각한 지 얼마나 지났을까.

촛대를 거북의 등껍질로 만드려니 쉽지가 않네, 역시 상자등롱으로, 거기에 그려지는 무늬에 공을 들여야 할까, 장작값 숙소치고는 규모가 컸다는 점이 자랑이니 망루등롱 간판은 어떨까. 아니, 그러면 등롱 부분에 격자가 달려 있어서 큰 그림을 그릴 수가 없다고.

"뭐야, 전혀 결정이 안 되잖아."

소리 내어 투덜거리며 책상에서 눈을 들었을 때 이제 거의 다 타서 옅어진 모깃불의 연기 맞은편, 캄캄한 툇마루에 누군가가 앉아 있는 모습이 보였다.

풀모기조차 잠들었을 깊은 밤중, 정원수도 작은 석탑도 어둠에 감싸여 있다. 이쪽에서 어둠을 바라볼 수 있는 것은 촛대등롱의 빛 덕분이다.

——하지만 곧 기름이 다할 텐데.

생각한 순간 등롱의 빛이 스윽 하고 약해졌다. 그때까지의 밝기를 10이라고 한다면 단숨에 3 정도로 낮아지고 말았다.

그런데도 툇마루에 앉아 있는 누군가의 모습은 여전히 알아볼 수 있다.

도미지로에게 등을 향하고 있다. 앉아 있기 때문에 허리에서부터 위까지만 보인다. 오른쪽 절반은 유키미 장지의 그늘에 가려져 있다.

남자다. 상투는 상인의 이초마게. 도미지로와 같은 모양이다.

——도잔唐棧 한쪽으로 꼬임을 준 실 두 가닥을 반대 방향으로 꼬아서 합친 무명실을 써서, 평직(平織)으로 짠 줄무늬 직물. 감색 천에 옥색·붉은색 등의 색상을 가는 세로 줄무늬로 배합한 것으로, 풍류에 밝은 사람이 하오리나 기모노 등에 애용했다의 기나가시하카마를 입지 않은 약식 복장. 평상복으로 입었다. 독고獨鈷 문양세로 줄무늬 모양으로 많은 독고(独鈷)의 형태를 연결한 문양의 하카타오비하카타오리로 만든 띠. 하카타오리는 하카타 및 그 주변에서 생산되는 견직물로, 가느다란 날실과 조금 두꺼운 씨실을 써서 표면에는 날실만 나와 있으며 밭이랑 같은 짜임새가 두드러져 보이는 것이 특징이다. 옷감이 가볍고 광택이 난다.

밤눈에도 또렷하게 보인다. 어둠 속에서 생생하게 떠올라 있다.

"안녕하십니까."

등을 돌린 채 남자가 말했다. 매끄럽고 울림이 있는 좋은 목소리.

도미지로의 뇌리에 기억이 되살아났다.

한 번 만난 적이 있다, 이 남자.

오치카의 혼례 날이다. 짧은 신부 행진을 마치고 효탄코도에서 축하연이 벌어지는 동안 도미지로는 술을 너무 많이 마셔서 잠시 바람을 쐬려고 뒷문을 통해 밖으로 나갔다.

그때 좋은 목소리의 남자가 도미지로에게 인사했다.

――오치카 씨의 혼례는 무사히 끝났는지요?

――저는 다소 인연이 있었던 사람입니다. 부디 행복하시라고 전해 주십시오.

붙임성 있게 웃고, 남자는 사라졌다. 빙글 등을 돌리는가 싶더니 사라지고 말았다. 순간 도미지로는 보았다. 남자는 맨발이었다. 값비싼 기모노를 입고 띠를 매고 있으면서 망자처럼 맨발이었다.

그렇다, 남자는 이 세상 사람이 아니다.

책상을 향해 정좌하고 있는데도 무릎이 떨린다. 나도 참으로 재주 좋은 겁쟁이다. 도미지로는 웃어 보려고 했다. 입 끝이 경련하고 말아서 생각대로 움직이지 않는다. 그 김에 이까지 딱딱 울리기 시작했다.

"밤늦게 죄송합니다. 또 축하 인사를 한 말씀 드리러 왔을 뿐입니다만."

남자는 돌아보지 않는다. 등으로 말을 잇는다.

그때는 정면에서 마주하고 얼굴을 보았었다. 흰자위가 많은 눈알에 검은자위가 작았다――.

앗, 하고 생각하다가 하마터면 목소리가 나올 뻔했다. 그것은 미나모와 같지 않은가.

"이런 시간까지 수고하시는군요, 도미지로 씨."

내 이름을 알고 있는 건가.

"오치카 씨의 경사에 미시마야는 완전히 들떠 있는 모양이지요. 당신도 그래서 잠이 오지 않는 겁니까."

열다섯 살의 애송이였던 깃토미도 지지 않고 두려워하지 않고 미나모와 마주했다. 이 도미지로 씨도 질 수야 없지.

"오치카의 혼례 때도 인사하러 와 주셨지요."

한심하지만 목소리가 떨린다. 도미지로는 입술을 굳게 다물고 배 밑바닥에 힘을 주었다.

"오치카와 다소 인연이 있다고 하셨고요. 그때는 그것이 끝이었지만, 좋은 기회로군요. 어떤 인연이신지요? 그에 따라서는 저도 제대로 인사를 해야 할 테니까요."

말을 하니 차분해진다. 어느새 자포자기한 심정이 됐기 때문일까. 어느 쪽이든 상관없다.

"미시마야에서는 괴담 자리를 열고 있지요."

여전히 등으로 남자는 말했다.

"단순한 괴담 자리가 아닙니다. 저희만의 특이한 괴담 자리지요."

"어쨌든, 그런 취향이 있는 곳에는 저 같은 자가 모이는 법입니다."

장사가 될 것 같으니까요——.

"장사? 무슨 장사 말입니까?"

"이 세상과 저세상 사이를 오가며 무언가를 찾고 있는 분과 무언가를 팔고 싶어 하는 분의 중개를 맡는 것입니다."

물론 중개료를 받는다.

"오치카 씨와도, 상인으로서 뵌 적이 있습니다만 중개료는 받지 않았지요. 그 사람의 장사가 아니었으니까요."

어째서 지장보살님처럼 내내 저쪽을 향하고 있는 걸까. 도미지로는 답답해졌다. 한편으로, 이쪽을 향하지 말아 줘, 돌아보지 말아 줘, 하고 빌고도 있었다. 얼굴을 보이지 말아 줘. 요전의 얼굴과는 분명 다르겠지? 당신의 진짜 얼굴은 사람의 얼굴이 아닐 테니까.

"그 오치카 씨가 시집을 가고 이제 어머니가 된다니. 경사스러운 일입니다."

"무사히 태어날 때까지는 대놓고 기뻐할 수 없어요."

도미지로가 대꾸하자 남자는 등으로 웃었다. 웃음소리까지 잘 울린다.

"저는 말이지요, 오치카 씨에게 물은 적이 있어요. 자신 때문에 죽은 약혼자에게 미안하다고 생각한 적은 없느냐고."

도미지로의 마음에 찌릿한 빛이 스쳤다. 아마 분노이리라. 흔한 분노가 아니다. 의분이라고 해야 할 터.

"오치카의 약혼자는 오치카 때문에 죽은 게 아니야. 약혼자가

죽임을 당하고, 오치카의 마음도 죽을 뻔했지. 당신, 되는 대로
트집을 잡으면 곤란해!"

도미지로의 노성이 울린다. 그 밑을 지나듯이 남자의 소리 없
는 웃음이 들려왔다.

어깨도 쿡쿡 하며 흔들리고 있다.

"오치카 씨의 약혼자의 혼이, 어지간히 헤매며 원망하고 있겠
지요."

"……뭐?"

도미지로는 오치카의 몸에 닥친 불행한 일을 자세히 모른다.
어떤 남자가 약혼자가 있던 오치카를 연모한 끝에 약혼자를 죽였
고 죽인 남자도 스스로 목숨을 끊었다. 오치카는 분노와 슬픔을
가져갈 곳이 없었다. 그 정도밖에 모른다.

"오치카가 잘못했다는 거요?"

모깃불의 연기는 사라졌다. 촛대등롱의 심지가 치직, 치직 하
고 낮은 소리를 내고 있다.

"벌이라는 것은, 받을 때는 받게 되지요."

남자의 목소리에는 기원하는 듯한 울림이 있다.

"괴담 자리 같은 것을 하다 보면 이 세상의 업을 모으게 됩니
다."

온화하게 말하며 남자는 툇마루에서 일어섰다. 순간, 호리호
리하고 세련된 이초마게의 머리가 어둠에 녹아 보이지 않게 되었
다.

"도미지로 씨도 그럴 각오로 하십시오. 오치카 씨의 아기, 무사히 태어나면 좋겠군요."

남자가 한 발짝 앞으로 내딛는다. 사라진다. 가 버린다.

도미지로는 책상을 밀어내고 일어서서 남자를 향해 외쳤다.

"나는 각오라면 천 장이나 겹쳐서 누름돌로 삼아 굳혔어. 네 이놈, 오치카의 행복을 방해하지 마라! 오치카는, 오치카는 내가."

내가 지킬 것이다!

온몸의 힘을 모아 말했다.

"저세상의 상인인지 뭔지 모르겠지만, 어떻게 해도 오치카가 벌을 받을 거라면, 좋아, 그런 부조리한 벌, 내가 대신 받아 주지!"

어둠 속으로 녹아들며 상인풍의 남자는 슬쩍 돌아보았다. 눈이 있는 부분에서 빛이 나와 도미지로의 눈을 쏘았다.

"마음대로 하십시오. 하지만 도미지로 씨, 자신을 싸게 파는 것도 정도껏 해 두세요. 언젠가 당신에게, 그냥 사촌누이보다 소중한 것이 생기면 어쩌시려고요?"

남자는 사라졌다. 그 목소리의 잔향이 귀에 울려 도미지로는 우두커니 서 있었다.

──그냥 사촌누이보다 소중한 것이 생기면.

지금은 아직 무엇도 아니고, 어떤 인생을 살지 결정하지 못하고 있는 도미지로이기 때문에 오치카를 제일 우선하여 '지킬 것이다!'라고 단언할 수 있다.

하지만 언제까지나 그럴 수 있을까. 도미지로, 네 인생에 너만의 소중한 것은 생기지 않을까. 찾지 못하고 어영부영 살아 버려도 되는 거냐.

이 세상의 업을 모은다는, 위험한 다리를 건너면서.

도미지로는 목소리를 내려고 했다. 무엇이든 좋다, 어쨌든 스스로 자신의 목소리를 듣고 싶었다.

"빌어먹을 놈."

나온 말은 그것이었다.

덕분에 살았다. 웃을 수 있었으니까.

"망할 맨발 자식, 두 번 다시 오지 마라. 머리를 뽑고, 팔다리를 산산조각 내어 뼈까지 구워 주마!"

그렇게 해야 할 때에 어울리는 욕설을 하는 것은 얼마나 기분 좋은 일인가. 도미지로는 소리 내어 웃었다. 손등으로 얼굴을 닦는다. 식은땀으로 흠뻑 젖었다.

"흥이다!"

촛대등롱이 다 탔다. 흑백의 방이 밤의 어둠에 삼켜진다──.

아니, 책상 위가 밝다.

도미지로가 그린, 가메야의 간판등롱에 불이 켜져 있는 것이다. 달님처럼 둥근 거북 그림이 떠올라 있다.

도미지로의 그림이 도미지로의 어둠을 비춘다.

"──도련님."

오카쓰의 목소리가 나고, 부드러운 손이 어깨에 닿았다.

도미지로는 벌떡 일어났다. 어느새 책상에 엎드려 자고 있었던 모양이다.

꿈이었나.

"어, 아, 오카쓰."

"그림이 완성된 모양이군요."

놀랍게도 날이 밝아 있었다. 정원은 이미 밝다. 오카쓰가 일어서서 나가 덧문을 활짝 열자, 흑백의 방에 아침이 흘러 들어왔다.

도미지로는 손가를 보았다. 가메야의 간판등롱 그림이다. 익살스러운 맛이 있는 둥근 거북.

제대로 그렸다.

고마워요, 깃토미 씨. 저에게 이 그림을 그리게 해 주셔서.

"앉아서 주무시면 안 돼요. 땀을 많이 흘리셨어요. 아침 목욕을 다녀오시지요."

평소와 똑같은 오카쓰다. 평소와 똑같은 아침이다.

모두 살아 있다.

무릎 위에 떨어져 있는 붓을 주워 들고, 도미지로는 오카쓰에게 웃음을 지었다.

"그렇군. 방탕아답게 아침 목욕을 하고, 오늘이라는 하루를 시작하도록 하지."

편집자의 덧붙임

'누군가 이야기하는 괴담을, 다 같이 듣는 형식의 연작 소설'을 쓰고 싶다는 생각으로 작가 미야베 미유키가 본격적으로 집필을 준비하기 시작한 건 2004년 무렵. 구상할 당시에는 한 사람이 계속 이야기하는 방식을 떠올렸지만 막상 시험 삼아 써 보니 아이디어가 산더미처럼 불어나 한 사람이 이야기하는 문체로는 스토리를 이어나가기가 곤란하다는 걸 깨달았다고 합니다. 이 대목에서 듣는 사람에 대한 구체적인 설정이 추가되었고 '단순한 호기심이 아니라 괴담에 귀를 기울여야 할 절실한 이유'를 가진 캐릭터 오치카가 만들어졌지요.

그리하여 시리즈의 첫 번째 작품인 『흑백』은 2006년 1월부터 2년 넘게 연재되었는데 가필과 수정을 거쳐 마침내 단행본으로 출간된 건 2008년 7월. 지금으로부터 13년 전입니다.

하지만 '간절한 이유가 있는 오치카' 한 사람이 계속 청자 역할을 맡다 보니 시리즈 전체의 분위기가 무거워지고 말았어요. 이래서야 스토리의 폭이 좁아지고 소재 선택에도 한계가 있다고 여긴 작가는 청자 역으로 새로운 인물을 캐스팅하는데 바로 미시마야의 차남인 도미지로입니다. 『영혼 통행증』 출간 직후 가도카와 문고와의 인터뷰에서 미야베 미유키는 청자 역할에 대해 재차, 이렇게 설명했습니다.

"오치카는 '마지못해' 듣는 사람이 되었지만, 도미지로는 좀 더

자유롭게 듣는 사람의 입장을 즐길 여유가 있습니다. 오치카만큼의 각오도 없기 때문에 이야기를 듣다 보면 일일이 떨거나 지나치게 감정이입하여 동요하기도 하지요. 이런 '약해 빠진' 도미지로 덕분에 에피소드의 폭이 넓어져서 다행이라고 생각해요."

'어쩔 수 없이 듣는다'가 오치카의 입장이었다면 도미지로는 '들어야 할 이유는 찾아낸다'는 분위기가 강한데, 이런 변화를 잘 보여주는 에피소드가 2화 '한결같은 마음'입니다. 경단 노점상 오미요의 슬픈 이야기는 도미지로의 적극적인 성격이 아니었다면 들을 수 없었을지도 모르겠어요.

표제작인 '영혼 통행증'에서는 미시마야에 경사가 날아듭니다. 미시마야의 식구들뿐만 아니라 『흑백』부터 이 시리즈를 쭉 애독해 온 독자들에게도 반가운 소식이 아닐지. 『눈물점』의 후기에서 밝혔다시피, 오치카가 결혼을 하고 아이를 낳는 것은 오래전부터 작가의 머릿속에 있던 계획입니다. 『영혼 통행증』의 후속편에서는 '어머니가 된 오치카'가 출연한다고 하니 기대하셔도 좋을 듯해요.

한편, 경사와 함께 난데없이 나타난 수수께끼의 '상인'은 도미지로에게 불길한 말을 던지며 사라지는데, 시리즈의 첫 권부터 묘한 타이밍에 불쑥불쑥 등장하는 상인은 대관절 누구인가, 라는 질문에 작가는 "저승과 이승 사이를 오가는 존재입니다. 오치카에게 들러붙어 있는 것 같았지만 오치카가 결혼을 하자 도미지로 앞에 나타나게 되었지요. 괴담을 즐겨 듣는 도미지로가 길을 헛디디지 않도록 지켜보는 염라대왕의 심부름꾼일지도 모르겠네요"라고 답했습니다. 상인이 적인지 아군인지는 아직 확실하지 않아요.

에도 시대의 소방을 다룬 '화염 큰북'을 비롯하여 미시마야 시리즈 7권 『영혼 통행증』의 에피소드는 세 편뿐입니다. 앞 권에 비해 분량이 줄어든 이유는 미시마야 시리즈 8권에도 오치카의 경사가 배경이 되는 세 편의 이야기가 담겨 있기 때문이라네요. 말하자면 7권의 세 편과 8권의 세 편은 한 세트인데 한 권에 몽땅 담으려니 분량도 분량이지만 출간 시기가 너무 늦어져 곤란하겠다 싶어서 이런 방식으로 출간을 결정한 모양. 그야말로 '독자들의 기다림'까지 헤아려 주는 마음씀씀이 아닙니까. 8권의 연재가 마무리됐다고 하니 단행본으로 얼른 출간되길, 북스피어도 스탠바이적 자세로 대기할 요량입니다.

전부 99화로 완결할 생각이라는 얘기를 들었을 때만 해도 '아유, 그게 가능하겠나' 하는 의문이 없지 않았지만 어, 어, 하는 사이에 어느덧 34화에 이르렀습니다. 오보라케 연못이 있는 오카지산에 비유하자면 3부 능선을 통과한 셈입니다. 앞으로의 이야기에는, 장사를 배우러 간 곳에서 돌아온 장남 이이치로가 후계자로 정착해 혼담이 진행되며 도미지로와의 드라마가 전개됩니다. 이에 따라 "듣는 사람은 앞으로 두 명 더 교대할 예정입니다. 때때로 독자 분들로부터 이런저런 걱정의 말을 듣습니다만 수호 역할을 하는 오카쓰는 미시마야를 떠나지 않고 99화까지 지켜보니까 부디 안심하십시오"라는 당부를 남긴 미야베 미유키 작가님. 저는 예전부터 안심했는데 앞으로도 쭉 안심하며 기다리고 있겠습니다.

덧) 아울러 틈새 광고 한 자락. 평생 성애소설을 써오던 작가가 문예윤리위원회라는 국가기관에 감금됩니다. 감금의 이유는 '정치적으로 올바르지 않은 소설을 쓰는 작가를 처벌해 달라는 독자들의 요청'이 있었기 때문인데. 저항하면 밥과 절임 하나뿐인 형편없는 식사가 지급되지만 위원회가 원하는 글을 쓰면 처우가 달라져요. 작가 기리노 나쓰오가 『일몰의 저편』을 통해 집요하게 던지고 있는 질문은 '소설이 올바르고 올바르지 않다는 판단을 누가 어떤 기준으로 하는가'라는 것입니다. 전후 맥락을 무시한 채 소설 속 등장인물의 입에서 나온 대사 하나만을 떼어내 "이건 여성 차별", "저건 남성 혐오"라며 작가가 실제로 여성을 차별하고 남성을 혐오한다는 식으로 트집을 잡는 사람들이 많아지자 '이런 분위기에서는, 어떤 건 쓰면 안 된다는 두려움이 작가들에게 내면화될 것'이라는 문제의식이 생겨 집필했다고 합니다. 기리노 나쓰오는 미야베 미유키와 함께 일본 사회파 미스터리를 대표하는 작가지요. 저의 '최애' 작가이기도 한데. 시간 나실 때 한번 읽어보셔도 좋을 듯해요.

마포 김 사장 드림.

영혼 통행증

초판 1쇄 발행 2021년 11월 5일
초판 2쇄 발행 2021년 12월 24일

지은이　미야베 미유키
옮긴이　김소연

발행편집인　김홍민 · 최내현
책임편집　조미희
표지디자인　이혜경디자인
용지　한승
출력(CTP)　블루엔
인쇄　청아

펴낸곳　도서출판 북스피어
출판등록　2005년 6월 18일 제105-90-91700호
주소　(10595) 경기도 고양시 덕양구 동송로 23-28 305동 2201호
전화　02) 518-0427
팩스　02) 701-0428
홈페이지　https://blog.naver.com/hongminkkk
전자우편　editor@booksfear.com

ISBN 979-11-91253-38-2 (04830)
978-89-91931-29-9 (세트)